ADEUS A BERLIM

CHRISTOPHER ISHERWOOD

Adeus a Berlim

Tradução
Débora Landsberg

Companhia Das Letras

Copyright © 1935 by Christopher Isherwood

Grafia atualizada segundo o Acordo Ortográfico da Língua Portuguesa de 1990, que entrou em vigor no Brasil em 2009.

Título original
Goodbye to Berlin

Capa
Celso Longo

Preparação
Laura Chagas

Revisão
Jane Pessoa
Eduardo Santos

Dados Internacionais de Catalogação na Publicação (CIP)
(Câmara Brasileira do Livro, SP, Brasil)

Isherwood, Christopher, 1904-1986
    Adeus a Berlim / Christopher Isherwood ; tradução Débora Landsberg. — 1ª ed. — São Paulo : Companhia das Letras, 2025.

    Título original: Goodbye to Berlin.
    ISBN 978-85-359-4007-7

    1. Contos ingleses I. Título.

24-231256   CDD-823

Índice para catálogo sistemático:
1. Contos : Literatura inglesa 823

Cibele Maria Dias – Bibliotecária – CRB-8/9427

Todos os direitos desta edição reservados à
EDITORA SCHWARCZ S.A.
Rua Bandeira Paulista, 702, cj. 32
04532-002 — São Paulo — SP
Telefone: (11) 3707-3500
www.companhiadasletras.com.br
www.blogdacompanhia.com.br
facebook.com/companhiadasletras
instagram.com/companhiadasletras
x.com/cialetras

Para John e Beatrix Lehmann

Sumário

Prefácio do autor, 9

Diário de Berlim: *Outono de 1930,* 11
Sally Bowles, 34
Na ilha de Rügen: *Verão de 1931,* 97
Os Nowak, 125
Os Landauer, 170
Diário de Berlim: *Inverno de 1932-3,* 223

Prefácio do autor

Os seis textos contidos neste volume formam uma narrativa mais ou menos contínua. São os únicos fragmentos existentes do que a princípio seria um grande romance episódico sobre a Berlim pré-Hitler. Eu pretendia intitulá-lo *Os perdidos*. Meu antigo título foi alterado, no entanto: é pomposo demais para essa breve sequência vagamente interligada de diários e historietas.

Leitores de *Mr Norris Changes Trains* (lançado nos Estados Unidos como *The Last of Mr Norris*) talvez reparem que certos personagens e situações neste romance coincidem e contradizem o que escrevi aqui — a Sally Bowles, por exemplo, teria esbarrado com o sr. Norris na escada de Frl. Schroeder; sem sombra de dúvida, Christopher Isherwood um dia chegaria em casa e se depararia com William Bradshaw dormindo em sua cama. A explicação é simples: as aventuras do sr. Norris já fizeram parte de *Os perdidos*.

Apesar de ter dado meu próprio nome ao "eu" desta narrativa, os leitores não devem supor que suas páginas são puramente autobiográficas, ou que os personagens são retratos caluniosamente exatos de pessoas vivas. "Christopher Isherwood" é um boneco de ventríloquo conveniente, nada mais.

O primeiro "Diário de Berlim", "Os Nowak" e "Os Landauer" já foram publicados no *New Writing* organizado por John Lehmann. Desses, "Diário de Berlim" e "Os Nowak" e também o segundo "Diário de Berlim" já foram publicados em seu *New Writing* editado pela Penguin. *Sally Bowles* foi lançado pela primeira vez como livro pela Hogarth Press.

C.I.,
setembro de 1935

Diário de Berlim
Outono de 1930

Da minha janela, a rua grandiosa, escura e solene. Lojas abaixo do nível da rua onde as lâmpadas ardem o dia inteiro, sob a sombra de varandas desproporcionais, fachadas de gesso sujo com ornamentos e emblemas heráldicos em relevo. A região toda é assim: ruas que levam a ruas de casas que parecem cofres decadentes monumentais apinhados de preciosidades oxidadas e móveis de segunda mão de uma classe média falida.

Sou uma câmera com o obturador aberto, bastante passiva, que registra, sem pensar. Registra o homem que se barbeia na janela em frente e a mulher de quimono que lava o cabelo. Um dia, tudo isso terá que ser revelado, ampliado com cuidado, fixado.

Às oito da noite as portas da casa serão trancadas. As crianças estão jantando. As lojas estão fechadas. O letreiro elétrico é ligado sobre a campainha noturna do hotelzinho da esquina, onde se pode alugar um quarto por hora. E em breve os assobios vão começar. Rapazes chamam as namoradas. Parados ali embaixo, no frio, assobiam para as janelas iluminadas dos quartos aquecidos onde as camas já foram arrumadas para a noite. Querem que os deixem entrar. Seus sinais ecoam pela rua cavernosa, lascivos, reservados e tristes. Por causa dos assobios, não gosto muito de ficar aqui à noite. Eles me lembram de que estou em uma cidade estrangeira, sozinho, longe de casa. Às vezes me decido a não os escutar, a pegar um livro, tentar ler. Mas em pouco tempo um chamado sempre soa, tão cortante, tão insistente, tão desesperadamente humano, que por fim tenho que me levantar e espiar por entre as lâminas da persiana para ter certeza de que não é — como sei muito bem que não poderia ser — para mim.

O cheiro extraordinário neste quarto quando o aquecedor está ligado e a janela fechada: não de todo desagradável, uma mistura de incenso e brioche amanhecido. O aquecedor alto de ladrilhos, de cores esplêndidas, é como um altar. O lavatório é como um santuário gótico. A cristaleira também é gótica, com janelas de catedral entalhadas: Bismarck fica de frente para o rei da Prússia no vitral. Minha melhor cadeira serviria de trono para um bispo. No canto, três falsas alabardas medievais (de uma companhia de teatro mambembe?) estão presas juntas para formar um cabideiro. Frl. Schroeder desaparafusa a cabeça das alabardas e as lustra de vez em quando. São pesadas e afiadas suficiente para matar.

Tudo no quarto é assim: desnecessariamente maciço, anormalmente pesado e perigosamente afiado. Aqui, na escrivaninha, sou confrontado com uma falange de objetos de metal — um par de castiçais em forma de serpentes entrelaçadas, um cinzeiro do qual emerge a cabeça de um crocodilo, um abridor de cartas copiado de uma adaga florentina, um golfinho de latão que segura na ponta da cauda um reloginho quebrado. O que é feito dessas coisas? Como é possível que sejam destruídas? Provavelmente continuarão intactas por milhares de anos: as pessoas irão apreciá-las em museus. Ou talvez sejam apenas derretidas para virar munições em uma guerra. Todas as manhãs, Frl. Schroeder as arruma com bastante cuidado em certas posições imutáveis: ali elas ficam, como uma declaração inflexível de suas opiniões sobre Capital e Sociedade, Religião e Sexo.

O dia inteiro ela fica andando pelo amplo apartamento encardido. Amorfa mas alerta, balança-se de quarto em quarto, de chinelos de feltro e penhoar florido engenhosamente fechado com alfinetes para que não se veja nem um centímetro da anágua ou do corpete, dando batidinhas com o espanador, bisbilhotando, espiando, enfiando o nariz de ponta fina nos armários e nas bagagens dos inquilinos. Tem olhos pretos, brilhantes, inquisitivos, e um belo cabelo castanho ondulado do qual se orgulha. Deve ter cerca de cinquenta e cinco anos.

Muito tempo atrás, antes da Guerra e da Inflação, em comparação, ela costumava ser bem de vida. Ia para o Báltico nas férias de verão e tinha uma empregada para fazer os serviços domésticos. Nos últimos trinta anos ela morou aqui e aceitou inquilinos. Começou a fazer isso porque gostava de companhia.

"'Lina', meus amigos me diziam, 'como é que você consegue? Como é que aguenta ter gente estranha morando nos seus cômodos e estragando seus móveis, ainda mais tendo dinheiro para ser independente?'. E sempre dei a mesma resposta a eles. 'Os *meus* inquilinos não são inquilinos', falava. 'São meus hóspedes'.

"Veja, Herr Issyvoo, naquela época eu podia me dar ao luxo de ser muito exigente quanto ao tipo de gente que vinha morar aqui. Podia escolher. Eu só aceitava os muito bem relacionados e bem-educados — a elite de verdade (como o senhor, Herr Issyvoo). Já recebi um barão e um capitão e um professor. Volta e meia me davam presentes — uma garrafa de conhaque ou uma caixa de chocolates ou flores. E quando um deles viajava nas férias, sempre me mandava um cartão — de Londres, podia ser, ou de Paris, ou de Baden-Baden. Que cartões lindos eu recebia..."

E agora a Fräulein Schroeder não tem nem o próprio quarto. Tem que dormir na sala de estar, atrás de um biombo, em um sofazinho com molas quebradas. Assim como em muitos dos apartamentos mais antigos de Berlim, nossa sala liga a parte da frente da casa com a dos fundos. Os inquilinos que moram na frente têm que atravessar a sala de estar quando vão ao banheiro, portanto é muito comum Frl. Schroeder ser incomodada durante a noite. "Mas volto a dormir na mesma hora. Não me preocupa. Estou cansada demais." Ela tem que fazer todos os serviços domésticos sozinha e isso lhe toma a maior parte do dia. "Vinte anos atrás, se alguém me dissesse para esfregar meu próprio chão, eu daria um tapa na cara do sujeito. Mas a gente se acostuma. A gente se acostuma a tudo. Ora, eu me lembro da época em que preferiria cortar minha mão direita fora a esvaziar este urinol... E agora", diz Frl. Schroeder, combinando a ação com a palavra, "minha nossa! Para mim é a mesma coisa que servir uma xícara de chá!"

Ela gosta de me apontar as várias marcas e manchas deixadas por inquilinos que habitaram este quarto:

"Sim, Herr Issyvoo, tenho alguma coisa para me lembrar de cada um deles... Olha aqui, no tapete — mandei para a lavanderia nem sei quantas vezes, mas não se consegue tirar com nada — foi onde Herr Noeske vomitou depois da festa de aniversário dele. O que foi que ele comeu, para fazer um estrago desses? Ele veio a Berlim para estudar, sabe. Os pais moravam em Brandemburgo — uma família de primeira categoria; ah, eu garanto ao senhor! Tinham dinheiro à beça! Herr papai era cirurgião, e é claro que queria que o filho seguisse seus passos... Que rapaz encantador! 'Herr Noeske', eu dizia a ele, 'me perdoe, mas o senhor precisa se esforçar mais — com todo esse cérebro que tem! Pense no seu Herr papai e na sua Frau mamãe; não é justo que eles joguem dinheiro fora desse jeito. Ora, se o senhor o atirasse no rio Spree seria melhor. Pelo menos faria um barulhão!' Eu era como uma mãe para ele. E sempre que se metia em algum aperto — ele era de um descuido terrível —, vinha direto me procurar: 'Schroederschen', ele dizia, 'por favor, não se zangue comigo... Estávamos jogando cartas ontem à noite e perdi toda a mesada deste mês. Não me atrevo a contar ao meu pai...'. E me olhava com aqueles olhões dele. Eu sabia exatamente o que ele queria, aquele malandro! Mas não tinha coragem de recusar. Então me sentava e escrevia uma carta à sua Frau mamãe e implorava que o perdoasse só daquela vez e mandasse mais um pouco de dinheiro. E ela sempre atendia... É claro, como mulher, eu sabia como apelar aos sentimentos maternais, apesar de nunca ter tido filhos... O senhor está sorrindo por quê, Herr Issyvoo? Ora, ora! Erros acontecem, sabe?

"E era ali que Herr Rittmeister sempre espirrava café no papel de parede. Ele ficava sentado ali no sofá com a noiva. 'Herr Rittmeister', eu dizia a ele, 'por favor, tome o seu café na mesa. Se me permite dizer, o senhor tem tempo de sobra para a outra coisa depois...' Mas não, ele sempre se sentava no sofá. E então, como era de esperar, quando ele começava a ficar meio animado com as emoções, lá se iam as xícaras de café... Um cavalheiro tão bonito! Sua Frau mamãe e sua irmã vinham nos visitar de vez em quando. Gostavam de vir a Berlim. 'Fräulein Schroeder', elas me diziam, 'a senhora não sabe a sorte que tem de morar aqui, bem no centro das coisas. Nós somos apenas as primas do interior — invejamos a senhora! Agora nos conte os últimos escândalos da Corte!' É claro que estavam só brincando. Tinham uma casinha linda, não muito longe de Halberstadt, no Harz. Elas me mostravam fotos. Era um sonho!

"Está vendo essas manchas de tinta no carpete? É onde Herr professor Koch sacudia a caneta-tinteiro. Mostrei a ele uma centena de vezes. No fim das contas, cheguei a colocar folhas de mata-borrão no chão, ao redor da cadeira. Ele era tão distraído... Que cavalheiro querido! E tão simples. Eu gostava muito dele. Se eu remendasse uma de suas camisas ou cerzisse suas meias, ele me agradecia com lágrimas nos olhos. Também gostava de se divertir um pouco. Às vezes, quando me ouvia chegando, ele apagava a luz e se escondia atrás da porta; depois rugia feito um leão para me assustar. Que nem uma criança..."

Fräulein Schroeder é capaz de continuar falando, sem se repetir, por horas. Depois de passar um tempo escutando-a, me pego recaindo em um curioso estado depressivo que parece um transe. Começo a me sentir profundamente infeliz. Onde estão todos esses inquilinos agora? Onde, daqui a dez anos, estarei eu mesmo? Com certeza não aqui. Quantos mares e fronteiras terei que cruzar para chegar a esse dia distante; quantos quilômetros terei que percorrer, a pé, a cavalo, de carro, de bicicleta, avião, vapor, trem, elevador, escada rolante e bonde? De quanto dinheiro precisarei para essa jornada colossal? Quanta comida devo consumir aos poucos, exaustivamente, no caminho? Quantos pares de sapatos vou gastar? Quantos milhares de cigarros vou fumar? Quantas xícaras de chá vou tomar e quantos copos de cerveja? Que perspectiva horrível e de mau gosto! E no entanto — ter que morrer... Uma pontada súbita e indefinida de apreensão aperta meus intestinos e tenho que pedir licença para ir ao toalete.

Ao saber que já fui um estudante de medicina, ela me confidencia que é muito infeliz devido ao tamanho de seu peito. Sofre de palpitações e tem certeza de que devem ser causadas pelo esforço maior do coração. Ela se pergunta se deveria operar.

Alguns de seus conhecidos a recomendaram que sim, outros foram contrários:

"Nossa, é um peso tão grande para carregar consigo! E só de pensar — Herr Issyvoo: eu era magra como o senhor!"

"Imagino que a senhora tivesse muitos admiradores, Frl. Schroeder."

Sim, ela tivera dezenas. Mas apenas um amigo. Era um homem casado, que vivia separado da esposa, que se recusava a se divorciar dele.

"Ficamos onze anos juntos. Depois ele faleceu de pneumonia. Às vezes acordo no meio da noite, quando está frio, e desejo que ele estivesse aqui. Parece que a gente nunca fica quente de verdade quando dorme sozinho."

Há outros quatro inquilinos neste apartamento. Na porta ao lado, no amplo quarto da frente, está Fräulein Kost. No quarto oposto ao meu, com vista para o pátio, fica Frl. Mayr. Nos fundos, depois da sala de estar, está Bobby. E atrás do quarto de Bobby, acima do banheiro, no alto de uma escada, fica o minúsculo sótão ao qual Frl. Schroeder se refere, por algum motivo oculto, como "O Pavilhão Sueco". Ela o aluga, a vinte marcos por mês, para um caixeiro-viajante que passa o dia inteiro e boa parte da noite fora. De vez em quando me deparo com ele nas manhãs de domingo, na cozinha, arrastando os pés, de colete e calças, se desculpando enquanto procura uma caixa de fósforos.

Bobby é bartender em um bar chique chamado Troika. Não sei qual é seu nome verdadeiro. Ele adotou esse porque nomes cristãos ingleses estão em voga neste momento no demi-monde de Berlim. É um rapaz pálido, com cara de preocupado, bem-vestido, com cabelo preto fino e reluzente. No começo da tarde, logo depois de sair da cama, ele anda pelo apartamento em mangas de camisa, usando uma rede no cabelo.

Frl. Schroeder e Bobby são íntimos um do outro. Ele lhe faz cócegas e dá tapas em seu traseiro; ela bate na cabeça dele com a frigideira ou o esfregão. Na primeira vez que os surpreendi brigando desse jeito, ambos ficaram bastante constrangidos. Agora encaram minha presença como algo natural.

Fräulein Kost é uma garota loira exuberante com grandes e tolos olhos azuis. Quando nos encontramos, entrando e saindo do banheiro em nossos roupões, ela evita recatadamente meu olhar. É rechonchuda, mas tem um belo porte.

Um dia perguntei à Frl. Schroeder, sem nenhum rodeio, qual é a profissão de Frl. Kost.

"Profissão? Rá, rá, essa é boa! Essa é a palavra certa! Ah, sim, ela tem uma bela profissão. Como essa..."

E, com ares de quem fazia algo extremamente cômico, começou a andar pela cozinha feito uma pata, segurando com afetação o espanador entre o indicador e o polegar. Perto da porta, deu um rodopio triunfante, brandindo o espanador como se fosse um lenço de seda, e beijou sua mão para mim em tom zombeteiro:

"*Ja, ja*, Herr Issyvoo! É assim que elas fazem!"

"Não entendi direito, Frl. Schroeder. A senhora está querendo dizer que ela anda na corda bamba?"

"Rá, rá, rá! Muito bem, Herr Issyvoo! Sim, é isso mesmo! É isso! Ela anda na corda para ganhar a vida. É uma boa descrição dela!"

Uma noite, pouco depois disso, encontrei Fräulein Kost na escada, com um japonês. Depois, Frl. Schroeder me explicou que ele é um dos melhores clientes de Frl. Kost. Ela perguntou à Frl. Kost como passavam juntos o tempo que não estavam de fato na cama, pois o japonês não sabe falar quase nada em alemão.

"Ah, bom", disse Frl. Kost, "nós botamos o gramofone para tocar, sabe, e comemos chocolate, e então rimos muito. Ele gosta muito de rir..."

Frl. Schroeder gosta de verdade de Frl. Kost e com certeza não faz nenhuma objeção moral a seu ofício; no entanto, quando está brava porque Frl. Kost quebrou o bico da chaleira ou deixou de marcar suas chamadas telefônicas na lousa da sala de estar, ela sempre exclama:

"Mas afinal, o que esperar de uma mulher desse tipo, uma prostituta comum! Ora, Herr Issyvoo, o senhor sabe o que ela era? Uma criada! Mas ela tinha que ficar íntima do patrão, e um belo dia, é claro, se viu em certas circunstâncias... E quando essa pequena dificuldade foi eliminada, ela teve que sair trotando..."

Frl. Mayr é uma *jodlerin* de teatro de variedades — uma das melhores, assim me garante Frl. Schroeder em tom reverente, da Alemanha inteira. Frl. Schroeder não gosta muito de Frl. Mayr, mas tem por ela grande admiração; e deveria ter mesmo. Frl. Mayr tem um maxilar de buldogue, braços enormes e cabelo áspero e claro. Fala em dialeto bávaro com uma ênfase peculiarmente agressiva. Quando está em casa, senta-se feito um cavalo de batalha à mesa da sala de estar, e ajuda Frl. Schroeder a distribuir as cartas. Ambas são exímias cartomantes e nenhuma delas sonharia em começar o dia sem consultar os prognósticos. A principal coisa que ambas querem saber neste momento é: quando Frl. Mayr vai conseguir outra contratação? A questão interessa Frl. Schroeder tanto quanto Frl. Mayr, pois o aluguel de Frl. Mayr está atrasado.

Na esquina da Motzstrasse, quando o tempo está bom, fica um maltrapilho de olhos esbugalhados ao lado de uma cabine portátil de lona. Nas laterais da barraca estão pregados diagramas astrológicos e cartas de recomendação autografadas por clientes satisfeitos. Frl. Schroeder o consulta sempre que pode bancar os marcos de sua remuneração. Na verdade, ele tem um papel importantíssimo na vida dela. Sua conduta com ele é uma mistura de adulações e ameaças. Se as coisas boas que ele promete se transformarem em realidade, ela lhe dará um beijo, diz, o convidará para jantar, lhe comprará um relógio de ouro; se não, ela o estrangulará, o esbofeteará, o denunciará à polícia. Entre outras profecias, o astrólogo lhe disse que ela vai ganhar dinheiro na Loteria Estatal Prussiana. Até agora, não teve sorte. Mas vive discutindo o que fará com o prêmio. Todos ganharemos presentes, é claro. Eu vou ganhar um chapéu, pois Frl. Schroeder acha muito inapropriado que um cavalheiro com a minha educação ande sem um.

Quando não está ocupada com as cartas, Frl. Mayr toma chá e faz uma preleção à Frl. Schroeder a respeito de seus triunfos teatrais do passado:

"E o diretor me disse: 'Fritzi, você deve ter sido enviada pelo céu! Minha protagonista adoeceu. Você tem que partir para Copenhague esta noite'. E ainda por cima ele não aceitava não como resposta. 'Fritzi', ele disse (ele sempre me chamou assim), 'Fritzi, você não vai deixar um velho amigo na mão, né?' Então eu fui..." Frl. Mayr toma um golinho de chá e relembra: "Que homem charmoso. E tão bem-criado". Ela sorri: "Era muito próximo... mas ele sempre soube se comportar".

Frl. Schroeder assente, ávida, absorvendo cada palavra, se deliciando:

"Imagino que alguns desses diretores sejam uns demônios atrevidos. (Quer mais linguiça, Frl. Mayr?)."

"(Obrigada, Frl. Schroeder; só um pedacinho de nada.) É, alguns deles... a senhora não ia nem acreditar! Mas eu sempre soube me cuidar. Mesmo quando eu era garotinha..."

Os músculos dos braços nus polpudos de Frl. Mayr se agitam repulsivamente. Ela levanta o queixo:

"Sou da Bavária; e uma bávara nunca esquece uma ofensa."

* * *

Ao entrar na sala de estar ontem à noite, me deparei com Frl. Schroeder e Frl. Mayr deitadas de bruços com as orelhas apertadas contra o tapete. De quando em quando, trocavam sorrisos de deleite ou se davam beliscões alegres, com exclamações simultâneas de *Shh!*

"Escuta!", sussurrou Frl. Schroeder, "ele está arrebentando todos os móveis!"

"Ele está batendo nela até não poder mais!", exclamou Frl. Mayr, alarmada.

"Bang! Escuta só!"

"Shh! Shh!"

"Shh!"

Frl. Schroeder estava fora de si. Quando perguntei qual era o problema, ela se pôs de pé, avançou se balançando e, me tomando pela cintura, dançou uma valsinha comigo: "Herr Issyvoo! Herr Issyvoo! Herr Issyvoo!" até ficar sem fôlego.

"Mas o que foi que aconteceu?", perguntei.

"Shh!", ordenou Frl. Mayr, do chão. "Shh! Eles começaram outra vez!"

No apartamento logo abaixo do nosso vive uma tal Frau Glanterneck. É uma judia galega, por si só uma razão para que Frl. Mayr seja sua inimiga, pois Frl. Mayr, nem preciso dizer, é uma nazista fervorosa. E, independente disso, parece que Frau Glanterneck e Frl. Mayr já trocaram algumas palavras na escada a respeito do canto tirolês de Frl. Mayr. Frau Glanterneck, talvez por ser não ariana, disse que preferia os barulhos feitos por gatos. Assim, insultou não apenas Frl. Mayr como todas as mulheres bávaras, todas as alemãs, e o dever prazeroso de Frl. Mayr era se vingar por elas.

Cerca de quinze dias atrás, espalhou-se entre os vizinhos a notícia de que Frau Glanterneck, que tem sessenta anos e é feia como uma bruxa, vinha colocando anúncios no jornal em busca de um marido. Além disso, um candidato já havia aparecido: um açougueiro viúvo de Halle. Tinha conhecido Frau Glanterneck e mesmo assim estava disposto a se casar com ela. Era a chance de Frl. Mayr. Depois de uma investigação tortuosa, descobriu o nome e o endereço do açougueiro e lhe escreveu uma carta anônima. Teria ele ciência de que Frau Glanterneck tinha (*a*) percevejos no apartamento, (*b*) sido detida por fraude e solta sob a justificativa de que era insana, (*c*) alugado seu próprio quarto para fins imorais, e (*d*) dormido na cama depois sem ter trocado os lençóis? E agora o açougueiro havia chegado para confrontar Frau Glanterneck com a carta. Era possível ouvir os dois com muita clareza: o rosnado do prussiano enfurecido e os gritos estridentes da judia. De vez em quando ouvia-se o baque do punho contra a madeira e, às vezes, o estilhaçar do vidro. A briga durou mais de uma hora.

Esta manhã soubemos que os vizinhos reclamaram com a porteira sobre o tumulto e que Frau Glanterneck deve estar de olho roxo. O casamento foi cancelado.

Os habitantes desta rua já me conhecem de vista. Na mercearia, as pessoas não viram mais a cabeça ao ouvir meu sotaque inglês quando peço meio quilo de manteiga. Na esquina da rua, após o anoitecer, as três prostitutas não sussurram mais com a voz rouca: "*Komm, Süsser!*" quando eu passo.

As três prostitutas claramente já passaram dos cinquenta. Não tentam esconder a idade. Não estão visivelmente maquiadas ou empoadas. Vestem casacos de pele velhos e folgados, saias mais longas e chapéus de matronas. Por acaso as mencionei a Bobby, e ele me explicou que existe uma procura assumida pelo tipo de mulher reconfortante. Muitos homens de meia-idade as preferem às meninas. Elas atraem até mesmo garotos que estão na adolescência. Um menino, explicou Bobby, fica acanhado com uma garota de sua idade, mas não com uma mulher que tem idade para ser sua mãe. Como a maioria dos bartenders, Bobby é um grande especialista em questões sexuais.

Uma noite dessas eu o visitei em seu horário de trabalho.

Ainda era bem cedo, mais ou menos nove horas, quando cheguei ao Troika. O ambiente era muito mais amplo e refinado do que eu esperava. Um porteiro uniformizado enfeitado como um arquiduque olhou com desconfiança para minha cabeça sem chapéu até eu me dirigir a ele em inglês. A moça astuta da chapelaria insistiu em pegar meu sobretudo, que esconde as piores manchas da minha calça folgada de flanela. Um garoto de recados, sentado junto ao balcão, não se levantou para abrir a porta interna. Bobby, para meu alívio, estava em seu lugar atrás do bar azul e prateado. Fui até ele como se vai ao encontro de um velho amigo. Ele me cumprimentou com muita simpatia:

"Boa noite, sr. Isherwood. Muito contente em vê-lo aqui."

Pedi uma cerveja e me acomodei em uma banqueta do canto. De costas para a parede, conseguia examinar o salão inteiro.

"Como vão os negócios?", perguntei.

O rosto aflito, empoado, notívago de Bobby se fechou. Ele inclinou a cabeça na minha direção, sobre o bar, com uma seriedade lisonjeira e confidencial:

"Não muito bem, sr. Isherwood. O tipo de público que recebemos hoje em dia... o senhor nem acreditaria! Poxa, um ano atrás a gente os faria voltar da porta. Eles pedem uma cerveja e acham que têm o direito de ficar aqui sentados a noite inteira."

Bobby falava com extrema amargura. Comecei a me sentir incomodado:

"O que você vai beber?", perguntei, tomando minha cerveja com culpa; e acrescentei, para evitar qualquer mal-entendido: "Eu gostaria de um uísque com soda".

Bobby disse que me acompanharia.

O salão estava quase vazio. Olhei para os poucos clientes, tentando enxergá-los pelos olhos desiludidos de Bobby. Havia três garotas bonitas e bem-vestidas sentadas ao bar: a que estava mais perto de mim era especialmente elegante, tinha um ar bastante cosmopolita. Mas durante uma pausa na conversa, ouvi fragmentos do que ela falava com o outro bartender. Falava com sotaque nitidamente berlinense. Estava cansada e entediada; sua boca se abriu. Um rapaz se aproximou e entrou na conversa; um garoto bonito de ombros largos com um paletó preto bem cortado, que poderia muito bem ser um monitor inglês de escola pública de férias.

"*Nee, nee*", eu o ouvi dizer. "*Bei mir nicht!*" Ele sorriu e fez um gesto seco, brusco, típico da rua.

No canto estava sentado o menino de recados, que falava com o velho servente do toalete em seu paletó branco. O menino disse alguma coisa, riu e de repente irrompeu em um bocejo enorme. Os três músicos conversavam no palco, evidentemente relutando em começar até que tivessem um público que valesse a pena. Em uma das mesas, pensei ter visto um cliente de verdade, um homem corpulento de bigode. Após um instante, no entanto, nossos olhares se encontraram, ele fez uma pequena mesura e entendi que devia ser o gerente.

A porta se abriu. Dois homens e duas mulheres entraram. As mulheres eram idosas, tinham pernas grossas, cabelos curtos e vestidos caros de festa. Os homens eram letárgicos, pálidos, provavelmente holandeses. Ali, sem dúvida, havia dinheiro. Em um piscar de olhos, o Troika se transformou. O gerente, o menino dos cigarros e o servente do toalete se levantaram ao mesmo tempo. O servente do toalete desapareceu. O gerente disse algo em uma furiosa meia-voz ao menino dos cigarros, que também desapareceu. Ele então se aproximou, fazendo mesuras e sorrindo, da mesa dos clientes e apertou a mão dos dois homens. O menino dos cigarros ressurgiu com sua bandeja, seguido por um garçom que chegou correndo com a carta de vinhos. Enquanto isso, a orquestra de três homens tocava vivamente. As garotas do bar se viraram nas banquetas, com sorrisos que eram convites não muito diretos. Os gigolôs se aproximaram delas como se fossem completas desconhecidas, fizeram uma mesura formal, e pediram, em tom educado, que lhes concedessem o prazer de uma dança. O menino de recados, arrumado, sorrindo discretamente e se balançando da cintura para cima como uma flor, atravessou o salão com sua bandeja de cigarros: *"Zigarren! Zigaretten!"*. Sua voz era zombeteira, bem articulada como a de um ator. E no mesmo tom, só que mais alto, zombeteiro, alegre, para que todos o ouvíssemos, o garçom pediu a Bobby: "Um Heidsieck Monopole!".

Com uma seriedade ridícula, solícita, os dançarinos faziam suas coreografias intrincadas, demonstrando a cada movimento terem consciência do papel que interpretavam. E o saxofonista, deixando o instrumento pender da fita ao redor do pescoço, avançou até a beirada do palco com seu pequeno megafone:

Sie werden lachen,
Ich lieb'
Meine eigene Frau...

Ele cantava com olhar cúmplice, incluindo todos nós na conspiração, carregando a voz de insinuações, revirando os olhos em uma pantomima epiléptica de alegria extrema. Bobby, gracioso, elegante, cinco anos mais novo, empunhava a garrafa. Em meio a tudo isso os dois cavalheiros flácidos conversavam entre si, provavelmente sobre negócios, sem nem uma olhadela para a vida noturna que tinham feito nascer; enquanto suas mulheres ficavam sentadas em silêncio, negligenciadas, perplexas, desconfortáveis e muito entediadas.

Fräulein Hippi Bernstein, minha primeira aluna, mora em Grünewald, em uma casa feita quase toda de vidro. A maioria das famílias mais ricas de Berlim mora em Grünewald. É difícil entender o porquê. Seus casarões, em todos os estilos conhecidos de feiura cara, indo da insensatez do rococó excêntrico à caixa cubista de vidro e aço com telhado reto, se amontoam nesse pinheiral úmido e sombrio. Poucos deles podem bancar jardins amplos, pois a área tem um preço fabuloso; a única vista que têm é do quintal dos vizinhos, todos protegidos por uma cerca de arame farpado e um cão selvagem. O pavor de roubos e de revolução reduziu essas pessoas infelizes a um estado de sítio. Não têm nem privacidade nem sol. O bairro é de fato uma favela de milionários.

Quando toquei a campainha no portão do jardim, um jovem criado saiu da casa com uma chave, seguido por um robusto pastor-alemão que rosnava.

"Ele não vai morder o senhor enquanto eu estiver aqui", o criado me garantiu, sorrindo.

A sala da casa dos Bernstein tem portas com guarnição de metal e um relógio a vapor preso à parede com parafusos. Há luminárias modernistas, feitas para parecerem medidores de pressão, termômetros e mesas telefônicas. Porém a mobília não combina com a casa e seus acessórios. O ambiente é como uma usina elétrica que os engenheiros tentaram deixar mais confortável com cadeiras e mesas de uma pensão antiquada e muito respeitável. Nas austeras paredes de metal estão penduradas paisagens muito envernizadas do século XIX em enormes molduras douradas. Herr Bernstein provavelmente encomendou o casarão a algum arquiteto popular de avant-garde em um momento de imprudência; ficou horrorizado com o resultado e tentou disfarçá-lo ao máximo com os pertences da família.

Frl. Hippi é uma menina bonita e gorda, de uns dezenove anos, com cabelo castanho brilhante, bons dentes e grandes olhos bovinos. Tem uma risada preguiçosa, divertida, autoindulgente e um busto bem formado. Fala um inglês escolar com leve sotaque americano, muito bem, para sua completa satisfação. Ela deixa claro que não pretende fazer o menor esforço. Quando tentei debilmente sugerir um plano para nossas aulas, não parou de me interromper para oferecer chocolate, café, cigarro: "Com licença um instante, não tem fruta nenhuma", sorriu, pegando o interfone: "Anna, traga laranjas, por favor".

Quando a empregada apareceu com as laranjas, fui forçado, a despeito de meus protestos, a fazer uma refeição normal, com prato, faca e garfo. Isso destruiu o último simulacro de relação professor-aluna. Senti-me como um policial a quem é servida uma refeição na cozinha por uma cozinheira atraente. Frl. Hippi ficou sentada, me observando comer, com seu sorriso afável e preguiçoso:

"Me conta, por favor, por que o senhor veio para a Alemanha?"

Ela era inquisitiva a meu respeito, mas apenas como uma vaca que empurra com languidez as barras de um portão com a cabeça. Não se importava muito se o portão se abriria. Falei que achava a Alemanha muito interessante:

"A situação política e econômica", improvisei assertivamente, com minha voz de professor de escola, "é bem mais interessante na Alemanha do que em qualquer outro país europeu.
"A não ser a Rússia, claro", acrescentei, a título de experimento.

Mas Frl. Hippi não reagiu. Apenas sorriu sem expressão: "Imagino que seja aborrecido para o senhor aqui. O senhor não tem muitos amigos em Berlim, não é?"

Isso parecia agradá-la e diverti-la:

"O senhor não conhece algumas garotas legais?"

Então a campainha do interfone soou. Sorrindo preguiçosamente, ela pegou o receptor, mas pareceu não escutar a voz baixinha que saía dele. Eu ouvia bem nítida a verdadeira voz de Frau Bernstein, mãe de Hippi, falando do cômodo ao lado.

"Você deixou seu livro *vermelho* aqui?", repetiu Frl. Hippi, em tom de brincadeira, sorrindo para mim como se fosse uma piada da qual eu precisasse compartilhar: "Não, não estou vendo. Deve estar lá no escritório. Liga para o papai. Sim, ele está trabalhando lá". Em um espetáculo mudo, ela me ofereceu outra laranja. Fiz que não educadamente. Ambos sorrimos: "Mamãe, o que vamos ter para o almoço hoje? É? Verdade? Magnífico!".

Ela desligou o interfone e retomou o interrogatório:

"O senhor não conhece qualquer garota legal?"

"*Nenhuma* garota legal...", corrigi, evasivo. Mas Frl. Hippi apenas sorriu, esperando a resposta para sua pergunta.

"Sim. Uma", enfim acrescentei, pensando em Frl. Kost.

"Só uma?" Ela ergueu as sobrancelhas, em uma surpresa cômica. "E me diga, por favor, o senhor acha as garotas alemãs diferentes para as garotas inglesas?"

Enrubesci. "O senhor acha as garotas alemãs..." Comecei a corrigi-la e parei, percebendo a tempo que eu não estava totalmente certo se se diz *diferente de* ou *diferente por*.

"O senhor acha as garotas alemãs diferentes para as garotas inglesas?", ela repetiu, com persistência sorridente.

Corei mais do que nunca. "Sim. Muito diferentes", afirmei com audácia.

"São diferentes em que sentido?"

Por sorte, o interfone tocou de novo. Era alguém da cozinha, para avisar que o almoço seria servido uma hora antes que o habitual. Herr Bernstein ia à cidade naquela tarde.

"Desculpe", disse Frl. Hippi, se levantando, "mas temos que encerrar por hoje. E nos vemos de novo na sexta-feira? Então tchau, sr. Isherwood. E agradeço muito."

Ela enfiou a mão na bolsa e me entregou um envelope que botei no bolso, sem jeito, e só abri quando já estava fora do campo de visão da casa dos Bernstein. Continha uma moeda de cinco marcos. Eu a joguei para o alto, não consegui pegá-la, a encontrei depois de cinco minutos de procura, enterrada na areia, e corri até o ponto do bonde, cantando e chutando pedrinhas rua afora. Sentia-me extraordinariamente culpado e exultante, como se tivesse cometido com sucesso um pequeno roubo.

Era puro desperdício de tempo sequer fingir ensinar alguma coisa à Frl. Hippi. Quando ela não sabe uma palavra, a diz em alemão. Se a corrijo, ela a repete em alemão. Fico contente, é claro, que ela seja tão preguiçosa, e só tenho medo de que Frau Bernstein descubra o pouco progresso que a filha está fazendo. Mas isso é bastante improvável. As pessoas ricas, em sua maioria, uma vez que decidam confiar em alguém, podem ser enganadas quase em qualquer grau. O único problema real para o professor particular é passar pela porta da frente.

Quanto a Hippi, ela parece gostar das minhas visitas. De algo que ela disse outro dia, tirei a conclusão de que se gaba às amigas de escola de ter um legítimo professor inglês. Nos entendemos muito bem. Sou subornado com frutas para não ser enfadonho quanto à língua inglesa; ela, de sua parte, diz aos pais que sou o melhor professor que já teve. Fofocamos em alemão sobre as coisas que a interessam. E a cada três ou quatro minutos somos interrompidos para que ela exerça sua função no jogo da família de trocar recados totalmente desimportantes pelo interfone.

Hippi nunca se preocupa com o futuro. Como todo mundo em Berlim, ela se refere constantemente à situação política, mas apenas por alto, com uma melancolia convencional, como quando se fala de religião. Parece-lhe bastante irreal. Ela pretende ingressar na universidade, viajar por aí, se divertir à beça e, no devido tempo, é claro, se casar. Já tem um bom número de amigos. Passamos bastante tempo conversando sobre eles. Um tem um carro maravilhoso. Outro tem um avião. Há um que travou sete duelos. Outro descobriu um talento para apagar postes de luz dando-lhes um chute engenhoso em certo ponto. Uma noite, voltando de um baile, Hippi e ele apagaram todos os postes da vizinhança.

Hoje o almoço foi servido cedo na casa dos Bernstein, por isso fui convidado a me juntar a eles em vez de dar minha "aula". A família inteira estava presente: Frau Bernstein, corpulenta e plácida; Herr Bernstein, pequeno, trêmulo e dissimulado. Havia também a irmã caçula, uma menina de doze anos, muito gorda. Ela comia sem parar, indiferente às piadas e aos avisos de Hippi de que ela explodiria. Todos parecem se gostar muito, do jeito acolhedor e convencional deles. Houve uma breve discussão doméstica, pois Herr Bernstein não queria que a esposa saísse de carro para fazer compras naquela tarde. Nos últimos dias, havia um monte de nazistas tumultuando a cidade.

"Você pode ir de bonde", disse Herr Bernstein. "Não quero que atirem pedras no meu belo carro."

"E se atirarem pedras em mim?", perguntou Frau Bernstein, bem-humorada.

"Ah, que importância tem? Se atirarem pedras em você, eu compro um esparadrapo para a sua cabeça. Só vai me custar cinco *groschen*. Mas se jogarem pedras no meu carro, talvez me custe quinhentos marcos."

E assim a questão foi resolvida. Então Herr Bernstein voltou sua atenção para mim:

"Não dá para reclamar que o tratamos mal aqui, não é, meu jovem? Não só oferecemos uma bela refeição como pagamos você para comer!"

Percebi pela expressão de Hippi que a conversa estava indo um pouco longe demais, mesmo para o senso de humor dos Bernstein, por isso eu ri e disse:

"O senhor vai me pagar um marco a mais para cada vez que eu me servir?"

Herr Bernstein achou muita graça, mas teve o cuidado de demonstrar que sabia que eu não estava falando sério.

Durante a última semana, nosso lar mergulhou em uma briga extraordinária.

Começou quando Frl. Kost chegou para Frl. Schroeder e anunciou que cinquenta marcos haviam sido furtados de seu quarto. Ela estava muitíssimo chateada; principalmente, explicou, porque era o dinheiro que havia separado para o aluguel e a conta de telefone. A nota de cinquenta marcos estava na gaveta do armário, bem ao lado da porta do quarto de Frl. Kost.

A sugestão imediata de Frl. Schroeder foi, e não era ilógica, de que o dinheiro havia sido roubado por um dos clientes de

Frl. Kost. Frl. Kost declarou que isso era de todo impossível, já que nenhum deles a havia visitado nos últimos três dias. Além do mais, acrescentou, os amigos *dela* estavam todos acima de qualquer suspeita. Eram cavalheiros bem de vida, para quem uma mísera nota de cinquenta marcos era uma mera bagatela. Frl. Schroeder ficou realmente muito irritada:

"Acho que ela está querendo insinuar que um de *nós* roubou! Olha que acinte! Herr Issyvoo, o senhor nem acredita, mas eu seria capaz de cortá-la em pedacinhos!"

"Sim, Frl. Schroeder. Não tenho dúvidas de que seria."

Então Frl. Schroeder elaborou a teoria de que o dinheiro não tinha sido furtado coisa nenhuma e tudo era apenas um truque de Frl. Kost para não pagar o aluguel. Ela deu a entender isso a Frl. Kost, que ficou furiosa. Frl. Kost disse que, de todo modo, conseguiria levantar o dinheiro em poucos dias, o que já havia feito. Também informou que deixaria seu quarto no fim do mês.

Nesse meio-tempo, descobri, muito por acaso, que Frl. Kost estava tendo um caso com Bobby. Ao entrar, uma noite, reparei que a luz do quarto de Frl. Kost não estava acesa. Sempre dá para ver, porque há um vidro fosco na porta dela que ilumina o corredor do apartamento. Mais tarde, enquanto lia deitado na cama, ouvi a porta de Frl. Kost se abrir e a voz de Bobby, rindo e cochichando. Depois de muitos rangidos do assoalho e risadas abafadas, Bobby saiu do apartamento na ponta dos pés e fechou a porta da forma mais silenciosa possível. Um instante depois, entrou de novo fazendo bastante barulho e passou direto para a sala de estar, onde o escutei dar boa-noite à Frl. Schroeder.

Se Frl. Schroeder não sabe mesmo disso, ela pelo menos desconfia. O que explica sua fúria contra Frl. Kost, pois a verdade é que está terrivelmente enciumada. Têm acontecido incidentes muito grotescos e constrangedores. Certa manhã, quando eu queria visitar o toalete, Frl. Kost já o estava usando. Frl. Schroeder correu até a porta antes que eu pudesse impedi-la e exigiu que a Frl. Kost saísse logo; e quando Frl. Kost desobedeceu, como era de esperar, Frl. Schroeder começou, apesar dos meus protestos, a esmurrar a porta. "Sai do meu banheiro!", berrava. "Sai agora, senão vou ligar para a polícia para tirar você daí!"

Depois disso, ela irrompeu em lágrimas. O choro lhe provocou palpitações. Bobby teve que carregá-la até o sofá, ofegante e soluçante. Enquanto estávamos todos em volta dela, um tanto impotentes, Frl. Mayr apareceu na porta com um semblante de carrasca e disse, com voz terrível, para Frl. Kost: "Se considere uma pessoa de sorte, minha cara, se você não a tiver matado!". Então tomou as rédeas da situação, mandou que todos nós saíssemos da sala e ordenou que eu fosse à mercearia comprar um frasco de gotas de valeriana. Quando voltei, ela estava sentada ao lado do sofá, acariciando a mão de Frl. Schroeder e murmurando, em seus tons mais trágicos: "Lina, minha pobre criancinha... o que foi que fizeram contigo?".

Sally Bowles

Uma tarde, no começo de outubro, fui convidado para tomar um café preto no apartamento de Fritz Wendel. Fritz sempre convidava para tomar "café preto", com ênfase no preto. Tinha muito orgulho de seu café. As pessoas diziam que era o mais forte de Berlim.

O próprio Fritz estava usando sua roupa habitual de reuniões para tomar café — um suéter náutico branco bem grosso e calça de flanela azul bem claro. Ele me cumprimentou com seu sorriso sedutor, de lábios carnudos:

"Ei, Chris!"

"Olá, Fritz. Como vai?"

"Bem." Ele se inclinou sobre a cafeteira, o cabelo preto reluzente se desgrudando da cabeça e caindo sobre os olhos em cachos de perfume magnífico. "Essa droga não funciona", acrescentou.

"Como vão os negócios?", perguntei.

"Péssimos e terríveis." Fritz abriu um sorriso esplêndido. "Eu consigo um novo acordo mês que vem ou viro gigolô."

"*Ou*... ou...", corrigi, por força do hábito profissional.

"Estou falando um inglês péssimo neste momento", Fritz disse arrastado, muito satisfeito consigo mesmo. "A Sally disse que talvez me dê umas aulas."

"Quem é Sally?"

"Ah, esqueci. Você não conhece a Sally. Que horror da minha parte. Ela vem aqui esta tarde, em algum momento."

"Ela é legal?"

Fritz revirou os olhos pretos travessos, me entregando um cigarro aromatizado com rum de sua lata personalizada.

"*Mara*-vilhosa!", disse, com voz arrastada. "Com o tempo acredito que vou ficar doido por ela."

"E quem é ela? O que ela faz?"

"Ela é inglesa, é atriz; canta no Lady Windermere — muito sexy, acredite!"

"Não me soa muito como uma garota inglesa, devo dizer."

"Ela tem um toque francês. A mãe era francesa."

Alguns minutos depois, a própria Sally chegou.

"Estou muito atrasada, Fritz querido?"

"Só meia hora, acho", Fritz falou arrastado, sorrindo com um prazer de proprietário. "Posso apresentá-la ao sr. Isherwood — srta. Bowles? O sr. Isherwood é mais conhecido como Chris."

"Não sou", falei. "O Fritz é a única pessoa que me chamou de Chris na vida."

Sally riu. Estava vestida de seda preta, com uma capa pequena sobre os ombros e uma boina igual à de um pajem, colocada garbosamente de lado na cabeça:

"Você se incomoda se eu usar seu telefone, querido?"

"Claro que não. Pode usar." Fritz me olhou. "Vamos para a outra sala, Chris. Quero mostrar uma coisa a você." Era evidente que estava louco para ouvir minhas primeiras impressões a respeito de Sally, sua nova aquisição.

"Pelo amor de Deus, não me deixe a sós com esse homem!", ela exclamou. "Senão ele me seduz ao telefone. Ele é extremamente passional."

Enquanto discava o número, reparei que suas unhas estavam pintadas de verde-esmeralda, uma escolha desastrosa de cor, pois chamava a atenção para suas mãos, muito manchadas pelo fumo e sujas como as de uma menininha. Era morena o bastante para ser irmã de Fritz. Tinha o rosto comprido e fino, pálido de tão empoado. Tinha grandes olhos castanhos que deveriam ser mais escuros para combinar com o cabelo e o lápis que usava nas sobrancelhas.

"Uláá", ela arrulhou, contraindo os lábios brilhantes cor de cereja como se fosse beijar o bocal: *"Ist dass Du, mein Liebling?"*. A boca se abriu em um sorriso bobo e doce. Fritz e eu nos sentamos e ficamos observando-a, como se fosse um espetáculo de teatro. *"Was wollen wir machen, Morgen Abend? Oh, wie wunderbar... Nein, nein, ich werde bleiben Heute Abend zu Hause. Ja, ja, ich werde wirklich bleiben zu Hause... Auf Wiedersehen, mein Liebling..."*

Ela desligou o telefone e se virou para nós, triunfante.

"Era o homem com quem dormi ontem à noite", anunciou. "Ele faz amor maravilhosamente. É um gênio absoluto nos negócios e é tremendamente rico..." Ela se aproximou e se sentou ao lado de Fritz no sofá, recostando-se nas almofadas com um suspiro: "Você me faria um café, querido? Estou simplesmente morta de sede".

E logo passamos ao assunto preferido de Fritz: o amor, que ele pronunciava *larv* em vez de *love*.

"Em média", ele nos contou, "tenho um grande caso a cada dois anos."

"E quanto tempo faz que você teve o último?", Sally perguntou.

"Exatamente um ano e onze meses!" Fritz lhe lançou seu olhar mais maroto.

"Que maravilha!" Sally franziu o nariz e deu uma melodiosa risadinha teatral. "Me *contaaa* — como foi o último?"

O pedido, é claro, levou Fritz a contar uma autobiografia completa. Ouvimos a história de sua sedução em Paris, detalhes de um flerte nas férias em Las Palmas, os quatro principais romances em Nova York, uma decepção em Chicago e uma conquista em Boston; depois voltamos a Paris para uma leve recreação, um belíssimo episódio em Viena, fomos a Londres para que fosse consolado e, por fim, Berlim.

"Sabe, Fritz querido", disse Sally, franzindo o nariz para mim, "*eu* acredito que seu problema é que você nunca encontrou a mulher certa."

"Talvez seja verdade..." Fritz levou a ideia muito a sério. Seus olhos pretos ficaram úmidos e sentimentais: "Talvez eu ainda esteja à procura da ideal...".

"Mas um dia você vai achá-la, tenho absoluta certeza." Sally me incluiu, com uma olhada, na brincadeira de dar risada de Fritz.

"Você acha mesmo?" Fritz lhe deu um sorriso sedutor, faiscante.

"*Você* não acha?" Sally apelou para mim.

"Tenho certeza de que não sei", falei. "Porque nunca consegui descobrir qual é o ideal do Fritz."

Por alguma razão, o que eu disse pareceu agradar a Fritz. Ele tomou como uma espécie de atestado: "E o Chris me conhece muito bem", ele interrompeu. "Se o Chris não sabe, bom, acho que ninguém mais sabe."

Então chegou a hora de Sally ir embora.

"Tenho que me encontrar com um sujeito no Adlon às cinco", ela explicou. "E já são seis horas! Deixa para lá, vai ser bom para aquele velho canalha ficar esperando. Ele quer que eu seja amante dele, mas eu disse que não, nem por um decreto, até ele pagar todas as minhas dívidas. Por que os homens são sempre umas bestas?" Abrindo a bolsa, ela retocou os lábios e as sobrancelhas às pressas: "Ah, aproveitando, Fritz querido, você seria um anjo e me emprestaria dez marcos? Eu não tenho nem um trocado para o táxi".

"Ah, claro!" Fritz enfiou a mão no bolso e deu o dinheiro sem hesitar, como um herói.

Sally se virou para mim: "Que acha de vir tomar um chá comigo qualquer hora dessas? Me dá seu telefone. Eu ligo para você".

Creio, pensei, que ela imagine que tenho dinheiro. Bom, servirá de lição para ela, de uma vez por todas. Anotei meu número em sua cadernetinha de couro. Fritz a levou até a porta.

"Bom!" Ele voltou saltitando à sala e fechou a porta com alegria: "O que você achou dela, Chris? Não falei para você que ela era linda?".

"Falou mesmo!"

"Cada vez que a vejo fico mais louco por ela!" Com um suspiro de prazer, ele pegou um cigarro: "Mais café, Chris?".

"Não, muito obrigado."

"Sabe, Chris, acho que ela também gostou de você!"

"Ah, que bobagem!"

"É sério, acho mesmo!" Fritz parecia satisfeito. "Acho que vamos acabar a vendo bastante daqui para a frente!"

Quando voltei à casa de Fräulein Schroeder, estava tão estonteado que precisei me deitar na cama por meia hora. O café preto de Fritz estava venenoso como sempre.

Alguns dias depois, ele me levou para ouvir Sally cantar.

O Lady Windermere (que agora, ouvi dizer, já não existe mais) era um bar "informal" com pretensão de artístico, bem perto da Tauentzienstrasse, que o dono evidentemente tentou deixar o mais parecido possível com Montparnasse. As paredes eram cobertas de esboços de menus, caricaturas e fotografias teatrais autografadas — ("À única Lady Windermere." "Para Johnny, de todo o coração."). O Leque, quatro vezes maior do que o normal, estava exposto acima do bar. Havia um grande piano em um palco no meio do salão.

Eu estava curioso para ver como Sally se comportaria. Eu a imaginara, por alguma razão, um tanto nervosa, mas ela não estava, nem de longe. Tinha uma voz rouca supreendentemente grossa. Cantava mal, sem nenhuma expressividade, as mãos pendendo junto ao corpo — ainda assim, sua performance foi, à sua própria maneira, eficaz por causa de sua aparência estupenda e de seu ar de que estava pouco se lixando para o que os outros pensavam dela. Com os braços frouxos, despreocupadamente inertes, e um sorriso é-pegar-ou-largar no rosto, ela cantou:

Now I know why Mother
Told me to be true;
She meant me for someone
Exactly like you.

Foram muitos os aplausos. O pianista, um belo rapaz de cabelo louro ondulado, se levantou e beijou a mão de Sally cerimoniosamente. Em seguida, ela cantou outras duas canções, uma em francês e outra em alemão. Essas não foram tão bem recebidas.

Depois da cantoria, houve mais um monte de beija-mãos e um movimento geral em direção ao bar. Sally parecia conhecer todo mundo que estava ali. Chamava todos de tu e querido. Para uma aspirante a *demi-mondaine*, ela parecia ter uma surpreendente falta de tato ou tino para os negócios. Gastou muito tempo flertando com um cavalheiro mais velho que obviamente teria preferido bater papo com o bartender. Mais tarde, todos nós ficamos um pouco bêbados. Então Sally teve que sair para um compromisso, e o gerente apareceu e se sentou à nossa mesa. Ele e Fritz conversaram sobre a nobreza inglesa. Fritz estava à vontade. Decidi, como tantas vezes antes, nunca mais visitar um lugar daquele tipo.

Então Sally telefonou, como havia prometido, para me convidar para um chá.
Ela morava bem no final da Kurfürstendamm, no último trecho lúgubre que sobe até Halensee. Fui conduzido a uma sala grande e sombria, parcialmente mobiliada, por uma senhoria gorda e desleixada que tinha uma papada murcha como a de um sapo. Havia um sofá quebrado em um canto e uma pintura desbotada de uma batalha do século XVIII, com os feridos apoiados nos cotovelos em posturas graciosas, admirando os saltos do cavalo de Frederico, o Grande.

"Ah, olá, Chris querido!", Sally bradou da porta. "Que gentileza a sua ter vindo! Eu estava me sentindo terrivelmente só. Estava chorando no colo de Frau Karpf. *Nicht wahr, Frau Karpf?*" Ela recorreu à senhoria com cara de sapo, *"ich habe geweint auf Dein Brust"*. Frau Karpf sacudiu o peito em uma risadinha, como um sapo.

"Você prefere tomar café, Chris, ou chá?", Sally prosseguiu. "Pode ser qualquer um dos dois. Só não recomendo muito o chá. Não sei o que Frau Karpf faz com ele; acho que ela esvazia toda a água que sobra da cozinha em um jarro e ferve com folhas de chá."

"Então eu tomo um café."

"*Frau Karpf, Liebling, willst Du sein ein Engel und bring zwei Tassen von Kaffee?*" O alemão de Sally não era apenas incorreto;

era todo dela. Ela pronunciava cada palavra de um jeito afetado, especialmente "estrangeiro". Dava para ver que estava falando um idioma estrangeiro só por sua expressão. "Chris querido, você seria um anjo e fecharia a cortina?"

Eu obedeci, embora ainda estivesse bem claro lá fora. Sally, enquanto isso, havia acendido o abajur. Quando dei as costas para a janela, ela se encolheu delicadamente no sofá feito um gato, e, abrindo a bolsa, tateou à procura de um cigarro. Mas a pose mal estava completa quando ela se pôs de pé outra vez:

"Quer um Prairie Oyster?" Ela pegou copos, ovos e um frasco de molho inglês no armário debaixo da pia desmontada: "Eu praticamente vivo disso". Com destreza, quebrou os ovos nos copos, acrescentou o molho e misturou com a ponta de uma caneta-tinteiro: "É a única coisa que consigo bancar". Estava de volta ao sofá outra vez, lindamente encolhida.

Usava o mesmo vestido preto, mas sem a capa. Em vez dela, usava um colarinho branco e punhos brancos. Provocavam uma espécie de efeito teatral casto, como uma freira em uma grande ópera. "Do que você está rindo, Chris?", ela perguntou.

"Não sei", respondi. Mas ainda assim não conseguia parar de sorrir. Havia, naquele momento, algo tão extraordinariamente cômico na aparência de Sally. Ela era mesmo muito bonita, com sua cabecinha preta, olhos grandes e um belo nariz arqueado — e tão absurdamente consciente de todas essas feições. Ali estava ela, tão complacentemente feminina quanto uma rolinha, com sua cabeça autoconsciente erguida, e as mãos posicionadas com elegância.

"Chris, seu canalha, me diga por que você está rindo."

"Eu realmente não faço a menor ideia."

Então ela começou a rir também: "Você é louco, sabia?".

"Faz tempo que você está aqui?", perguntei, olhando a sala ampla e sombria.

"Desde que cheguei a Berlim. Vejamos — há mais ou menos dois meses."

Perguntei o que a havia levado a decidir se mudar para a Alemanha. Tinha vindo sozinha? Não, com uma amiga. Atriz. Mais velha que Sally. A garota já tinha estado em Berlim antes. Dissera a Sally que com certeza conseguiriam trabalho no estúdio UFA. Assim, Sally pegou dez libras emprestadas de um cavalheiro gentil e veio com ela.

Não tinha contado nada aos pais até que as duas tivessem de fato chegado na Alemanha: "Queria que você tivesse conhecido a Diana. Ela era a interesseira mais maravilhosa do mundo. Conseguia se comunicar com homens em qualquer lugar — não importava se sabia falar a língua deles ou não. Ela fazia as pessoas quase morrerem de tanto rir. Eu a adorava de todo coração".

Mas quando já estavam juntas em Berlim havia três semanas sem ter aparecido nenhum trabalho, Diana conseguiu conquistar um banqueiro, que a levou para Paris.

"E deixou você aqui sozinha? Preciso dizer que achei péssimo da parte dela."

"Ah, não sei… Cada um precisa cuidar de si. Imagino que, no lugar dela, eu teria feito a mesma coisa."

"Aposto que não!"

"De todo modo, estou bem. Sempre soube me virar sozinha."

"Quantos anos você tem, Sally?"

"Dezenove."

"Meu Deus! E eu achando que você tinha uns vinte e cinco!"

"Pois é. Todo mundo acha."

Frau Karpf entrou arrastando os pés com duas xícaras de café em uma bandeja de metal embaçado.

"*Ah, Frau Karpf, Liebling, wie wunderbar von Dich!*"

"O que é que te faz ficar nesta casa?", indaguei depois que a senhoria saiu. "Tenho certeza de que você conseguiria arrumar um lugar bem melhor que este."

"Sim, eu sei que conseguiria."
"Bom, então por que não arruma?"
"Ah, não sei. Acho que sou preguiçosa."
"Quanto você tem que pagar aqui?"
"Oitenta marcos por mês."
"Com o café da manhã incluído?"
"Não — acho que não."
"Você *acha* que não?", exclamei em tom severo. "Mas é claro que você deve saber com certeza."

Sally tomou isso com docilidade: "Sim, é uma burrice minha, acho. Mas é que eu simplesmente dou dinheiro à senhora quando tenho algum. Então é bem difícil calcular tudo com exatidão".

"Mas, santo Deus, Sally — eu pago só cinquenta por mês pelo meu quarto, com café da manhã, e ele é muito melhor do que este aqui!"

Sally assentiu, mas continuou, como que se desculpando: "E outra coisa é que, sabe, Christopher querido, não sei muito bem o que Frau Karpf faria se eu a deixasse. Tenho certeza de que ela jamais conseguiria outro inquilino. Ninguém mais conseguiria aturar a cara dela, o cheiro dela e tudo mais. No momento, ela deve três meses de aluguel. Botariam ela para fora na mesma hora se soubessem que ela não tem inquilinos; e, se fizerem isso, ela diz que vai cometer suicídio".

"Mesmo assim, não entendo por que você deveria se sacrificar por ela."

"Não estou me sacrificando, de verdade. Gosto bastante de morar aqui, sabe? Nós nos entendemos. Frau Karpf é mais ou menos o que eu vou ser daqui a trinta anos. Uma senhoria do tipo respeitável provavelmente me botaria para fora em uma semana."

"A minha senhoria não botaria você para fora."

Sally deu um sorriso vago, contraindo o nariz: "O que você achou do café, Chris querido?".

"Prefiro este ao do Fritz", falei, evasivo.

Sally riu: "O Fritz não é maravilhoso? Eu o adoro. Adoro quando ele fala 'eu me importo'".

"'Ora, eu me importo.'" Tentei imitar Fritz. Nós dois rimos. Sally acendeu outro cigarro: ela fumava o tempo inteiro. Percebi como suas mãos pareciam envelhecidas sob a luz do abajur. Eram nervosas, com veias saltadas e muito finas — as mãos de uma mulher de meia-idade. As unhas verdes não pareciam fazer parte delas; pareciam ter pousado nelas por acaso — como besourinhos duros, reluzentes, feios. "É engraçado", ela acrescentou, reflexiva, "o Fritz e eu nunca dormimos juntos, sabia?" Ela se interrompeu e perguntou com interesse: "Você achava que sim?".

"Bom, sim — acho que sim."

"Não. Nem uma vez...", ela bocejou. "E agora não acho que isso vá acontecer."

Passamos alguns minutos fumando em silêncio. Então Sally começou a me contar sobre sua família. Era filha de um dono de fábrica em Lancashire. A mãe era uma tal srta. Bowles, uma herdeira com bens, e portanto, quando ela e o sr. Jackson se casaram, eles juntaram os sobrenomes: "Papai é muito esnobe, embora finja não ser. Meu verdadeiro sobrenome é Jackson-Bowles, mas, claro, não posso usá-lo como nome artístico. As pessoas achariam que sou louca".

"Acho que o Fritz me disse que a sua mãe era francesa."

"Não, claro que não!" Sally pareceu um bocado irritada. "O Fritz é um idiota. Vive inventando coisas."

Sally tinha uma irmã, chamada Betty. "Ela é um anjinho. Eu a adoro. Ela tem dezessete anos, mas ainda é terrivelmente ingênua. Mamãe a está criando para que ela seja bem aristocrata.

Betty quase morreria se soubesse a puta velha que eu sou. Ela não sabe absolutamente nada sobre homens."

"Mas por que você não é aristocrata também, Sally?"

"Não sei. Imagino que seja o lado paterno da família vindo à tona. Você ia amar o meu pai. Ele não dá a mínima para ninguém. É um empresário maravilhoso. Por volta de uma vez por mês ele fica completamente bêbado e deixa todos os amigos elegantes da mamãe horrorizados. Foi ele que disse que eu podia ir para Londres para aprender a atuar."

"Você largou a escola muito nova?"

"Sim. Eu não suportava a escola. Consegui ser expulsa."

"O que foi que você fez para conseguir isso?"

"Falei para a diretora que eu ia ter um bebê."

"Ah, nossa, Sally, você não fez isso!"

"Fiz, sim, de verdade! Foi uma comoção terrível. Arranjaram um médico para me examinar e chamaram meus pais. Quando descobriram que não era nada daquilo, ficaram muito decepcionados. A diretora disse que uma menina capaz de pensar em algo tão nojento não poderia ser autorizada a continuar na escola e corromper as outras meninas. Então consegui o que queria. Depois azucrinei meu pai até ele dizer que eu poderia ir para Londres."

Sally havia se estabelecido em Londres em um albergue, com outras estudantes. Ali, apesar da supervisão, tinha conseguido passar boa parte das noites em apartamentos de rapazes: "O primeiro que me seduziu não tinha ideia de que eu era virgem, só soube depois, quando eu contei. Ele era maravilhoso. Eu o adorava. Ele era um gênio nos papéis cômicos. Sem dúvida vai ser terrivelmente famoso um dia".

Passado um tempo, Sally conseguira papéis de figuração em filmes e, por fim, um pequeno papel em uma companhia mambembe. Em seguida, conheceu Diana.

"E quanto tempo você ainda pretende ficar em Berlim?", perguntei.

"Só Deus sabe. Esse trabalho no Lady Windermere só dura mais uma semana. Eu o consegui por meio de um homem que conheci no Eden Bar. Mas ele foi embora para Viena. Acho que vou ter que ligar para o pessoal do UFA de novo. E tem também um velho judeu horroroso que me leva para sair de vez em quando. Ele vive prometendo que vai me arrumar um contrato, mas só quer dormir comigo, o velho canalha. Eu acho os homens deste país horríveis. Nenhum deles tem dinheiro, e eles esperam que você se deixe seduzir se lhe derem uma caixa de chocolate."

"Como é que você vai fazer depois que esse trabalho chegar ao fim?"

"Bem, eu recebo uma pequena mesada da minha família, sabe? Não que ela vá durar muito tempo. Mamãe já ameaçou parar de mandar se eu não voltar logo para a Inglaterra... Claro, eles pensam que estou aqui com uma amiga. Se mamãe soubesse que estou sozinha, ela simplesmente cairia desmaiada. De todo modo, vou conseguir o suficiente para me sustentar de algum jeito, em breve. Detesto aceitar dinheiro deles. Os negócios do papai estão indo muito mal agora, por causa da recessão."

"Escuta, Sally — se um dia você ficar realmente encrencada, gostaria que me avisasse."

Sally riu: "É muita gentileza sua, Chris. Mas eu não me aproveito dos meus amigos".

"O Fritz não é seu amigo?" A frase saltou da minha boca. Mas Sally pareceu não dar a mínima.

"Ah, sim, eu gosto muito do Fritz, é claro. Mas ele tem grana à beça. Por alguma razão, quando as pessoas têm grana, a gente tem uma impressão diferente delas — não sei por quê."

"E como é que você sabe que eu também não tenho grana à beça?"

"Você?" Sally caiu na gargalhada. "Ora bolas, eu percebi que você era duro assim que pus os olhos em você!"

Na tarde em que Sally foi tomar chá comigo, Fräulein Schroeder ficou fora de si de tanta empolgação. Pôs seu melhor vestido para a ocasião e ondulou o cabelo. Quando a campainha tocou, ela abriu a porta com um floreio: "Herr Issyvoo", anunciou, dando uma piscada cúmplice para mim e falando bem alto, "uma moça veio ver o senhor!".

Apresentei formalmente Sally e Frl. Schroeder. Frl. Schroeder transbordava de educação: se dirigia a Sally sempre como *"Gnädiges Fräulein"*. Sally, com sua boina de pajem caída sobre a orelha, deu sua risada melodiosa e se sentou no sofá com elegância. Frl. Schroeder a rodeava com admiração e assombro genuínos. Era evidente que nunca tinha visto ninguém como Sally. Quando ela serviu o chá, havia, em vez dos habituais nacos de doces pálidos e insossos, uma travessa cheia de tortinhas de geleia arrumadas no formato de uma estrela. Reparei também que Frl. Schroeder havia nos providenciado dois guardanapos minúsculos de papel, perfurados nos cantos para lembrarem renda. (Quando, mais tarde, eu a elogiei por esses preparativos, ela me contou que sempre usava esses guardanapos quando Herr Rittmeister recebia a noiva para o chá. "Ah, sim, Herr Issyvoo. Pode contar comigo! Eu sei como agradar uma moça!")

"Você se incomoda se eu me deitar no sofá, querido?", Sally perguntou, assim que ficamos a sós.

"Não, claro que não."

Sally tirou a boina, levou os sapatinhos de veludo até o sofá, abriu a bolsa e começou a passar pó: "Estou terrivelmente cansada. Não preguei os olhos esta noite. Tenho um novo amante que é maravilhoso".

Comecei a servir o chá. Sally me lançou um olhar de soslaio: "Você fica chocado quando eu falo desse jeito, Christopher querido?"

"Nem um pouco."

"Mas você não gosta?"

"Não é da minha conta." Eu lhe entreguei a xícara de chá.

"Ah, pelo amor de Deus", Sally exclamou, "não vá dar uma de inglês agora! É claro que o que você pensa é da sua conta!"

"Pois bem, se você quer saber, na verdade me entedia."

Isso a aborreceu bem mais do que eu pretendia. Seu tom mudou: ela disse friamente: "Achei que você entenderia". E suspirou: "Mas esqueci — você é homem".

"Me desculpe, Sally. Não tenho como evitar ser homem, é claro... Mas, por favor, não fique zangada comigo. Só quis dizer que quando você fala assim é apenas por nervosismo. Você é por natureza mais tímida com estranhos, acho, então criou esse truque de tentar fazer com que as pessoas aprovem ou desaprovem você, violentamente. Eu sei, porque eu mesmo tento fazer isso às vezes... Mas queria que você não tentasse isso comigo, porque não dá certo e só faz com que eu fique constrangido. Se você for para a cama com todos os homens de Berlim e vier me contar todas as vezes, ainda assim não vai me convencer de que você é *La Dame aux Camélias* — porque, a bem da verdade, sabe, você não é."

"Não... Imagino que eu não seja..." Sally tomou o cuidado de adotar um tom impessoal. Ela começava a apreciar a conversa. Eu tinha conseguido lisonjeá-la de um jeito novo: "Então o que é que eu *sou*, exatamente, Christopher querido?".

"Você é a filha do sr. e da sra. Jackson-Bowles."

Sally bebericou o chá: "Sim... Acho que entendo o que você quer dizer... Talvez você tenha razão... Então você acha que eu deveria abrir mão de ter amantes?".

"Claro que não acho isso. Contanto que você esteja certa de que está se divertindo."

"Claro", Sally disse, séria, após uma pausa, "eu jamais deixaria o amor interferir no meu trabalho. O trabalho vem antes de tudo... Mas não creio que uma mulher possa ser uma grande atriz sem ter tido casos amorosos...", ela se calou de repente: "Do que você está rindo, Chris?".

"Não estou rindo."

"Você vive rindo de mim. Você me acha uma idiota medonha?"

"Não, Sally. Não acho você nada idiota. É verdade, eu *estava* rindo. As pessoas de quem eu gosto volta e meia me dão vontade de rir delas. Não sei por quê."

"Então você gosta de mim, Christopher querido?"

"É claro que eu gosto de você, Sally. Você achava o quê?"

"Mas não está apaixonado por mim, está?"

"Não. Não estou apaixonado por você."

"Fico muito feliz. Quis que você gostasse de mim desde o momento em que nos conhecemos. Mas fico feliz que você não esteja apaixonado por mim, porque de todo modo eu não teria como me apaixonar por você — então, se você estivesse, estragaria tudo."

"Pois bem, que sorte, não é?"

"Sim, muita..." Sally hesitou. "Tem uma coisa que eu quero confessar a você, Chris querido... Não tenho certeza se você vai entender ou não."

"Lembre-se, sou apenas um homem, Sally."

Sally riu: "É uma idioticezinha. Mas, por alguma razão, eu detestaria que você ficasse sabendo sem ser por mim... Lembra que outro dia você disse que Fritz tinha te contado que minha mãe era francesa?".

"Lembro, sim."

"E eu falei que ele devia ter inventado? Bom, ele não inventou... Sabe, eu que disse a ele que ela era."

"Mas por que é que você foi fazer isso?"

Ambos caímos na risada. "Só Deus sabe", disse Sally. "Acho que eu queria impressioná-lo."

"Mas o que tem de impressionante em ter uma mãe francesa?"

"Eu sou meio louca assim às vezes, Chris. Você precisa ter paciência comigo."

"Está bem, Sally, vou ter paciência."

"E você jura pela sua honra que não vai contar para o Fritz?"

"Juro."

"Se você contar, seu canalha", exclamou Sally, rindo e pegando a adaga de abrir cartas da minha escrivaninha, "eu corto a sua garganta!"

Depois perguntei à Frl. Schroeder o que ela tinha achado de Sally. Ela estava encantada: "É uma pintura, Herr Issyvoo! E tão elegante: que mãos e pés lindos! Dá para ver que ela é da alta sociedade... Sabe, Herr Issyvoo, eu jamais imaginaria o senhor com uma amiga dessas! O senhor parece sempre tão reservado...".

"Ah, bom, Frl. Schroeder, em geral são os mais reservados..."

Ela explodiu em um gritinho histérico, balançando o corpo para trás e para a frente sobre as pernas curtas:

"Isso mesmo, Herr Issyvoo! Isso mesmo!"

Na noite de Ano-Novo, Sally se mudou para a casa de Frl. Schroeder.

Tudo foi organizado no último minuto. Sally, com suas desconfianças aguçadas pelas minhas advertências constantes, tinha flagrado Frau Karpf em uma trapaça especialmente vulgar e canhestra. Portanto, seu coração se endurecera e ela lhe dera o aviso prévio. Ela ficaria com o quarto que havia sido de Frl. Kost. Frl. Schroeder, é claro, estava muito contente.

Todos fizemos nossa ceia de são Silvestre em casa: Frl. Schroeder, Frl. Mayr, Sally, Bobby, um colega bartender do Troika e eu. Foi um enorme sucesso. Bobby, já de volta às graças, flertava audaciosamente com Frl. Schroeder. Frl. Mayr e Sally, conversando como duas grandes artistas, discutiam as possibilidades de trabalho em teatros de variedades na Inglaterra. Sally contou algumas mentiras espantosas, nas quais ela obviamente até que acreditava naquele momento, de que teria se apresentado no Palladium e no London Coliseum. Frl. Mayr as suplantou com uma história de que teria sido levada de carruagem pelas ruas de Munique por estudantes animados. A partir daí, não demorou para Sally convencer Frl. Mayr a cantar "Sennerin Abschied von der Alm", que, depois de uma taça de clarete e uma garrafa de conhaque barato, combinou tão bem com meu estado de espírito que derramei algumas lágrimas. Todos nós cantamos juntos as repetições e o derradeiro e ensurdecedor *Juch-he!* Depois Sally cantou *I've got those Little Boy Blues* com tanta expressividade que o colega bartender de Bobby, levando para o lado pessoal, a pegou pela cintura e teve que ser contido por Bobby, que o lembrou com firmeza que estava na hora de irem cuidar dos negócios.

Sally e eu fomos com ele para o Troika, onde nos encontramos com Fritz. Com ele estava Klaus Linke, o jovem pianista que acompanhava Sally quando ela cantava no Lady Windermere. Mais tarde, Fritz e eu fomos embora sozinhos. Fritz parecia bastante deprimido e não me dizia por quê. Algumas garotas faziam pintura viva clássica atrás da cortina de gaze. Havia ainda um grande salão de dança com telefones nas mesas. Tivemos as conversas habituais: "Perdão, madame, pela sua voz, tenho certeza de que você é uma loirinha fascinante com longos cílios pretos — exatamente o meu tipo. Como eu sabia? Ah-há, esse é meu segredo! Sim — isso mesmo: sou alto, moreno, de ombros largos, aparência militar, e tenho um bigodinho bem pequeno... Não acredita? Então venha ver com seus próprios olhos!". Os casais dançavam com as mãos nos quadris uns dos outros, berrando na cara uns dos outros, suando em bicas. Uma orquestra em trajes bávaros gritava e bebia e transpirava cerveja. O ambiente fedia como um zoológico. Depois disso, acho que me desgarrei sozinho e perambulei por horas a fio em meio a uma selva de serpentinas. Na manhã seguinte, ao acordar, a cama estava cheia delas.

Eu já estava de pé e vestido havia algum tempo quando Sally voltou para casa. Ela foi direto ao meu quarto, parecendo cansada mas satisfeita.

"Alô, querido! Que horas são?"

"Está quase na hora do almoço."

"Não diga, é mesmo? Que maravilha! Estou quase morrendo de fome. Não tomei nada de manhã além de uma xícara de café..." Ela se calou, na expectativa, esperando minha próxima pergunta.

"Onde você estava?", indaguei.

"Mas, querido", Sally arregalou bem os olhos, fingindo surpresa: "Achei que você soubesse!".

"Não faço a menor ideia."

"Que absurdo!"

"Não faço mesmo, Sally."

"Ah, Christopher querido, como você consegue ser tão mentiroso! Poxa, é óbvio que você planejou a coisa toda! O jeito como você se livrou do Fritz — ele ficou tão zangado! Klaus e eu quase morremos de rir."

Ao mesmo tempo, ela não estava muito à vontade. Pela primeira vez, a vi corar.

"Você teria um cigarro, Chris?"

Eu lhe dei um e acendi o fósforo. Ela soprou uma nuvem comprida de fumaça e foi andando devagar até a janela:

"Estou terrivelmente apaixonada por ele."

Ela se virou, franzindo um pouco a testa; atravessou o quarto até o sofá e se encolheu com cuidado, arrumando as mãos e os pés: "Pelo menos acho que estou", acrescentou.

Deixei um intervalo respeitoso transcorrer antes de perguntar:

"E o Klaus está apaixonado por você?"

"Ele me adora totalmente." Sally estava de fato falando muito sério. Passou alguns minutos fumando: "Ele diz que se apaixonou por mim na primeira vez que nos vimos, no Lady Windermere. Mas enquanto trabalhávamos juntos, ele não se atreveu a falar nada. Tinha medo de que isso me demovesse de cantar... Ele diz que, antes de me conhecer, não fazia ideia da coisa maravilhosamente bela que é o corpo de uma mulher. Ele só tinha saído com três outras mulheres na vida...".

Acendi um cigarro.

"É claro, Chris, não espero que você entenda... É muito difícil de explicar..."

"Sem dúvida."

"Vou vê-lo de novo às quatro horas." O tom de Sally era ligeiramente desafiador.

"Nesse caso, é melhor você dormir um pouco. Vou pedir à Frl. Schroeder que faça um ovo mexido para você; ou eu mesmo faço, se ela ainda estiver muito bêbada. Você vai para a cama. Pode comer lá."

"Obrigada, Chris querido. Você é um anjo." Sally bocejou. "O que eu faria sem você, eu não sei."

Depois disso, Sally e Klaus se viam todos os dias. Geralmente se encontravam na nossa casa; uma vez, Klaus ficou a noite inteira. Frl. Schroeder não falou muito sobre o assunto comigo, mas percebi que ficou bastante chocada. Não que desaprovasse Klaus: ela o achava muito atraente. Mas considerava Sally propriedade minha, e ficou abalada ao me ver ficar de lado tão docilmente. Tenho certeza, entretanto, que se eu não soubesse do caso, e se Sally estivesse mesmo me enganando, Frl. Schroeder teria se deleitado em ajudar na conspiração.

Enquanto isso, Klaus e eu ficávamos meio tímidos um com o outro. Quando por acaso nos encontrávamos na escada, assentíamos com frieza, como inimigos.

Por volta de meados de janeiro, Klaus partiu de repente para a Inglaterra. Muito inesperadamente, ele recebera uma ótima proposta de trabalho, para sincronizar músicas com filmes. Na tarde em que veio se despedir, havia uma atmosfera cirúrgica no apartamento, como se Sally estivesse passando por uma operação arriscada. Frl. Schroeder e Frl. Mayr ficaram na sala de estar, consultando as cartas. Os resultados, Frl. Schroeder me garantiu mais tarde, não podiam ter sido melhores. O oito de paus tinha aparecido três vezes em uma conjunção favorável.

Sally passou todo o dia seguinte encolhida no sofá em seu quarto, com lápis e papel no colo. Estava escrevendo poemas. Não me deixava vê-los. Fumava um cigarro atrás do outro e misturava Prairie Oysters, mas se recusou a comer mais do que uns bocados do omelete de Frl. Schroeder.

"Posso trazer alguma coisa para você, Sally?"

"Não, obrigada, Chris querido. Não tenho vontade de comer nada. Me sinto toda maravilhosa e etérea, como se fosse um tipo de santa fabulosa ou coisa assim. Você não faz ideia de como a sensação é gloriosa... Quer um chocolate, querido? Klaus me deu três caixas. Se eu comer mais, vou passar mal."

"Obrigado."

"Acho que nunca vou me casar com ele. Destruiria as nossas carreiras. Sabe, Christopher, ele me adora com tamanha intensidade que não seria bom para ele me ter sempre por perto."

"Vocês poderiam se casar depois que os dois ficassem famosos."

Sally ponderou sobre a ideia:

"Não... Estragaria tudo. Ficaríamos o tempo todo tentando fazer jus ao que éramos antes, se é que me entende. E nós dois seríamos diferentes... Ele era tão maravilhosamente primitivo: igualzinho a um fauno. Fez com que eu me sentisse a mais fabulosa das ninfas, ou algo assim, a quilômetros de qualquer lugar, no meio da floresta."

A primeira carta de Klaus chegou no tempo devido. Todos a aguardávamos com ansiedade; Frl. Schroeder me acordou particularmente cedo para contar que havia chegado. Talvez tivesse medo de que jamais fosse conseguir uma oportunidade de lê-la por conta própria e confiasse em mim para lhe contar o que dizia. Se era isso, seus receios foram infundados. Sally não só mostrou a carta à Frl. Schroeder, à Frl. Mayr, a Bobby e a mim, como até leu passagens em voz alta na presença da esposa do porteiro, que tinha subido para receber o aluguel.

Desde o começo, a carta deixou um gosto amargo na minha boca. O tom geral era narcisista e um pouco paternalista. Klaus não gostava de Londres, dizia. Sentia-se sozinho lá. A comida não lhe caía bem. E as pessoas do estúdio não lhe tinham nenhuma consideração. Queria que Sally estivesse com ele: ela poderia tê-lo ajudado de inúmeras maneiras. No entanto, agora que estava na Inglaterra, tentaria aproveitar ao máximo. Trabalharia duro e ganharia dinheiro; Sally também deveria trabalhar duro. O trabalho a animaria e impediria que ficasse deprimida. No final da carta havia várias palavras carinhosas, empregadas com astúcia demais. Ao lê-las, sentia-se: ele já havia escrito esse tipo de coisa muitas vezes antes.

Sally, porém, ficou encantada. O conselho de Klaus lhe causou tal impressão que ela logo telefonou para diversas produtoras cinematográficas, uma agência de teatro e meia dúzia dos seus conhecidos "de negócios". Nada definido saiu disso, é verdade; mas ela permaneceu bastante otimista ao longo das vinte e quatro horas seguintes — até mesmo seus sonhos, ela me disse, foram cheios de contratos e cheques de quatro dígitos: "É a sensação das mais incríveis, Chris. Eu sei que agora vou seguir em frente e me tornar a atriz mais maravilhosa do mundo".

Certa manhã, cerca de uma semana depois, fui ao quarto de Sally e a encontrei segurando uma carta na mão. Reconheci a letra de Klaus na mesma hora.

"Bom dia, Chris querido."

"Bom dia, Sally."

"Como você dormiu?" Seu tom estava atipicamente animado e falante.

"Bem, obrigado. E você?"

"Até que bem... Tempo horrível, não?"

"É." Fui até a janela para olhar. Estava mesmo.

Sally sorriu, querendo conversar. "Sabe o que o canalha fez?"

"Que canalha?" Eu não ia cair numa armadilha.

"Ah, Chris! Pelo amor de Deus, não seja estúpido!"

"Me desculpe. Acho que estou com a cabeça meio devagar esta manhã."

"Não posso me dar ao trabalho de explicar, querido." Sally estendeu a carta. "Aqui, leia isto, por favor. É um desaforo inacreditável! Leia em voz alta. Quero ouvir como soa."

"*Mein liebes, armes Kind*", começava a carta. Klaus chamava Sally de sua pobre criança querida porque, como explicou, receava que o que tinha a lhe dizer fosse deixá-la terrivelmente infeliz. Contudo, precisava fazê-lo: precisava lhe dizer que tinha tomado uma decisão. Ela não devia imaginar que tivesse sido fácil para ele: tinha sido muito difícil e doloroso. Mesmo assim, ele sabia que tinha razão. Em suma, deveriam se separar.

"Agora percebo", escreveu Klaus, "que minha conduta foi muito egoísta. Pensei apenas no meu próprio prazer. Mas agora entendo que devo ter sido uma má influência para você. Minha menininha querida, você me adorou demais. Se continuarmos juntos, em breve você não terá mais vontade e ideias próprias." Klaus prosseguiu e aconselhou Sally a viver para seu trabalho. "O trabalho é a única coisa que importa, como eu mesmo descobri." Preocupava-se muito com a possibilidade de que Sally se abalasse sem razão: "Você precisa ser valente, Sally, minha pobre criança querida".

Bem no fim da carta, tudo veio à tona:

"Algumas noites atrás fui convidado para uma festa na casa de Lady Klein, uma pessoa muito influente da aristocracia inglesa. Lá, conheci uma jovem inglesa muito bonita e inteligente chamada srta. Gore-Eckersley. Ela é parente de um lorde inglês cujo nome não ouvi direito — você deve saber a qual me refiro. Nos encontramos duas vezes desde então e tivemos conversas incríveis sobre diversos assuntos. Acho que nunca tinha conhecido uma garota que entendesse minha cabeça tão bem quanto ela…"

"Essa é nova para mim", Sally interrompeu, amarga, com uma breve risada: "Nunca desconfiei que ele tivesse uma cabeça".

Nesse momento, fomos interrompidos por Fräulein Schroeder, que entrou, farejando segredos, para perguntar se Sally gostaria de tomar um banho. Deixei as duas sozinhas para que aproveitassem bem a ocasião.

"Não consigo ficar com raiva desse bobo", disse Sally, mais tarde, andando de um lado para outro do quarto e fumando sem parar: "Eu só sinto uma pena meio maternal dele. Mas o que vai acontecer com o trabalho *dele*, se ele mergulhar na cabeça dessas mulheres, eu nem imagino".

Ela deu outra volta no quarto:

"Acho que se ele tivesse tido um caso de verdade com outra mulher e só me contado quando já estivesse acontecendo há um bom tempo, eu me importaria mais. Mas essa menina! Poxa, não acho nem que ela seja amante dele."

"É óbvio que não é", concordei. "Que tal a gente tomar um Prairie Oyster?"

"Que maravilhoso você é, Chris! Sempre pensa na coisa certa. Eu queria me apaixonar por você. O Klaus não chega nem ao seu dedo mindinho."

"Eu sei que não."

"Aquele descarado maldito", exclamou Sally, tragando o molho inglês e lambendo o lábio superior, "e dizendo que eu o adorava!... O pior é que é verdade!"

Naquela noite fui ao quarto dela e a encontrei com a caneta e o papel:

"Já escrevi mais ou menos um milhão de cartas para ele e rasguei todas."

"Não vale a pena, Sally. Vamos ao cinema."

"Você tem razão, Chris querido." Sally enxugou os olhos com o cantinho de um lenço minúsculo. "Não vale a pena eu me incomodar, não é?"

"Nem um pouco."

"É agora que eu vou *mesmo* ser uma grande atriz — só para mostrar para ele!"

"É assim que se fala!"

Fomos a um pequeno cinema na Bülowstrasse, onde exibiam um filme sobre uma garota que havia sacrificado sua carreira de atriz de teatro em prol do Grande Amor, do Lar e dos Filhos. Demos tanta risada que tivemos que sair antes do final.

"Estou me sentindo muito melhor agora", disse Sally quando fomos embora.

"Fico contente."

"Talvez, no fim das contas, eu não estivesse de fato apaixonada por ele... O que você acha?"

"É bem difícil para mim dizer."

"Já aconteceu várias vezes de eu pensar que estava apaixonada por um homem e depois descobri que não estava. Mas dessa vez", a voz de Sally era pesarosa, "eu realmente tive *certeza*... E agora, de certo modo, tudo parece ter ficado meio confuso..."

"Talvez você esteja sofrendo por causa do choque", sugeri.

Sally ficou muito satisfeita com essa ideia: "Quer saber, devo estar!... Sabe, Chris, você realmente entende as mulheres maravilhosamente, melhor do que qualquer outro homem que eu já conheci... Tenho certeza de que um dia você vai escrever um romance sensacional que vai vender milhões de exemplares".

"Obrigado por acreditar em mim, Sally!"

"Você também acredita em mim, Chris?"

"É claro que sim."

"Não, mas sinceramente?"

"Bom... Estou bem certo de que você vai fazer muito sucesso em alguma coisa — só não sei direito no que vai ser... É que tem tantas coisas que você poderia fazer se tentasse, não é?"

"Imagino que sim." Sally ficou pensativa. "Pelo menos às vezes tenho essa sensação... E às vezes eu sinto que não sirvo para nada... Por que não consigo nem fazer com que um homem seja fiel a mim por um mês?"

"Ah, Sally, não vamos começar tudo de novo!"

"Está bem, Chris — não vamos começar tudo de novo. Vamos tomar um drinque."

Nas semanas que se seguiram, Sally e eu passávamos boa parte do dia juntos. Encolhida no sofá no quarto amplo e sombrio, ela fumava, tomava Prairie Oysters, falava sem parar do futuro. Quando o tempo estava bom e eu não tinha aulas para dar, caminhávamos até a Wittenbergplatz e nos sentávamos em um banco, ao sol, e discutíamos sobre as pessoas que passavam. Todo mundo fitava Sally, com sua boina amarelo-canário e casaco de pele surrado, parecendo a pele de um velho cão sarnento.

"Fico me perguntando", ela gostava de comentar, "o que essas pessoas diriam se soubessem que os dois vagabundos aqui serão o romancista mais maravilhoso e a maior atriz do mundo."

"Provavelmente ficariam muito surpresas."

"Acho que vamos lembrar desses tempos quando estivermos dirigindo nossas Mercedes, e pensar: no fim das contas, não era nada mau!"

"Não seria nada mau se já tivéssemos uma Mercedes."

Falamos sem parar de riqueza, fama, contratos importantes para Sally e novos recordes de vendas para os romances que um dia eu escreveria. "Acho", disse Sally, "que deve ser maravilhoso ser romancista. Você é tão sonhador, pouco prático e avesso aos negócios, e as pessoas imaginam que podem enganá-lo o quanto quiserem — e aí você se senta e escreve um livro sobre elas que mostra o quão canalhas são, e ele faz um sucesso incrível e você ganha rios de dinheiro."

"Acho que meu problema é não ser sonhador o suficiente..."

"... Se eu conseguisse um homem muito rico como amante. Vejamos... Eu não ia querer mais de três mil por ano, um apartamento e um carro decente. Eu faria qualquer coisa, agora mesmo, para ficar rica. Se você é rico, pode se dar ao luxo de esperar por um contrato bom de verdade; não precisa agarrar a primeira proposta que aparece... Claro que eu seria totalmente fiel ao homem que me mantivesse..."

Sally dizia coisas como essa com muita seriedade e era evidente que acreditava que era sincera. Estava em um estado de espírito curioso, irrequieta e com os nervos à flor da pele. Volta e meia perdia a cabeça sem nenhum motivo em particular. Falava sem parar sobre conseguir trabalho, mas não se esforçava para isso. A mesada não havia sido cortada, por enquanto, contudo, e estávamos vivendo com muita frugalidade, pois Sally já não tinha vontade de sair à noite ou de ver qualquer outra pessoa. Uma vez, Fritz apareceu para tomar chá. Deixei-os a sós depois e fui escrever uma carta. Quando voltei, Fritz tinha ido embora e Sally estava em lágrimas.

"Esse cara me entedia *tanto*!", ela soluçava. "Eu o detesto! Adoraria matá-lo!"

Mas em alguns minutos ela já estava calma outra vez. Comecei a misturar o inevitável Prairie Oyster. Sally, encolhida no sofá, fumava, pensativa:

"Fico me perguntando", ela disse de repente, "se vou ter um bebê."

"Meu Deus!" Eu quase deixei o copo cair: "Você acha mesmo que está?".

"Não sei. Comigo é tão difícil saber: sou tão irregular... Eu senti enjoo algumas vezes. Deve ter sido alguma coisa que comi..."

"Mas não é melhor você procurar um médico?"

"Ah, imagino que sim." Sally bocejou com indiferença. "Não tem pressa."

"É claro que tem pressa! Você vai procurar um médico amanhã!"

"Olha aqui, Chris, quem você pensa que é para ficar me dando ordens? Eu preferia não ter falado nada!" Sally estava prestes a irromper em lágrimas de novo.

"Ah, tudo bem! Tudo bem!" Tentei acalmá-la às pressas. "Faça o que você quiser. Não é da minha conta."

"Me desculpe, querido. Não queria ter explodido. Vou ver como me sinto de manhã. Quem sabe não procuro mesmo um médico, afinal."

Mas é claro que não procurou. No dia seguinte, aliás, ela parecia muito mais animada: "Vamos sair esta noite, Chris. Estou cansada deste quarto. Vamos sair para ver um pouco de vida!".

"Tem razão, Sally. Onde você gostaria de ir?"

"Vamos ao Troika conversar com aquele velho idiota do Bobby. Talvez ele pague um drinque para a gente — nunca se sabe!"

Bobby não nos pagou drinque nenhum; mas a sugestão de Sally se provou boa mesmo assim. Pois foi sentados no bar do Troika que entabulamos nossa primeira conversa com Clive.

Daquele momento em diante estávamos quase sempre com ele; separados ou juntos. Nunca o vi sóbrio. Clive nos contou que tomava meia garrafa de uísque antes do café da manhã, e eu não tinha motivo para duvidar. Com frequência ele começava a nos explicar por que bebia tanto — era por ser muito infeliz. Mas a razão de ele ser tão infeliz eu nunca descobri, porque Sally sempre interrompia para dizer que era hora de irmos embora ou de irmos para o próximo lugar ou fumar um cigarro ou tomarmos outro copo de uísque. Ela estava bebendo quase a mesma quantidade de uísque que Clive. Nunca parecia ficar bêbada de verdade, mas às vezes seus olhos ficavam horríveis, como se tivessem sido fervidos. A cada dia a camada de maquiagem em seu rosto parecia ficar mais grossa.

Clive era um homem grandalhão, bonito de um jeito romano, e estava começando a engordar. Tinha aquele ar americano vago e triste que é sempre atraente; duplamente atraente em alguém que possui tanto dinheiro. Era vago, melancólico, meio perdido: levemente ansioso para se divertir e incerto quanto a como conseguir diversão. Parecia nunca ter muita certeza se estava se divertindo, se o que fazíamos era *mesmo* divertido. Tinha que ser constantemente tranquilizado. *Seria* esta a coisa verdadeira? *Seria* este o ápice garantido da Diversão? Seria? Sim, sim, é claro — era maravilhoso! Era ótimo! Rá, rá, rá! Sua risada de moleque grandalhão se desenrolava, ecoava, se tornava forçada e morria abruptamente naquela nota confusa de indagação. Não se arriscava a dar nem um passo sem o nosso apoio. No entanto, mesmo quando recorria a nós, eu às vezes detectava um ou outro lampejo furtivo de sarcasmo. O que ele realmente pensava de nós?

Todas as manhãs, Clive mandava um carro nos buscar e nos levar ao hotel onde estava hospedado. O chofer sempre trazia um lindo buquê de flores, encomendado à floricultura mais cara de Linden. Um dia, eu tinha uma aula para dar e combinei com Sally que os encontraria depois. Ao chegar ao hotel, descobri que Clive e Sally tinham saído cedo para pegar um voo rumo a Dresden. Clive tinha deixado um bilhete se desculpando profusamente e dizendo que eu poderia almoçar no restaurante do hotel, sozinho, como seu convidado. Mas não o fiz. Tive receio do olhar do maître. À noite, quando Clive e Sally voltaram, Clive havia me trazido um presente: um pacote com seis camisas de seda. "Ele queria comprar uma cigarreira de ouro para você", Sally cochichou no meu ouvido, "mas falei que seria melhor comprar camisas. As suas estão num estado... Além do mais, a gente precisa pegar leve no presente. Não queremos que ele pense que somos interesseiros..."

Eu as aceitei com gratidão. O que mais poderia fazer? Clive havia nos corrompido ao extremo. Estava subentendido que investiria dinheiro para lançar a carreira teatral de Sally. Ele vivia falando disso, de um jeito totalmente gentil, como se fosse uma questão muito trivial, a ser resolvida sem estardalhaço entre amigos. Mas, assim que tocava no assunto, sua atenção parecia se desviar outra vez — seus pensamentos se distraíam tão facilmente quanto os de uma criança. Às vezes Sally tinha muita dificuldade, eu percebia, para esconder sua impaciência. "Nos deixe a sós um instantinho, querido", ela cochichava para mim, "Clive e eu temos que falar de negócios." Mas, por mais tato que Sally tivesse ao tentar levá-lo direto ao assunto, nunca era bem-sucedida. Quando voltava a me juntar a eles, meia hora depois, encontrava Clive sorrindo e tomando uísque; e Sally também sorrindo para esconder sua enorme irritação.

"Eu o adoro", Sally me dizia, repetidas vezes e muito solenemente, sempre que estávamos a sós. Tinha uma seriedade intensa nessa sua crença. Era como um dogma de uma fé religiosa recém-adotada: Sally adora Clive. Era uma tarefa muito solene adorar um milionário. As feições de Sally começaram a assumir, com frequência cada vez maior, a expressão enlevada de uma freira teatral. E de fato, quando Clive, com sua ambiguidade charmosa, dava a um mendigo evidentemente profissional uma nota de vinte marcos, trocávamos olhares de admiração genuína. O desperdício de tanto dinheiro afetava a nós dois como algo inspirado, uma espécie de milagre.

Chegou uma tarde em que Clive parecia mais perto da sobriedade do que de hábito. Ele começou a fazer planos. Dali a uns dias nós três deveríamos ir embora de Berlim de vez. O *Expresso do Oriente* nos levaria a Atenas. De lá, pegaríamos um voo para o Egito. Do Egito, para Marselha. De Marselha, iríamos de barco para a América do Sul. Depois Taiti, Singapura, Japão. Clive pronunciava os nomes como se fossem estações da ferrovia

Wannsee com muita naturalidade: já tinha estado lá. Conhecia tudo. Seu tédio prosaico aos poucos injetava realidade naquela conversa despropositada. Afinal, ele podia fazer tudo aquilo. Comecei a acreditar seriamente que era o que ele pretendia fazer. Com um mero gesto de sua riqueza, poderia alterar todo o curso da nossa vida.

O que seria de nós? Depois que começássemos, jamais poderíamos voltar atrás. Jamais poderíamos abandoná-lo. Com Sally, é claro, ele se casaria. Eu ocuparia um posto mal definido: uma espécie de secretário particular sem responsabilidades. Com um lampejo de antevisão, me vi dali a dez anos, de calça de flanela e sapatos bicolores, mais roliço na papada e meio apático, servindo um drinque no saguão de um hotel californiano.

"Venham dar uma olhada no funeral", Clive estava dizendo.

"Que funeral, querido?", Sally indagou, paciente. Era um novo tipo de interrupção.

"Ora, vai dizer que você não notou!" Clive riu. "É um funeral muito elegante. Faz meia hora que está passando."

Nós três fomos para a sacada do quarto de Clive. De fato, a rua lá embaixo estava cheia de gente. Estavam enterrando Hermann Müller. Fileiras de funcionários pálidos imperturbáveis, oficiais do governo e secretários de sindicatos — toda a pompa insípida e aborrecida da social-democracia prussiana — marchavam sob bandeiras rumo aos arcos do Brandenburger Tor projetados ao fundo, de onde flâmulas pretas compridas balançavam lentamente à brisa do fim de tarde.

"Quem era esse cara, afinal?", perguntou Clive, olhando para baixo. "Imagino que fosse um peixe grande."

"Só Deus sabe", Sally respondeu, bocejando. "Olha, Clive querido, o pôr do sol não está maravilhoso?"

Ela estava certa. Não tínhamos nada a ver com aqueles alemães ali embaixo, marchando, ou com o morto no caixão, ou com as palavras nas bandeiras. Dentro de alguns dias, pensei, teremos perdido toda a afinidade com noventa e nove por cento da população mundial, com os homens e as mulheres que ganham seu sustento, que fazem seguro de vida, que se afligem com o futuro dos filhos. Talvez na Idade Média as pessoas se sentissem assim quando acreditavam ter vendido a alma ao Diabo. Era uma sensação curiosa, arrebatadora, nada desagradável; mas, ao mesmo tempo, eu me sentia ligeiramente assustado. Sim, disse a mim mesmo, agora consegui. Estou perdido.

Na manhã seguinte, chegamos ao hotel na hora habitual. O recepcionista nos olhou, pensei, de um jeito muito esquisito.

"Quem a senhora deseja ver, madame?"

A pergunta parecia tão extraordinária que nós rimos.

"Ora, número 365, é claro", Sally respondeu. "Quem você achava que fosse? Você já não nos conhece a essa altura?"

"Receio que não seja possível, madame. O cavalheiro do 365 foi embora hoje cedo."

"Foi embora? Está querendo dizer que ele foi passar o dia fora? Que engraçado! Que horas ele volta?"

"Ele não falou nada sobre voltar, madame. Estava indo para Budapeste."

Enquanto estávamos ali parados, de olhos arregalados para ele, um garçom chegou apressado com um bilhete.

"Queridos Sally e Chris", dizia, "não aguento mais essa droga de cidade, portanto estou indo embora. Espero revê-los um dia, Clive.

"(Estas são para o caso de eu ter me esquecido de alguma coisa.)"

No envelope havia três notas de cem marcos. Elas, as flores murchas, os quatro pares de sapatos e os dois chapéus (comprados em Dresden) de Sally e minhas seis camisas foram todo o nosso espólio da visita de Clive. A princípio, ela ficou com muita raiva. Depois ambos caímos na risada:

"Bom, Chris, acho que não somos interesseiros lá muito eficientes, não é, querido?"

Passamos boa parte do dia discutindo se a partida de Clive teria sido uma tramoia premeditada. Eu tendia a pensar que não. Imaginei-o abandonando todas as novas cidades e todos os novos conhecidos basicamente da mesma maneira. Simpatizei com ele, e bastante.

Então veio a questão do que seria feito com o dinheiro. Sally resolveu separar duzentos e cinquenta marcos para comprar roupas novas; cinquenta marcos nós torraríamos naquela noite.

Mas torrar os cinquenta marcos não foi tão divertido quanto pensávamos. Sally passou mal e não conseguiu comer o jantar incrível que pedimos. Nós dois estávamos deprimidos.

"Sabe, Chris, estou começando a achar que os homens sempre vão me abandonar. Quanto mais penso nisso, mais me lembro de homens que agiram assim. É terrível, de verdade."

"Eu nunca vou abandonar você, Sally."

"Não vai mesmo, querido?... Mas é sério, eu acredito que sou meio que a Mulher Ideal, se é que você me entende. Sou o tipo de mulher que poderia roubar o homem da esposa, mas que nunca conseguiria segurar ninguém por muito tempo. E isso porque sou o tipo que todo homem acha que quer, até me conquistar; e aí descobre que não queria, afinal."

"Bom, você prefere isso a ser o Patinho Feio com Coração de Ouro, não?"

"... Eu poderia me chutar pela maneira como me comportei com o Clive. Nunca devia tê-lo incomodado falando de dinheiro como fiz. Acho que ele concluiu que eu era uma putinha comum, como todas as outras. E eu realmente o adorava — de certo modo... Se me casasse com ele, eu faria dele um homem. Faria com que parasse de beber."

"Você dava um exemplo tão bom para ele."

Nós dois rimos.

"O canalha podia pelo menos ter me deixado um cheque decente."

"Deixa para lá, querida. Tem mais no lugar de onde ele veio."

"Não estou nem aí", disse Sally. "Cansei de ser puta. Nunca mais vou olhar para homem endinheirado."

Na manhã seguinte, Sally estava passando muito mal. Ambos botamos a culpa na bebida. Ela ficou de cama a manhã inteira e, ao se levantar, desmaiou. Quis que ela procurasse um médico imediatamente, mas ela se recusava. Por volta da hora do chá, ela tornou a desmaiar e depois ficou com uma aparência tão ruim que Frl. Schroeder e eu chamamos um médico sem consultá-la.

O médico, quando chegou, ficou bastante tempo. Frl. Schroeder e eu esperamos o diagnóstico sentados na sala de estar. Porém, para nossa grande surpresa, ele saiu do apartamento de repente, às pressas, sem nem nos procurar para desejar boa-tarde. Fui logo para o quarto de Sally. Sally estava sentada na cama, com um sorriso fixo no rosto:

"Bom, Christopher querido, caí numa piada de Primeiro de Abril."

"Como assim?"

Sally tentou rir:

"Ele falou que vou ter um bebê."

"Meu Deus!"

"Não fique tão assustado, querido! Eu meio que já estava esperando, você sabe."

"Imagino que seja do Klaus."

"Sim."

"E o que você vai fazer?"

"Não ter, é claro", Sally pegou um cigarro. Fiquei olhando para meus sapatos feito um idiota.

"O médico..."

"Não, ele não faz. Eu perguntei sem nenhum rodeio. Ele ficou terrivelmente chocado. Eu disse: 'Meu querido homem, o que o senhor imagina que vá acontecer com a infeliz da criança se ela nascer? Eu pareço alguém que seria uma boa mãe?'."

"E o que ele respondeu?"

"Ele pareceu achar que isso não vinha ao caso. A única coisa que o interessa é a reputação profissional dele."

"Pois bem, a gente precisa achar alguém sem reputação profissional, só isso."

"Eu acho", disse Sally, "que é melhor a gente perguntar à Frl. Schroeder."

Frl. Schroeder foi consultada. Ela lidou muito bem: ficou alarmada, mas foi extremamente prática. Sim, ela conhecia uma pessoa. A amiga da amiga de uma amiga já tinha se metido em apuros. E o médico era um homem plenamente qualificado, muito habilidoso. O único problema é que ele podia cobrar muito caro.

"Graças aos céus", Sally exclamou, "não gastamos todo o dinheiro daquele canalha do Clive!"

"Preciso dizer que acho que o Klaus deveria..."

"Escuta aqui, Chris. Vou falar de uma vez por todas: se eu pegar você escrevendo para o Klaus sobre esse assunto, eu nunca vou te perdoar nem vou voltar a falar com você!"

"Ah, tudo bem... Claro que não vou falar. Foi só uma sugestão, só isso."

Não gostei do médico. Ficava acariciando e beliscando o braço de Sally e tocando a mão dela. Entretanto, parecia ser o homem certo para o serviço. Sally devia ir à sua clínica particular assim que tivesse uma vaga para ela. Foi tudo perfeitamente oficial e honesto. Com algumas frases educadas o animado médico dissipou o último sopro de ilegalidade sinistra. O estado de saúde de Sally, ele explicou, tornava impossível que ela resistisse aos riscos do parto: haveria um atestado dessa condição. Desnecessário dizer que o atestado custaria muito dinheiro. Assim como a clínica e a operação em si. O médico queria duzentos e cinquenta marcos antes de tomar qualquer providência. No fim, conseguimos convencê-lo a aceitar duzentos. Sally queria os cinquenta que sobrariam, me explicou depois, para comprar camisolas novas.

Enfim a primavera chegou. As cafeterias instalavam estrados de madeira na calçada e as sorveterias abriam, com suas rodas nas cores do arco-íris. Fomos à clínica em um táxi aberto. Por causa do clima agradável, Sally estava bem-humorada como eu não a via fazia semanas. Mas Frl. Schroeder, embora tentasse sorrir corajosamente, estava à beira das lágrimas. "O médico não é judeu, é?", Frl. Mayr me perguntou com severidade. "Você trate de não deixar um daqueles judeus imundos encostar nela. Eles sempre tentam arrumar esse tipo de trabalho, aqueles animais!"

Sally conseguiu um quarto bom, limpo e alegre, com sacada. Eu a visitei de novo no fim da tarde. Deitada ali na cama sem maquiagem, ela parecia anos mais jovem, como uma menina.

"Olá, querido... Ainda não me mataram, como você pode ver. Mas estão fazendo o possível para conseguirem... Este lugar não é engraçado?... Eu queria que aquele canalha do Klaus me visse agora... É nisso que dá não entender a *cabeça* dele..."

Ela estava um pouco febril e riu bastante. Uma das enfermeiras entrou, como se procurasse algo, e saiu quase no mesmo instante.

"Ela estava morrendo de vontade de dar uma espiada em você", Sally explicou. "É que eu falei para ela que você era o pai. Você não se importa, não é, querido..."

"De modo algum. É um elogio."

"Torna tudo tão mais simples. Do contrário, se não tem ninguém, eles acham esquisitíssimo. E não gosto de ser olhada como que com desprezo e dó por ser a pobre menina traída abandonada pelo amante. Não é lá muito lisonjeiro para mim, não é? Então falei para ela que estávamos terrivelmente apaixonados, mas sem dinheiro nenhum, por isso não podíamos nos casar, e que sonhamos com a época em que nós dois seremos ricos e famosos, e aí teremos uma família de dez, só para compensar por esse. A enfermeira ficou muito comovida, coitada. Ela até chorou. Esta noite, quando estiver de plantão, ela vai me mostrar retratos do namorado *dela*. Não é um amor?"

No dia seguinte, Frl. Schroeder e eu fomos juntos à clínica. Deparamos com Sally deitada com as cobertas até o queixo:

"Ah, olá, vocês dois! Por que não se sentam? Que horas são?" Ela se virou com dificuldade na cama e esfregou os olhos: "De onde foi que essas flores todas vieram?".

"Nós as compramos."

"Que maravilhoso da parte da vocês!" Sally deu um sorriso vazio. "Me desculpem por estar uma tonta hoje... É esse maldito clorofórmio... Minha cabeça está entorpecida."

Só ficamos alguns minutos. No caminho de casa, Frl. Schroeder estava transtornada: "Você acredita, Herr Issyvoo, que eu não ficaria tão emocionada se fosse minha própria filha? Poxa, ao ver a pobre menina sofrendo desse jeito, preferia que fosse eu no lugar dela — de verdade!".

No dia seguinte, Sally estava bem melhor. Fomos todos visitá-la: Frl. Schroeder, Frl. Mayr, Bobby e Fritz. Fritz, é claro, não fazia a menor ideia do que tinha acontecido de fato. Sally, segundo haviam lhe contado, tinha sido operada por causa de uma pequena úlcera interna. Como sempre acontece quando as pessoas não estão inteiradas, ele fez várias referências involuntárias e assustadoramente adequadas a cegonhas, sementinhas, carrinhos e bebês no geral; chegou até a contar um novo escândalo de uma socialite berlinense bem conhecida que segundo diziam havia passado recentemente por uma operação ilegal. Sally e eu evitávamos nos olhar.

No fim da tarde do dia seguinte, eu a visitei na clínica uma última vez. Ela teria alta de manhã. Estava sozinha e nos sentamos juntos na sacada. Parecia mais ou menos bem e conseguia andar pelo quarto.

"Falei à Irmã que não queria ver ninguém hoje, só você." Sally bocejou com languidez. "As pessoas me deixam exausta."

"Você prefere que eu vá embora?"

"Não", disse Sally, sem muito entusiasmo. "Se você for embora, uma das enfermeiras vai entrar e começar a falar; e se eu não for animada e alegre com ela, vão dizer que tenho que ficar neste lugar infernal mais alguns dias, e isso seria insuportável."

Ela ficou olhando mal-humorada para a rua sossegada:

"Sabe, Chris, de certo modo eu gostaria de ter tido a criança... Teria sido maravilhoso tê-la. Faz um ou dois dias que tenho meio que sentido como é que deve ser mãe. Sabe, ontem à noite, fiquei um tempão sozinha e segurei uma almofada nos braços imaginando que fosse meu bebê. E tive uma sensação maravilhosa de me desligar do resto do mundo. Imaginei que ele cresceria e eu trabalharia por ele, e que, depois de botá-lo para dormir à noite, eu sairia e faria amor com velhos asquerosos para conseguir dinheiro para a comida e as roupas dele... Pode ficar aí sorrindo desse jeito, Chris... Eu pensei mesmo!"

"Bom, por que você não se casa e tem um?"

"Não sei... Acho que perdi a fé nos homens. Não vejo mais serventia nenhuma para eles... Mesmo você, Christopher, se você saísse na rua agora e fosse atropelado por um táxi... Eu ficaria triste de certa maneira, é claro, mas eu não *ligaria* nem um pouco."

"Obrigado, Sally."

Nós dois rimos.

"Não é isso que eu quero dizer, é claro, querido — não no sentido pessoal, pelo menos. Você não deve se importar com o que eu falo enquanto estou assim. Fico cheia de ideias loucas na cabeça. Ter um bebê faz a pessoa se sentir horrivelmente primitiva, como um animal selvagem ou coisa assim, defendendo a cria. O único problema é que não tenho cria nenhuma para defender... Acho que é isso que me deixou tão assustadoramente geniosa com todo mundo agora há pouco."

Foi em certa medida em decorrência dessa conversa que resolvi de repente, naquela noite, cancelar todas as minhas aulas, deixar Berlim assim que possível, ir para algum lugar no Báltico e tentar começar a trabalhar. Desde o Natal, mal havia escrito uma palavra.

Sally, quando lhe contei a ideia, ficou um tanto aliviada, acho eu. Ambos precisávamos de uma mudança. Falamos em termos vagos de ela ir se encontrar comigo depois; mas, mesmo então, senti que ela não iria. Os planos dela eram muito incertos. Depois, talvez fosse para Paris, ou para os Alpes, ou para o Sul da França, ela disse — se conseguisse dinheiro. "Mas é provável", acrescentou, "que eu fique aqui mesmo. Me faria feliz. Parece que eu meio que me acostumei com este lugar."

Voltei a Berlim perto de meados de julho.

Durante todo esse tempo não tive notícias de Sally, além de meia dúzia de cartões-postais trocados no primeiro mês da minha ausência. Não fiquei muito surpreso ao saber que havia saído do quarto do nosso apartamento.

"É claro que entendo a partida dela. Não conseguia dar a ela o conforto que tinha o direito de esperar; sobretudo porque não temos água corrente nos quartos." Os olhos da pobre Frl. Schroeder se encheram de lágrimas. "Mesmo assim, foi uma frustração enorme para mim... Frl. Bowles se portou com muita elegância, não tenho do que reclamar. Ela insistiu em pagar o quarto até o final de julho. Eu tinha direito a esse dinheiro, é claro, porque ela só avisou no dia 21... mas nunca mencionei isso... Ela era uma moça tão encantadora..."

"A senhora tem o endereço dela?"

"Ah, sim, e o número do telefone. O senhor vai ligar para ela, é claro. Ela vai adorar vê-lo... Os outros cavalheiros iam e vinham, mas o senhor sempre foi um amigo de verdade para ela, Herr Issyvoo. Sabe, eu sempre torci para que vocês se casassem. Teriam formado o casal ideal. O senhor sempre foi uma boa influência para ela, e ela o alegrava quando o senhor estava mergulhado fundo demais nos livros e nos estudos... Ah, sim, Herr Issyvoo, pode rir — mas nunca se sabe! Talvez ainda não seja tarde demais!"

Na manhã seguinte, Fräulein Schroeder me acordou com muita agitação:

"Herr Issyvoo, o senhor não vai acreditar! Fecharam o Darmstädter und National! Milhares de pessoas vão à falência, nem posso imaginar! O leiteiro disse que em quinze dias vamos ter uma guerra civil! O que o senhor pensa de tudo isso?"

Assim que me vesti, desci à rua. De fato, havia uma multidão em frente à filial do banco na esquina da Nollendorfplatz, um monte de homens com pastas de couro e mulheres com sacolas — mulheres como a própria Frl. Schroeder. As treliças de ferro estavam fechadas sobre as janelas do banco. A maioria das pessoas fitava a porta trancada com atenção e perplexidade. No meio da porta estava afixado um aviso pequeno, belamente impresso em tipografia gótica, como uma página de um autor clássico. O aviso dizia que o presidente do Reich havia garantido o dinheiro depositado. Estava tudo bem. Só que o banco não abriria.

Um menino brincava com um bambolê no meio da multidão. O bambolê roçou a perna de uma mulher. Ela se enfureceu com ele na hora: "*Du, sei bloss nicht so frech!* Seu fedelho insolente! O que você quer aqui!". Outra mulher interferiu, atacando o menino assustado: "Cai fora! Você não entende, não é?". E outra indagou, com um sarcasmo furioso: "Vai ver que você também tinha dinheiro no banco?". O menino fugiu antes que a ira contida explodisse.

À tarde fez muito calor. Os detalhes dos novos decretos emergenciais saíram nos jornais vespertinos — sucintos, inspirados pelo governo. Uma manchete alarmista se destacava, audaciosa, marcada pela tinta vermelho-sangue: "Colapso total!". Um jornalista nazista lembrava aos leitores que o dia seguinte, 14 de julho, era um dia de júbilo nacional na França; e sem dúvida, ele acrescentou, os franceses se alegrariam com fervor especial naquele ano, com a perspectiva da derrocada da Alemanha. Fui à loja de roupas masculinas e comprei uma calça de flanela pronta para vestir por doze marcos e cinquenta — um voto de confiança pela Inglaterra. Depois peguei o metrô para ir visitar Sally.

Ela estava morando em um prédio de apartamentos de três quartos, projetado para ser uma Colônia de Artistas, não muito longe da Breitenbachplatz. Quando toquei a campainha, ela mesma abriu a porta para mim:

"Olááá, Chris, seu canalha!"

"Olá, Sally querida!"

"Como você está?... Cuidado, querido, você vai me desarrumar. Tenho que sair daqui a alguns minutos."

Eu nunca a tinha visto toda de branco antes. Caía bem nela. Mas seu rosto parecia mais fino e mais velho. O cabelo tinha um corte novo e estava lindamente ondulado.

"Você está muito elegante", falei.

"Estou?" Sally deu seu sorriso contente, sonhador, constrangido. Eu a segui até a sala de estar do apartamento. Uma janela cobria a parede de cima a baixo. Havia alguns móveis de madeira cor de cereja e um divã baixinho com almofadas espalhafatosas com franjas. Um cachorrinho branco e peludo ficou de pé e latiu. Sally o pegou e fez todos os movimentos de beijá-lo, mas sem tocá-lo com os lábios:

"*Freddi, mein Liebling. Du bist soo süss!*"

"É seu?", perguntei, reparando que a pronúncia do alemão havia melhorado muito.

"Não. É da Gerda, a garota com quem divido este apartamento."

"Faz tempo que você a conhece?"

"Só há uma ou duas semanas."

"Como ela é?"

"Nada mau. Sovina até não poder mais. Tenho que pagar praticamente tudo."

"A casa é bonita."

"Você acha? É, acho que é legal. Melhor do que aquele muquifo na Nollendorfstrasse, de todo modo."

"O que a fez ir embora? Você e Frl. Schroeder brigaram?"

"Não, não exatamente. Só cansei de ouvi-la falar. Ela quase me enlouqueceu de tanto falar. Ela é uma tremenda chata, na verdade."

"Ela gosta muito de você."

Sally encolheu os ombros com um movimento de indiferença um pouco impaciente. Ao longo dessa conversa, percebi que ela evitava meu olhar. Houve uma longa pausa. Fiquei confuso e um pouco constrangido. Comecei a me perguntar em quanto tempo eu poderia dar uma desculpa para ir embora.

Então o telefone tocou. Sally bocejou, puxou o aparelho para o colo:

"Olá, quem está falando? Sim, sou eu... Não... Não... Realmente não faço ideia... Eu *realmente* não faço! É para eu adivinhar?" Enrugou o nariz: "É o Erwin? Não? Paul? Não? Espera um pouco... Me deixe pensar..."

"E agora, querido, eu tenho que voar!", bradou Sally quando, por fim, a conversa acabou: "Já estou umas duas horas atrasada!".

"Tem um namorado novo?"

Mas Sally ignorou meu sorriso. Ela acendeu um cigarro com uma leve expressão de fastio.

"Tenho que ver um homem a negócios", disse laconicamente.

"E quando é que vamos nos encontrar outra vez?"

"Preciso ver, querido... Estou com tanta coisa para fazer, no momento... Devo passar o dia todo no interior, amanhã, e provavelmente o dia seguinte também... Eu aviso você... Talvez eu vá para Frankfurt em breve."

"Conseguiu trabalho lá?"

"Não. Não exatamente." A voz de Sally foi sintética, dispensando o assunto. "Resolvi não tentar nenhum trabalho no cinema até o outono, em todo caso. Vou tirar um bom descanso."

"Você parece ter feito muitas novas amizades."

De novo, o jeito de Sally se tornou vago, cautelosamente casual:

"É, acho que fiz, sim... É provável que seja uma reação a todos aqueles meses na casa de Frl. Schroeder, em que eu nunca via ninguém."

"Bom", não resisti a dar um sorriso malicioso, "espero, pelo seu bem, que nenhum dos seus novos amigos tenha dinheiro guardado no Darmstädter und National."

"Por quê?" Ela se interessou na hora. "Qual é o problema?"

"Você realmente não ficou sabendo?"

"Claro que não. Nunca leio o jornal e ainda não saí de casa hoje."

Contei a ela a notícia da crise. Ao final, parecia bem assustada.

"Mas por que diabos", exclamou, impaciente, "você não me contou isso tudo antes? Pode ser sério."

"Me desculpe, Sally. Supus que você já soubesse... Ainda mais agora que você parece estar transitando pelos círculos financeiros..."

Mas ela ignorou essa pequena alfinetada. Estava com a testa franzida, imersa nos próprios pensamentos:

"Se fosse *muito* sério, o Leo teria me ligado e contado...", ela murmurou depois de um tempo. Essa reflexão pareceu apaziguá-la consideravelmente.

Fomos juntos até a esquina da rua, onde Sally pegou um táxi.

"É um estorvo viver tão longe", falou. "Provavelmente vou arrumar um carro logo.

"Aliás", acrescentou, no instante em que nos despedíamos, "como foi na ilha de Rügen?"

"Me banhei bastante."
"Bom, tchau, querido. A gente se vê qualquer hora dessas."
"Tchau, Sally. Divirta-se."

Cerca de uma semana depois, Sally me telefonou:
"Você poderia vir aqui agora, Chris? É muito importante. Quero que você me faça um favor."
Outra vez encontrei Sally sozinha no apartamento.
"Quer ganhar um dinheiro, querido?", ela me saudou.
"É claro."
"Esplêndido! Escuta, é o seguinte…" Usava um vestido transpassado rosa e felpudo e tendia a ficar sem fôlego: "Tem um homem que eu conheço que está abrindo uma revista. Vai ser terrivelmente erudita e artística, com montes de fotografias modernas maravilhosas, frascos de tinta e mulheres de ponta-cabeça — você conhece esse tipo de coisa… A questão é que cada número será sobre um país específico e vai meio que resenhá-lo, com artigos sobre os modos e costumes, e tudo mais… Bom, o primeiro país que eles vão fazer será a Inglaterra e querem que eu escreva um artigo sobre a Garota Inglesa… Claro que não tenho a mais vaga ideia do que dizer, então pensei no seguinte: você poderia escrever o artigo em meu nome e receber o dinheiro — só não quero desagradar o homem que está editando a revista, porque ele pode vir a ser extremamente útil para mim de outras maneiras, mais tarde…".
"Está bem, vou tentar."
"Ah, maravilha!"
"Para quando você quer pronto?"
"Então, querido, essa é a grande questão. Preciso dele agora… Caso contrário, não vai adiantar nada, porque eu o prometi

quatro dias atrás e simplesmente preciso entregá-lo esta noite... Não precisa ser muito longo. Umas quinhentas palavras."

"Bom, vou fazer o possível..."

"Ótimo. Que maravilha... Pode se sentar onde quiser. Aqui tem papel. Você tem caneta? Ah, e aqui está o dicionário, caso você não saiba escrever alguma palavra... Eu vou tomar meu banho."

Quando, três quartos de hora depois, Sally voltou vestida para o dia, eu já havia terminado. Francamente, fiquei muito contente com meu trabalho.

Ela leu com atenção, uma lenta carranca se concentrando entre as sobrancelhas belamente delineadas a lápis. Quando terminou, deixou o manuscrito na mesa com um suspiro:

"Me desculpe, Chris. Não vai dar."

"Não vai dar?" Fiquei genuinamente perplexo.

"Claro, me atrevo a dizer que é muito bom do ponto de vista literário e tal..."

"Bom, então o que tem de errado com ele?"

"Não é arguto o suficiente." Sally foi bastante conclusiva. "Não é o tipo de coisa que ele quer, nem de longe."

Dei de ombros: "Me desculpe, Sally. Fiz o possível. Mas jornalismo realmente não é o meu ramo, sabe".

Houve uma pausa ressentida. Minha vaidade estava ferida.

"Meu Deus, já sei quem vai me ajudar se eu pedir!", berrou Sally, se levantando de repente. "Por que é que não pensei nele antes?" Ela pegou o telefone e discou o número: "Ah, olá, Kurt querido...".

Em três minutos, já havia explicado tudo sobre o artigo. Colocando o fone de volta no gancho, anunciou em tom triunfante: "Que maravilha! Ele vai fazer agora mesmo...". Ela estancou de um jeito impressionante e acrescentou: "Era o Kurt Rosenthal".

"Quem é ele?"

"Você nunca ouviu falar dele?" Isso deixou Sally irritada; fingiu ficar imensamente surpresa: "Achei que você se interessava por cinema! Ele é de longe o melhor jovem roteirista. Ganha rios de dinheiro. Só está fazendo isso como um favor a mim, é claro... Ele falou que vai ditar para a secretária enquanto estiver se barbeando e depois mandar direto para o apartamento do editor... Ele é maravilhoso!".

"Tem certeza de que dessa vez vai ser o que o editor quer?"

"Claro que vai! O Kurt é um gênio. Pode fazer qualquer coisa. Agora mesmo, ele está escrevendo um romance no tempo livre. É muito atarefado, só consegue ditá-lo enquanto toma o café da manhã. Ele me mostrou os primeiros capítulos outro dia. Sinceramente, acho que é tranquilamente o melhor romance que já li na vida."

"É mesmo?"

"Esse é o tipo de escritor que eu admiro", Sally continuou. Tomou o cuidado de evitar meu olhar. "É terrivelmente ambicioso e trabalha o tempo inteiro; consegue escrever qualquer coisa — qualquer coisa que você quiser: roteiros, romances, peças de teatro, poesia, anúncios... Também não é nem um pouco metido por causa disso. Não é como aqueles rapazes que, por terem escrito um livro, passam a falar de Artes e a imaginar que são os autores mais maravilhosos do mundo... Eles me enojam..."

Irritado como eu estava com ela, não consegui conter o riso: "Desde quando você critica com tamanha violência, Sally?"

"Não critico você" — mas não conseguia me encarar —, "não exatamente."

"Só a deixo enojada?"

"Não sei o que foi... Você parece ter mudado de certo modo..."

"Mudei como?"

"É difícil de explicar... Você não parece ter energia ou vontade de chegar a lugar nenhum. Você é tão diletante. Me irrita."

"Me desculpe." Mas meu tom que deveria ser engraçado soou forçado. Sally franziu a testa olhando para seus sapatinhos pretos.

"Você precisa se lembrar que sou mulher, Christopher. Toda mulher gosta de homens fortes e decididos e que levam suas carreiras adiante. Uma mulher quer ser maternal com o homem e proteger seu lado frágil, mas ele também precisa ter um lado forte, que ela possa respeitar... Se um dia você estiver interessado em uma mulher, recomendo que não a deixe perceber que você não tem ambição nenhuma. Senão ela vai desprezar você."

"É, entendi... E esse é o princípio segundo o qual você escolhe seus amigos — seus *novos* amigos?"

Ela se inflamou com a pergunta:

"É muito fácil para você zombar dos meus amigos por terem um bom tino para os negócios. Se eles têm dinheiro, é porque trabalharam para isso... Imagino que você se considere melhor do que eles."

"Sim, Sally, já que você perguntou — se eles forem como eu os imagino —, acho, sim."

"Aí está, Christopher! É a sua cara. É isso que me irrita em você: você é convencido e preguiçoso. Se diz esse tipo de coisa, deveria ser capaz de provar."

"Como é que alguém prova que é melhor do que outra pessoa? Além do mais, não foi isso que eu disse. Eu disse que me considero melhor — é uma simples questão de gosto."

Sally não respondeu. Acendeu um cigarro, franzindo a testa de leve.

"Você diz que eu mudei", prossegui. "Para ser bem franco, tenho pensado o mesmo de *você*."

Sally não pareceu surpresa: "É mesmo, Christopher? Talvez você tenha razão. Não sei... Talvez nenhum dos dois tenha mudado. Talvez estejamos apenas vendo o outro como é de verdade. Somos tremendamente diferentes em muitos aspectos, sabe?".

"Sim, já percebi."

"Eu acho", disse Sally, fumando meditativamente, os olhos nos sapatos, "que talvez a gente tenha amadurecido e se afastado um pouquinho."

"Talvez sim..." Eu sorri: o que Sally queria mesmo dizer era tão óbvio: "Em todo caso, não precisamos brigar por causa disso, certo?".

"Claro que não, querido."

Houve uma pausa. Então eu disse que precisava ir embora. Agora ambos estávamos bastante constrangidos e fomos extremamente educados.

"Tem certeza que não quer tomar um café?"

"Não, muitíssimo obrigado."

"Que tal um chá? É muito bom. Ganhei de presente."

"Não, agradeço muito, Sally. Eu preciso mesmo ir embora."

"Precisa?" Ela soou, afinal, um tanto aliviada. "Não deixe de me ligar qualquer hora dessas, está bem?"

"Sim, eu ligo."

Foi só quando de fato saí da casa e caminhei depressa pela rua que me dei conta da raiva e da vergonha que sentia. Que baita escrota que ela é, pensei. Afinal, disse a mim mesmo, é o que eu sabia que ela era — desde o início. Não, não era verdade: eu não sabia. Tinha me convencido — por que não ser franco? — de que ela gostava de mim. Bom, eu havia me enganado, ao que parecia; mas podia culpá-la por isso? E ainda assim, eu a culpava, estava furioso com ela; nada teria me agradado mais, naquele instante, do que vê-la ser totalmente chicoteada. Aliás, a irritação que sentia era tão absurda que comecei a me perguntar se eu não tinha, aquele tempo todo, em meu estilo peculiar, sido apaixonado por Sally.

Mas não, tampouco era amor — era pior. Era o tipo mais vulgar, mais infantil de orgulho ferido. Não que eu desse a mínima para o que ela achava do meu artigo — bom, só um pouco, talvez, mas um pouquinho de nada; minha presunção literária era à prova de qualquer coisa que *ela* pudesse dizer — era sua crítica a mim. O tenebroso talento sexual que as mulheres têm para arrancar a essência de um homem! Não adiantava nada dizer a mim mesmo que Sally tinha o vocabulário e a mentalidade de uma menina de doze anos, que era totalmente ridícula; não adiantava — eu só sabia que tinha, de um jeito ou de outro, sido levado a me sentir um impostor. Eu não era mesmo meio que um impostor, afinal — não pelas razões absurdas dela —, com meu papo pretensioso de artista para cima das alunas e meu recém-adquirido socialismo de salão? Era, sim. Mas ela não sabia de nada dessas coisas. Eu poderia muito bem tê-la impressionado. Essa era a parte mais humilhante da situação toda: eu tinha administrado mal nosso encontro desde o comecinho. Tinha corado e brigado em vez de ter sido maravilhoso, convincente, superior, paternal, maduro. Havia tentado competir com o bruto do Kurt no terreno dele; justo o que, é claro, Sally queria e esperava que eu fizesse! Depois de todos aqueles meses, eu tinha cometido o erro realmente fatal — tinha permitido que ela visse que eu não era só incompetente, mas também invejoso. Sim, vulgarmente invejoso. Eu poderia me chutar. Só de pensar eu já sentia pontadas de vergonha da cabeça aos pés.

Bom, o mal já estava feito. Só me restava uma coisa a fazer, que era esquecer o assunto. E é claro que seria quase impossível para mim voltar a ver Sally de novo.

Deve ter sido uns dez dias depois disso que fui visitado, uma manhã, por um rapazinho pálido de cabelo escuro que falava americano fluentemente com um leve sotaque estrangeiro. Seu nome, me disse, era George P. Sandars. Tinha visto meu anúncio de aulas de inglês no *B.Z. am Mittag*.

"Quando você quer começar?", lhe perguntei.

Mas o rapaz fez logo que não. Ah, não, ele não tinha vindo para ter aulas, de jeito nenhum. Muito decepcionado, aguardei educadamente que ele explicasse a razão de sua visita. Parecia não ter pressa de fazê-lo. Em vez disso, aceitou um cigarro, se sentou e começou a falar sem parar dos Estados Unidos. Eu já tinha ido a Chicago? Não? Bem, já tinha ouvido falar de James L. Schraube? Também não? O rapaz soltou um leve suspiro. Tinha o ar de estar sendo muito paciente comigo e com o mundo em geral. Era evidente que já tinha passado por aquela situação com inúmeras pessoas. James L. Schraube, esclareceu, era um homem muito importante em Chicago: era dono de uma rede inteira de restaurantes e diversos cinemas. Tinha duas casas de campo enormes e um iate no lago Michigan. E possuía nada menos que quatro carros. A essa altura, eu estava começando a batucar os dedos na mesa. Uma expressão de dor passou pelo rosto do rapaz. Desculpou-se por tomar meu precioso tempo; só me contou sobre o sr. Schraube, ele disse, porque achou que eu pudesse me interessar — seu tom deixava subentendida uma leve repreensão — e porque o sr. Schraube, caso eu o conhecesse, com certeza atestaria a honestidade de seu amigo Sandars. No entanto... não havia o que fazer... bom, eu poderia lhe emprestar duzentos marcos? Precisava do dinheiro para começar um negócio; era uma oportunidade única que ele perderia de todo se não conseguisse o dinheiro até a manhã seguinte. Ele me devolveria em três dias. Caso eu lhe desse o dinheiro agora, ele voltaria naquela mesma noite com a papelada para provar que a coisa toda era perfeitamente genuína.

Não? Ah, bem... Ele não pareceu surpreso demais. Levantou-se logo para ir embora, como um homem de negócios que tivesse desperdiçado valiosos vinte minutos com um possível cliente: a perda, ele conseguiu insinuar com polidez, era minha, não dele. Já na porta, parou por um instante: será que, por um acaso, eu conhecia algumas atrizes de cinema? Ele estava viajando para vender, como bico, um novo tipo de creme facial inventado especialmente para evitar que a pele ficasse ressecada pelas luzes do estúdio. Já era usado por todas as estrelas de Hollywood, mas na Europa ainda era desconhecido. Se conseguisse achar meia dúzia de atrizes para usá-lo e recomendá-lo, elas ganhariam amostras gratuitas e um estoque permanente pela metade do preço.

Depois de um instante de hesitação, dei-lhe o endereço de Sally. Não sei direito por que fiz isso. Em parte, é claro, para me livrar do rapaz, que dava sinais de querer tornar a se sentar e continuar nossa conversa. Em parte, talvez, por malícia. Não faria mal a Sally ter que aguentar o papo dele por uma ou duas horas: ela tinha me dito que gostava de homens ambiciosos. Talvez até comprasse um pote do creme facial — se é que existia mesmo. E se ele lhe pedisse emprestado os duzentos marcos — bom, isso também não importaria muito. Ele não conseguiria enganar nem um bebê.

"Seja lá o que fizer", eu lhe avisei, "não diga que fui eu que dei o endereço a você."

Ele concordou logo, com um leve sorriso. Deve ter elaborado sua própria explicação para meu pedido, pois parecia não o ter achado nem um pouco estranho. Ergueu o chapéu cortesmente ao descer a escada. Na manhã seguinte, eu já havia me esquecido de sua visita.

Alguns dias depois, a própria Sally me telefonou. Fui chamado no meio de uma aula para atender ao telefone e fui bastante indelicado.

"Ah, é você, Christopher querido?"
"Sim. Sou eu."
"Diga, você poderia vir me ver agora?"
"Não."
"Ah…" É óbvio que minha recusa a chocou. Houve uma breve pausa, então ela continuou, em um tom incomum de humildade: "Imagino que você esteja terrivelmente ocupado?".
"Estou, sim."
"Bom… você se incomodaria muito se eu fosse aí para vê-lo?"
"Para quê?"
"Querido" — Sally soava mesmo desesperada —, "não tenho como explicar pelo telefone… É uma coisa muito séria."
"Ah, entendi" — tentei ser o mais sórdido possível —, "outro artigo para uma revista, imagino?"
No entanto, assim que falei isso, nós dois tivemos que rir.
"Chris, você é um bruto!" Sally tilintou alegre pelo fone; depois se conteve de repente: "Não, querido — dessa vez eu prometo: é terrivelmente sério, de verdade". Ela se calou; em seguida acrescentou, de um modo impressionante: "E você é a única pessoa que pode me ajudar".
"Ah, está bem…" Eu já estava mais do que meio derretido. "Venha daqui a uma hora."

"Bom, querido, vou começar do começo, pode ser?… Ontem de manhã, um homem me ligou e perguntou se poderia vir me ver. Disse que era sobre um negócio muito importante, e como parecia saber meu nome e tudo, é claro que eu disse: sim, claro, pode vir agora… Então ele veio. Disse que o nome dele era Rakowski — Paul Rakowski —, que era o agente europeu da Metro-Goldwyn-Mayer e tinha vindo me fazer uma proposta. Disse que estavam procurando uma atriz inglesa que falasse alemão para atuar em um filme de comédia que vão gravar na Riviera Italiana. Ele foi muito convincente em todos os aspectos; me contou quem seria o diretor, o câmera e o diretor de arte e quem havia escrito o roteiro. Naturalmente, eu nunca tinha ouvido falar de nenhum deles. Mas isso não foi uma grande surpresa: na verdade, fez com que a história parecesse ainda mais real, porque a maioria das pessoas teria escolhido os nomes que aparecem nos jornais... Enfim, ele disse que, agora que tinha me visto, estava certo de que seria perfeita para o papel e que poderia basicamente prometê-lo a mim, contanto que o teste corresse bem... então é claro que simplesmente vibrei e perguntei quando seria o teste, e ele disse que seria só dali a uns três dias, já que precisava arranjar com o pessoal do UFA... Então começamos a falar de Hollywood e ele me contou tudo quanto é tipo de história — imagino que seja *possível* que as tenha lido em revistas para fãs, mas por alguma razão tenho quase certeza de que não —, e então ele me contou como fazem a sonoplastia e os efeitos especiais; de fato era muito interessante e com certeza já deve ter estado em muitos estúdios... De qualquer forma, depois que acabamos de falar de Hollywood, ele começou a me contar sobre o restante dos Estados Unidos, as pessoas que conheceu, os gângsteres e sobre Nova York. Falou que tinha acabado de chegar de lá e que toda sua bagagem ainda estava na alfândega de Hamburgo. A bem da verdade, eu *estava* mesmo achando muito estranho que as roupas dele fossem tão surradas; mas depois que disse isso, é claro, achei bastante natural... Bem — agora você tem que jurar que não vai rir dessa parte da história, Chris, senão eu não vou terminá-la — nesse momento, ele começou a fazer amor comigo do jeito mais passional. A princípio, fiquei com bastante raiva dele, por misturar negócios com prazer; mas passado um tempinho, parei de me incomodar tanto: ele era muito atraente, de um jeito russo... O final da história é que me convidou para jantar com ele, fomos ao Horcher's e foi um dos jantares mais maravilhosos da minha vida (é um consolo); só que, quando a conta chegou, ele disse: 'Ah, aliás, querida, será que você poderia me emprestar trezentos marcos até amanhã? Eu só tenho notas de dólar e vou precisar ir ao banco para trocá-las'. E, é claro, emprestei: para meu azar, estava com bastante dinheiro naquela noite... E então ele sugeriu: 'Vamos tomar uma garrafa de champanhe para comemorar seu contrato cinematográfico'. Concordei, e imagino que a essa altura já estivesse bastante embriagada, porque quando me convidou para passar a noite com ele, falei que sim. Fomos para um daqueles hoteizinhos no Augsburgerstrasse — esqueci o nome, mas não teria dificuldades em achá-lo de novo... Era uma pocilga medonha... Enfim, não me lembro de muita coisa que aconteceu naquela noite. Foi hoje cedo que comecei a pensar nas coisas direito, enquanto ele ainda dormia; e comecei a me perguntar se estava mesmo tudo bem... Eu não tinha reparado nas roupas de baixo dele: me deixaram meio chocada. Era de esperar que um homem do cinema vestisse seda junto à pele, não? Bom, as dele eram uma coisa extraordinária, de pelo de camelo ou algo assim; pareciam ter sido do são João Batista. Ele usava um prendedor qualquer de estanho, da Woolworth's, na gravata. O problema não era que as coisas dele fossem surradas, mas dava para ver que nunca tinham sido boas, nem quando novas... Eu estava me decidindo se saía da cama e dava uma olhada nos bolsos dele, mas ele acordou e aí era tarde demais. Então pedimos o café da manhã... Não sei se ele achou que àquela altura eu estava loucamente apaixonada e não perceberia, ou se só não quis se dar ao trabalho de continuar fingindo, mas de manhã se tornou uma pessoa totalmente diferente — um moleque de rua comum. Comeu a geleia da lâmina da faca, e é claro que a maior parte caiu nas cobertas. E sugou o interior do ovo fazendo um barulho horrível. Foi impossível não rir, e ele ficou muito bravo… Então disse: 'Preciso tomar uma cerveja!'. Bom, eu disse tudo bem: liga para a portaria e pede. Para falar a verdade, estava começando a ficar com um pouco de medo. Ele fez cara feia como um homem das cavernas; tive certeza de que devia ser louco. Então pensei em fazer as vontades dele o quanto pudesse… De todo modo, deu a impressão de que tinha achado uma boa sugestão, pegou o telefone e teve uma longa conversa e ficou horrivelmente zangado, porque se recusavam a mandar cerveja para os quartos. Agora percebo que devia estar com a mão no gancho o tempo todo e fingindo; mas fez isso muito bem, e de qualquer maneira eu estava com medo demais para reparar direito nas coisas. Achei que provavelmente me mataria porque não tinha conseguido a cerveja… Mas aceitou com tranquilidade. Disse que teria que se vestir e descer para pegar a cerveja. Está bem, eu disse… Bom, esperei bastante tempo e ele não voltou. Por fim, toquei a campainha e perguntei à governanta se o tinha visto sair. E ela disse: 'Ah, sim, o cavalheiro pagou a conta e foi embora há cerca de uma hora… Disse que não devia incomodá-la'. Fiquei muito surpresa e falei: 'Ah, tudo bem, obrigada…'. O engraçado é que àquela altura eu já estava tão convencida de que ele era doido que parei de desconfiar que fosse um trapaceiro. Talvez fosse isso mesmo que ele queria… Não era doido, afinal, porque, quando olhei minha bolsa, descobri que tinha furtado o restante do meu dinheiro, bem como o troco dos trezentos marcos que eu havia emprestado na noite anterior… O que mais me irrita nessa situação toda é que aposto que ele acha que vou ter vergonha de ir à polícia. Bom, vou mostrar que está enganado…"

"Escuta, Sally, como exatamente era esse rapaz?"

"Tinha mais ou menos a sua altura. Pálido. Cabelo escuro. Dava para ver que não tinha nascido nos Estados Unidos; falava com um sotaque estrangeiro…"

"Você lembra se ele mencionou um homem chamado Schraube, que mora em Chicago?"

"Vejamos... Sim, claro que mencionou! Falava muito dele... Mas, Chris, como você sabe?"

"Bom, é o seguinte... Olha, Sally, tenho uma confissão horrível a fazer... Não sei se um dia você vai me perdoar..."

Fomos à Alexanderplatz naquela mesma tarde.

A conversa foi ainda mais constrangedora do que eu esperava. Para mim, pelo menos. Sally, se estava se sentindo encabulada, não demonstrou nem pelo movimento das pálpebras. Ela detalhou os fatos do caso para os dois policiais de óculos com um pragmatismo tão altivo que se poderia imaginar que tinha ido até lá reclamar de um cachorrinho que fugiu ou de um guarda-chuva perdido no ônibus. Os dois policiais — ambos obviamente pais de família — a princípio tendiam a ficar chocados. Mergulhavam excessivamente as canetas na tinta violeta, faziam movimentos circulares inibidos com os cotovelos antes de começarem a anotar e foram bem lacônicos e rudes.

"Agora, quanto a esse hotel", disse o mais velho, com severidade: "Imagino que a senhora soubesse, antes de entrar, que era um hotel de certo gênero?".

"Bom, o senhor não esperava que fôssemos ao Bristol, não é?" O tom de Sally era bastante moderado e sensato: "Não nos deixariam entrar sem bagagem, de qualquer modo".

"Ah, vocês não tinham bagagem?" O mais jovem se agarrou a esse fato, triunfante, como se fosse de suprema relevância. Sua letra cursiva de policial violeta começou a percorrer uma folha pautada de papel almaço. Muito inspirado pelo assunto, ele não deu a mínima atenção à réplica de Sally:

"Não tenho o costume de fazer a mala quando um homem me convida para jantar."

O mais velho captou a mensagem, entretanto, no mesmo instante:

"Então foi só quando vocês estavam no restaurante que o rapaz convidou a senhora para — hmm — acompanhá-lo ao hotel?"

"Só depois do jantar."

"Minha cara jovem", o mais velho se recostou na cadeira, bem do jeito de um pai sarcástico, "me permita perguntar, a senhora tem o costume de aceitar convites desse tipo de desconhecidos?"

Sally sorriu com doçura. Era a inocência e a candura em pessoa:

"Mas veja, *Herr Kommissar*, ele não era um desconhecido. Era meu noivo."

Isso fez com que os dois se empertigassem num sobressalto. O mais novo chegou a deixar uma manchinha no meio do papel virgem — a única mancha, talvez, que poderia ser encontrada em todos os dossiês imaculados do Polizeipräsidium.

"A senhorita está querendo me dizer, Frl. Bowles" — mas, apesar da rispidez, já havia um brilho no olhar do mais velho —, "a senhorita está querendo me dizer que ficou noiva de um sujeito que conhecia apenas por uma tarde?"

"Exato."

"Isso não é, bem — meio incomum?"

"Imagino que seja", Sally concordou, séria. "Mas hoje em dia, sabe, as moças não podem se dar ao luxo de deixar um homem esperando. Se ele pede uma vez e ela o rejeita, talvez ele tente outra. Há todo esse excedente de mulheres…"

Depois dessa, o policial mais velho francamente explodiu. Empurrando a cadeira para trás, riu até ficar com o rosto roxo. Demorou quase um minuto para conseguir falar. O mais jovem foi muito mais decoroso: pegou um lenço grande e fingiu assoar o nariz. Mas o assoar o nariz se transformou em uma espécie de espirro que virou uma gargalhada, e logo também ele abandonou a tentativa de levar Sally a sério. O restante da conversa foi conduzido com uma informalidade de ópera-cômica, acompanhado de ensaios enfadonhos sobre galanteios. O policial mais velho, em especial, ficou bastante atrevido; acho que ambos lastimavam minha presença. Queriam que ela fosse toda deles.

"Mas não se preocupe, Frl. Bowles", eles lhe disseram, afagando sua mão na despedida, "vamos achá-lo para a senhora, nem que tenhamos que virar Berlim do avesso!"

"Pois bem!", exclamei, admirado, assim que ficamos longe de seus ouvidos, "você sabe mesmo como lidar com eles, tenho que admitir!"

Sally deu um sorriso sonhador: estava muito contente consigo mesma: "O que você quer dizer exatamente, querido?".

"Você sabe tão bem quanto eu — fazer com que eles rissem daquele jeito, dizer a eles que ele era seu noivo! Você estava mesmo inspirada!"

Mas Sally não riu. Em vez disso, corou um pouco, olhando para os pés. Uma expressão comicamente culpada, infantil, tomou conta de seu rosto:

"Sabe, Chris, acontece que é verdade..."

"Verdade!"

"Sim, querido." Agora, pela primeira vez, Sally estava de fato constrangida: começou a falar bem rápido: "Simplesmente não consegui contar a você hoje de manhã; depois de tudo que aconteceu, seria idiota demais para pôr em palavras... Ele me pediu em casamento quando estávamos no restaurante, e eu disse sim... Sabe, imaginei que, estando no ramo do cinema, ele devia estar acostumado com noivados rápidos assim; afinal, em Hollywood, é uma coisa muito comum... E como ele era americano, achei

93

que poderíamos nos divorciar facilmente, a hora que quiséssemos... E seria bom para a minha carreira — digo, se ele fosse autêntico — não seria?... Íamos nos casar hoje, se fosse possível... Agora é engraçado pensar nisso...".

"Mas, Sally!" Estanquei. Olhei-a embasbacado. Tive que rir: "Bom, sério... Sabe, você é a criatura mais extraordinária que já conheci na vida!".

Sally deu uma risadinha, como uma criança travessa que sem querer conseguiu divertir os adultos:

"Sempre disse que eu era meio louca, não disse? Agora quem sabe você acredita..."

Passou-se mais de uma semana até que a polícia nos desse alguma notícia. Então, uma manhã, dois detetives vieram me ver. Um rapaz que correspondia à nossa descrição havia sido rastreado e estava sob observação. A polícia sabia o endereço dele, mas queria que eu o identificasse antes de prendê-lo. Poderia acompanhá-los naquele momento até uma lanchonete da Kleiststrasse? Ele costumava ser visto lá, por volta daquele horário, quase todos os dias. Eu conseguiria apontá-lo no meio da multidão e ir embora logo, sem nenhum alarde ou aborrecimento.

Não gostei muito da ideia, mas não tinha como escapar. A lanchonete, quando chegamos, estava apinhada, pois era horário de almoço. Vi o rapaz quase no mesmo instante: estava em pé diante do balcão, junto ao samovar, xícara na mão. Visto assim, sozinho e desprevenido, ele parecia patético: sua aparência estava mais maltrapilha e bem mais jovem — um mero garoto. Cheguei bem perto de dizer: "Ele não está aqui". Mas de que adiantaria? Eles o deteriam de qualquer jeito. "É ele, sim", disse aos detetives. "Aquele ali." Eles assentiram. Eu me virei e ganhei a rua às pressas, me sentindo culpado e dizendo a mim mesmo: nunca mais vou ajudar a polícia.

Alguns dias depois, Sally apareceu para contar o resto da história: "Tive que vê-lo, é claro... Me senti uma selvagem horrorosa; ele parecia um indigente. Tudo que falou foi: 'Pensei que você fosse minha amiga'. Falei que ele podia ficar com o dinheiro, mas ele já tinha gastado tudo, de todo modo... A polícia disse que ele já tinha ido mesmo para os Estados Unidos, mas não é americano: é polonês... Não será processado, o que é um alívio. O médico o examinou e ele será mandado para um hospício. Espero que o tratem bem lá...".

"Então ele era louco, afinal?"

"Imagino que sim. De um tipo brando..." Sally sorriu. "Não é muito lisonjeiro para mim, não é? Ah, e Chris, sabe quantos anos ele tinha? Você nunca vai adivinhar!"

"Uns vinte, acho."

"Dezesseis!"

"Caramba!"

"Sim, francamente... O caso teria que ser julgado no Juizado de Menores!"

Nós dois rimos. "Sabe, Sally", falei, "o que eu realmente gosto em você é que você é tremendamente fácil de enganar. Pessoas que nunca são enganadas são tão monótonas."

"Então você ainda gosta de mim, Chris querido?"

"Sim, Sally. Ainda gosto de você."

"Estava com medo de que você estivesse zangado comigo — por causa daquele dia."

"Eu estava. Muito."

"Mas agora não está mais?"

"Não... Acho que não."

"Não sou boa em tentar pedir desculpas, nem explicar, nem nada disso... Às vezes fico daquele jeito... Acho que você entende, não, Chris?"

"Sim", respondi. "Acho que entendo."

Nunca mais a vi. Uns quinze dias depois, justo quando estava pensando que precisava dar uma ligada para ela, recebi um cartão-postal de Paris: "Cheguei aqui ontem à noite. Vou escrever direito amanhã. Muito amor". Não chegou nenhuma carta em seguida. Um mês mais tarde, outro cartão-postal, vindo de Roma, sem dar qualquer endereço: "Escrevo daqui um ou dois dias", dizia. Isso foi há seis anos.

Portanto, agora escrevo para ela.

Quando você ler isto, Sally — se o fizer um dia —, por favor, aceite como um tributo, o mais sincero que posso prestar, a você e à nossa amizade.

E me mande outro cartão-postal.

Na ilha de Rügen
Verão de 1931

Acordo cedo e saio para me sentar de pijama na varanda. As árvores lançam sombras longas nos campos. Pássaros berram com uma súbita violência sinistra, como despertadores tocando. As bétulas pendem carregadas sobre a terra sulcada, arenosa, da estrada rural. Uma suave listra de nuvem sobe da fileira de árvores que margeia o lago. Um homem com uma bicicleta observa seu cavalo pastar em um pedaço de gramado junto à trilha; quer desenredar o casco do cavalo da corda que o segura. Empurra o cavalo com as duas mãos, mas ele não sai do lugar. E agora surge uma senhora de xale que caminha com um menininho. O garoto usa um uniforme escuro de marinheiro; é muito pálido e seu pescoço está enfaixado. Logo dão meia-volta. Um homem passa de bicicleta e grita alguma coisa para o homem do cavalo. Sua voz ressoa, bem clara, porém ininteligível, no sossego matinal. Um galo canta. O rangido da bicicleta passando. O orvalho na mesa e nas cadeiras brancas sob a pérgula do jardim, e o gotejamento do lilás pesado. Outro galo canta, bem mais alto e mais perto. Acho que consigo ouvir o mar, ou sinos muito distantes.

O vilarejo fica escondido na floresta, no alto, à esquerda. É formado quase inteiramente por pensões, em diversos estilos de arquitetura costeira — mourisco fajuto, bávaro antigo, Taj Mahal e casa rococó de boneca com sacadas ornamentadas brancas. Atrás da floresta fica o mar. É possível chegar lá sem atravessar o vilarejo, por um caminho em zigue-zague que termina abruptamente à beira de penhascos arenosos, com a praia lá embaixo, e o morno e raso Báltico quase a seus pés. Essa ponta da baía é bem deserta; chega-se à praia de banho oficial depois de contornar o promontório. As cúpulas brancas em forma de cebola do Strand Restaurant em Baabe se agitam ao longe, atrás das ondas fluidas de calor, a um quilômetro de distância.

Na floresta há coelhos, cobras e cervos. Ontem de manhã vi uma corça ser perseguida por um cão borzoi, através dos campos e por entre as árvores. O cachorro não conseguiu pegar a corça, embora parecesse ser muito mais rápido do que ela, movimentando-se em longos saltos graciosos, enquanto a corça se apressava pela terra com solavancos duros e selvagens, como um piano de cauda enfeitiçado.

Há duas pessoas hospedadas na casa, além de mim. Uma delas é um inglês chamado Peter Wilkinson, mais ou menos da minha idade. A outra é um garoto alemão da classe trabalhadora que veio de Berlim, chamado Otto Nowak. Tem dezesseis ou dezessete anos.

Peter — como já o chamo; ficamos bem próximos logo na primeira noite, e nos tornamos amigos rapidamente — é magro, moreno e ansioso. Usa óculos de tartaruga. Quando se empolga, enfia as mãos entre os joelhos e as entrelaça. Veias grossas se destacam nas laterais das têmporas. Ele se treme inteiro com sua risada suprimida, nervosa, até que Otto, muito irritado, exclama: "*Mensch, reg' Dich bloss nicht so auf!*".

Otto tem um rosto que parece um pêssego bem maduro. O cabelo é claro e espesso, e cresce do começo da testa. Tem olhinhos brilhantes, cheios de traquinagem, e um sorriso largo, que desarma os outros, inocente demais para ser genuíno. Quando sorri, duas enormes covinhas surgem nas bochechas de flor de pêssego. No momento, ele me corteja assiduamente, me bajula, ri das minhas piadas, sem nunca perder a oportunidade de me dar uma piscadela astuciosa, cúmplice. Acho que me considera um possível aliado em suas interações com Peter.

Esta manhã, todos nos banhamos juntos. Peter e Otto estavam ocupados erguendo um grande forte de areia. Me deitei e fiquei observando Peter trabalhar furiosamente, aproveitando o sol forte, escavando com selvageria com sua pá de criança, como um condenado sob o olhar de um carcereiro armado. No decorrer da longa manhã quente, ele não parou quieto em nenhum momento. Ele e Otto nadaram, cavaram, lutaram, apostaram corrida e brincaram com uma bola de futebol de borracha, subindo e descendo pela areia. Peter é magro, mas resistente. Nas brincadeiras com Otto, ele fica firme, parece, só por conta de uma imensa, furiosa força de vontade. É a determinação de Peter contra o corpo de Otto. Otto é seu corpo inteiro; Peter é apenas sua cabeça. Otto se movimenta com fluidez, sem fazer esforço; seus gestos têm a graciosidade selvagem, inconsciente, de um animal cruel, elegante. Peter anda por aí açoitando seu corpo duro, desajeitado, com o chicote de sua vontade impiedosa.

Otto é escandalosamente convencido. Peter comprou para ele um extensor de tórax e, com isso, ele se exercita com solenidade a qualquer hora do dia. Ao entrar no quarto deles depois do almoço, à procura de Peter, me deparei com Otto lutando com o extensor feito Laocoonte, em frente ao espelho, sozinho: "Olha, Christoph!", ofegou. "Está vendo, eu consigo! Todos os cinco elásticos!" Otto sem dúvida tem um par de ombros e um peito soberbos para um garoto de sua idade — mas seu corpo ainda assim é um pouco ridículo. As belas linhas maduras do torso se afunilam muito bruscamente nas pequenas nádegas absurdas e nas pernas magrelas, imaturas. A cada dia que passa essas lutas com o extensor de tórax o tornam mais e mais desproporcional.

Esta noite Otto teve um quê de insolação e foi para a cama cedo, com dor de cabeça. Peter e eu caminhamos até o vilarejo, sozinhos. Na cafeteria bávara, onde a banda faz barulho como o Inferno à solta, Peter berrou no meu ouvido a história de sua vida.

Peter é o caçula de quatro filhos. Tem duas irmãs, ambas casadas. Uma delas mora no interior e caça. A outra é o que os jornais chamam de "uma anfitriã popular da sociedade". O irmão mais velho de Peter é cientista e explorador. Já esteve em expedições ao Congo, às Novas Hébridas e à Grande Barreira de Coral. Joga xadrez, fala com a voz de um homem de sessenta anos, e nunca, até onde Peter sabe e acredita, realizou o ato sexual. O único membro da família com quem Peter fala hoje em dia é sua irmã caçadora, mas eles raramente se veem, pois Peter detesta o cunhado.

Peter era delicado quando menino. Não frequentou o primário, mas, quando estava com treze anos, o pai o mandou para um colégio público. O pai e a mãe tiveram uma briga a esse respeito que durou até Peter, com o incentivo da mãe, desenvolver problemas cardíacos e precisar ser tirado da escola no final do segundo semestre. Depois de escapar, Peter começou a odiar a mãe por tê-lo mimado e paparicado até torná-lo covarde. Ela percebeu que ele não conseguia perdoá-la e, como Peter era o único filho com o qual se importava, adoeceu e pouco depois faleceu.

Como já era tarde demais para mandar Peter de volta à escola, o sr. Wilkinson contratou um preceptor. O preceptor era um rapaz da igreja alta que pretendia se tornar padre. Tomava banhos frios no inverno e tinha cabelo crespo e maxilar grego. O sr. Wilkinson não gostou dele desde o início, e o irmão mais velho fazia comentários satíricos, por isso Peter tomou o partido do professor com fervor. Os dois faziam passeios a pé pela região dos lagos e discutiam o sentido do Sacramento no meio da paisagem austera de charneca. Esse tipo de conversa os meteu, como era inevitável, em um enrosco emocional complicado que foi desenredado de repente, uma noite, durante uma altercação assustadora em um celeiro. Na manhã seguinte, o preceptor foi embora, deixando para trás uma carta de dez páginas. Peter cogitou o suicídio. Ouviu, tempos depois, indiretamente, que o preceptor havia deixado o bigode crescer e ido para a Austrália. Então Peter teve um novo preceptor, e por fim foi para Oxford.

Já que odiava os negócios do pai e a ciência do irmão, fez da música e da literatura uma seita religiosa. No primeiro ano, gostou muito de Oxford. Frequentava chás e se arriscava a falar. Para seu prazer e surpresa, as pessoas pareciam ouvir o que ele tinha a dizer. Foi só quando já havia feito isso com frequência que começou a reparar no ar de leve constrangimento dos outros. "De uma forma ou de outra", disse Peter, "eu sempre falava alguma coisa errada."

Enquanto isso, na cidade natal, na casa grandiosa de Mayfair, com seus quatro banheiros e garagem para três carros, onde sempre havia comida demais, a família Wilkinson aos poucos se despedaçava, como algo que tivesse apodrecido. O sr. Wilkinson com seus rins adoecidos, seu uísque e seu conhecimento de como "lidar com homens", estava bravo, confuso e meio patético. Estourava e rosnava para os filhos quando passavam perto dele, como um cachorro velho e rabugento. Nas refeições, ninguém falava. Evitavam se olhar e depois subiam correndo para escrever cartas, cheias de ódio e sátira, para os amigos íntimos. Só Peter não tinha amigos para quem escrever. Ele se fechava em seu quarto caro e sem graça e lia sem parar.

E agora era igual em Oxford. Peter não ia mais a chás. Estudava o dia inteiro e, logo antes das provas, sofreu um colapso nervoso. O médico aconselhou uma mudança total de cenário, outros interesses. O pai de Peter deixou-o brincar de fazendeiro em Devonshire por seis meses, depois começou a falar de negócios. O sr. Wilkinson tinha sido incapaz de persuadir seus outros filhos a demonstrarem sequer um interesse educado pela fonte de suas rendas. Eram todos irredutíveis em seus diferentes universos. Uma das filhas estava prestes a se casar com um nobre, a outra caçava com frequência junto com o Príncipe de Gales. O filho mais velho dava conferências na Real Sociedade Geográfica. Só Peter não tinha justificativa para sua existência. Os outros filhos se comportavam de modo egoísta, mas sabiam o que queriam. Peter também era egoísta, e não sabia.

No entanto, no momento crítico, o tio de Peter, irmão de sua mãe, faleceu. Esse tio morava no Canadá. Tinha visto Peter uma vez, quando criança, e tinha gostado dele, e por isso lhe deixara todo seu dinheiro, que não era muito, mas o suficiente para que vivesse com conforto.

Peter foi a Paris e começou a estudar música. O professor afirmou que ele nunca seria nada mais que um bom amador de segunda categoria, mas isso só o fez estudar com mais afinco. Estudava apenas para evitar pensar e teve outro colapso nervoso, que a princípio parecia menos sério. Dessa vez, teve certeza de que enlouqueceria em breve. Fez uma visita a Londres e encontrou apenas o pai em casa. Tiveram um bate-boca violento na primeira noite; depois disso, mal trocaram palavras. Após uma semana de silêncio e refeições imensas, Peter teve um surto brando de mania homicida. No decorrer do café da manhã, não conseguia tirar os olhos de uma espinha no pescoço do pai. Manuseava a faca de pão. De repente, o lado esquerdo de seu rosto começou a se contrair. Contraía-se sem parar, tanto que ele teve que cobrir a bochecha com a mão. Tinha certeza de que o pai havia notado e que se recusava deliberadamente a comentar a situação — que, na verdade, o torturava de propósito. Por fim, Peter não aguentou mais. Levantou-se de repente e saiu correndo da sala, da casa, foi para o jardim, onde se atirou de cara no gramado úmido. Ficou deitado ali, assustado demais para se mexer. Depois de quinze minutos, a contração parou.

Naquela noite, Peter caminhou pela Regent Street e arrumou uma prostituta. Foram juntos para o quarto da garota e conversaram por horas a fio. Ele lhe contou toda a história de sua vida doméstica, deu-lhe dez libras e foi embora sem sequer beijá-la. Na manhã seguinte, uma brotoeja misteriosa surgiu em sua coxa esquerda. O médico parecia não saber o que dizer para explicar a origem, mas receitou um unguento. A brotoeja diminuiu, mas só desapareceu por completo um mês atrás. Pouco depois do episódio da Regent Street, Peter também começou a ter problemas no olho esquerdo.

Já fazia algum tempo que ele acalentava a ideia de consultar um psicanalista. Havia optado por um freudiano ortodoxo com voz modorrenta e mal-humorada e pés enormes. Peter sentiu antipatia por ele de imediato, e disse isso ao sujeito. O freudiano fez anotações em um papelzinho, mas não pareceu ter se ofendido. Mais tarde, Peter descobriu que ele não se interessava por nada a não ser arte chinesa. Encontravam-se três vezes por semana e cada consulta custava dois guinéus.

Passados seis meses, Peter abandonou o freudiano e começou a ir a uma nova analista, uma senhora finlandesa de cabelo grisalho e um jeito animado de falar. Peter achava fácil conversar com ela. Ele lhe contou, da melhor maneira possível, tudo que já tinha feito, que já tinha dito, pensado e sonhado. Às vezes, em momentos de desalento, ele lhe contava histórias que eram totalmente inverídicas, ou anedotas tiradas de livros de estudos de casos. Depois, confessava essas mentiras, eles debatiam suas razões para tê-las contado e concordavam que eram muito interessantes. Em noites especiais, Peter sonhava, e isso lhes dava um assunto para conversarem nas semanas seguintes. A análise durou quase dois anos e nunca foi finalizada.

Este ano Peter se cansou da senhora finlandesa. Ouviu falar de um profissional bom em Berlim. Bem, por que não? De todo modo, seria uma mudança. Também seria uma economia. O homem de Berlim custava apenas quinze marcos por sessão.

"Você continua se consultando com ele?", perguntei.

"Não..." Peter sorriu. "Não posso bancar, entende?"

Mês passado, um ou dois dias após sua chegada, Peter foi ao Wannsee para se banhar. A água ainda estava gelada, e não havia muita gente por perto. Peter havia reparado em um garoto que dava cambalhotas sozinho na areia. Mais tarde, o garoto se aproximou e lhe pediu um fósforo. Entabularam uma conversa. Era Otto Nowak.

"Otto ficou horrorizado quando lhe contei do analista. 'O quê!', ele disse, 'você dá quinze marcos por dia para esse homem só para poder falar com ele! Me dê dez marcos que eu converso contigo o dia inteiro e a noite inteira também!'." Peter sacudiu o corpo inteiro ao rir, enrubescendo e torcendo as mãos.

Algo muito curioso é que Otto não estava sendo totalmente ridículo quando se ofereceu para tomar o lugar do analista. Como muitas pessoas bem animalescas, ele tem grandes poderes instintivos de cura — quando opta por usá-los. No momento, o modo como trata Peter é infalivelmente correto. Peter fica sentado à mesa, encurvado, a boca com os cantos voltados para baixo, coberta de temores de infância: um retrato perfeito de sua criação tortuosa e luxuosa. Então Otto chega, sorri, exibe suas covinhas, derruba uma cadeira, dá um tapa nas costas de Peter, esfrega as mãos e exclama fatuamente: *"Ja, ja... so ist die Sache!"*. E, em um instante, Peter se transforma. Ele relaxa, começa a se portar naturalmente; a tensão desaparece de sua boca, os olhos perdem a expressão aterrorizada. Enquanto o feitiço dura, ele é igual a uma pessoa normal.

Peter me conta que, antes de conhecer Otto, tinha tanto medo de infecção que lavava as mãos com carbólico depois de pegar num gato. Hoje em dia, ele volta e meia bebe do mesmo copo que Otto, usa a bucha dele e divide o mesmo prato.

A dança havia começado no Kurhaus e na cafeteria do lago. Vimos os anúncios do primeiro baile dois dias atrás, enquanto fazíamos nossa caminhada vespertina pela rua principal do vilarejo. Reparei que Otto deu uma olhada melancólica para o pôster e que Peter tinha percebido. Nenhum deles, entretanto, fez qualquer comentário.

Ontem foi um dia gelado e úmido. Otto sugeriu que alugássemos um barco e fôssemos pescar no lago: Peter ficou contente com o plano e logo concordou. Mas, depois de passarmos quarenta e cinco minutos sob chuvisco esperando uma pesca, ele começou a ficar irritado. No caminho de volta até a costa, Otto não parava de espirrar água com seu remo — primeiro porque não sabia remar do jeito certo, depois apenas para aborrecer Peter. Peter ficou muito bravo e xingou Otto, que ficou emburrado.

Após o jantar, Otto anunciou que ia dançar no Kurhaus. Peter aceitou sem dar um pio, num silêncio agourento, os cantos da boca começando a cair; e Otto, genuinamente inconsciente de sua reprovação ou a ignorando deliberadamente, supôs que a questão já estivesse decidida.

Assim que ele saiu, Peter e eu nos sentamos no andar de cima, no meu quarto frio, escutando o tamborilar da chuva na janela.

"Achei que não podia durar", disse Peter, pessimista. "Este é o começo. Você vai ver."

"Que bobagem, Peter. O começo do quê? É natural que Otto queira ir dançar de vez em quando. Você não precisa ser tão possessivo."

"Ah, eu sei, eu sei. Como sempre, estou sendo totalmente insensato... Ainda assim, este é o começo..."

Para a minha própria surpresa, os acontecimentos provaram que eu tinha razão. Otto chegou do Kurhaus antes das dez horas. Tinha ficado frustrado. Havia poucas pessoas lá e a banda era ruim.

"Nunca mais volto", acrescentou, com um sorriso lânguido para mim. "Daqui para a frente, vou passar todas as noites com você e Christoph. É bem mais divertido quando estamos os três juntos, não é?"

Ontem de manhã, quando estávamos deitados no nosso forte na praia, um homenzinho de cabelo claro, olhos azuis esquadrinhadores e bigodinho se aproximou e nos convidou para participar de um jogo com ele. Otto, sempre exagerado no entusiasmo por estranhos, aceitou prontamente, de modo que Peter e eu teríamos que ser rudes ou seguir seu exemplo.

O homenzinho, depois de se apresentar como cirurgião de um hospital de Berlim, foi logo assumindo o comando, determinando os lugares onde deveríamos ficar. Ele foi bastante firme a esse respeito — ordenando imediatamente que eu voltasse quando tentei me aproximar um pouco, para não ter uma distância tão grande de onde lançar. Depois, parecia que Peter estava lançando de um jeito muito errado: o doutorzinho interrompeu o jogo para demonstrar isso. Peter primeiro achou graça, então ficou bastante irritado. Ele retrucou com uma rispidez considerável, mas não pareceu ter afetado o médico. "Você fica tão tenso", ele explicou, sorridente. "É um erro. Tente de novo, vou ficar com a mão na sua escápula para ver se você relaxa mesmo... Não. De novo você não relaxou!"

Ele parecia contente, como se esse fracasso de Peter fosse um triunfo especial para seu próprio método de ensino. Seu olhar encontrou o de Otto. Otto sorriu, compreensivo.

Nosso encontro com o médico deixou Peter mal-humorado pelo resto do dia. Para provocá-lo, Otto fingiu gostar muito do médico: "É o tipo de cara que eu gostaria de ter como amigo", disse com um sorriso maldoso. "Um esportista de verdade! Você precisa fazer algum esporte, Peter! Aí vai ter um corpo igual ao dele!"

Se Peter estivesse em outro estado de espírito, o comentário provavelmente o teria feito sorrir. Do jeito que estava, ficou muito bravo: "Vá embora com seu médico agora, se gosta dele tanto assim!".

Otto deu um sorriso zombeteiro. "Ele não me chamou — ainda!"

Ontem à noite, Otto saiu para dançar no Kurhaus e voltou tarde.

Agora há muitos veranistas no vilarejo. A praia de banho junto ao píer, com sua série de faixas, começa a parecer um campo medieval. Cada família tem uma enorme cadeira de praia de vime com cobertura, e em cada cadeira se agita uma bandeirinha. Há bandeiras de cidades alemãs — Hamburgo, Hanover, Dresden, Rostock e Berlim, bem como estandartes nacionais, republicanos e nazistas. Todas as cadeiras são rodeadas por uma amurada baixa de areia nas quais os ocupantes fizeram inscrições com pinhas: *Waldesruh. Familie Walter. Stahlhelm. Heil Hitler!* Muitos dos fortes também são decorados com a suástica nazista. Uma manhã dessas vi uma criança de mais ou menos cinco anos, completamente nua, marchando sozinha com uma bandeira com a suástica sobre o ombro e cantando *"Deutschland über alles".*

O doutorzinho se deleita com a atmosfera. Quase todas as manhãs, ele vem, como numa visita missionária, ao nosso forte. "Vocês precisam ir para a outra praia", ele nos diz. "É muito mais divertido lá. Posso apresentar vocês a umas moças legais. Os jovens daqui formam um grupo magnífico! Eu, como médico, sei como apreciá-los. Outro dia fui ao Hiddensee. Só judeus! É um prazer voltar para cá e ver tipos genuinamente nórdicos!"

"Vamos para a outra praia", instou Otto. "Aqui é muito chato. Não tem quase ninguém por perto."

"Pode ir, se quiser", Peter retrucou com um sarcasmo raivoso: "Receio que eu vá me sentir muito deslocado. Uma avó minha era parte espanhola".

Mas o doutorzinho não nos deixa em paz. Nossa resistência e antipatia expressadas mais ou menos abertamente parecem fasciná-lo. Otto está sempre nos traindo, atirando-nos nas mãos dele. Um dia, quando o médico falava com entusiasmo sobre Hitler, Otto disse: "Não adianta que o senhor fale assim com o Christoph, *Herr Doktor*. Ele é comunista!".

Isso pareceu deliciar o médico. Seus olhos azuis esmiuçadores brilharam, triunfantes. Carinhosamente, pôs a mão no meu ombro.

"Não é *possível* que você seja comunista! Não é *possível!*"

"Por que não?", perguntei friamente, me afastando. Detesto-o por ter me tocado.

"Porque não existe nada parecido com o comunismo. É só uma alucinação. Uma doença mental. As pessoas só acham que são comunistas. Na verdade, não são."

"Então elas são o quê?"

Mas ele não estava escutando. Ele me fitou com seu sorriso triunfante, esquadrinhador.

"Cinco anos atrás eu pensava como você. Mas meu trabalho na clínica me convenceu de que o comunismo é mera alucinação. As pessoas precisam é de disciplina, de autocontrole. Eu lhe digo isso como médico. Sei por experiência própria."

Esta manhã, estávamos todos juntos no meu quarto, prontos para ir ao nosso banho de mar. A atmosfera estava carregada, pois Peter e Otto ainda davam seguimento a uma desavença obscura que tinham começado antes do café da manhã, no quarto deles. Eu estava folheando um livro, sem prestar muita atenção neles. De repente, Peter estapeou Otto com força nas duas faces. Eles se engalfinharam no mesmo instante e brigaram, cambaleando pelo quarto, derrubando cadeiras. Fiquei olhando, saindo do caminho tanto quanto possível. Era engraçado e, ao mesmo tempo, desagradável, porque a raiva deixava seus rostos estranhos e feios. Otto conseguiu derrubar Peter no chão e torceu seu braço: "Não basta ainda?", perguntava sem parar. Ele sorria: naquele momento estava mesmo horroroso, efetivamente deformado pela maldade. Eu sabia que Otto estava contente por eu estar ali, pois minha presença era uma humilhação a mais para Peter. Por isso ri, como se tudo não passasse de uma piada, e saí do quarto. Caminhei pela floresta rumo a Baabe e me banhei na praia que ficava mais adiante. Senti que queria passar horas sem ver nenhum deles.

Se Otto deseja humilhar Peter, Peter, a seu próprio modo, também deseja humilhar Otto. Quer obrigar Otto a aceitar certo tipo de submissão à sua vontade, e essa submissão Otto se recusa instintivamente a aceitar. Otto é natural e sadiamente egoísta feito um animal. Se houver duas cadeiras no quarto, ele pegará a mais confortável sem hesitar, porque nunca lhe passa pela cabeça considerar o conforto de Peter. O egoísmo de Peter é muito menos sincero, mais civilizado, mais perverso. Se lhe apelarem do jeito certo, ele fará qualquer sacrifício, por mais insensato e desnecessário que seja. Mas quando Otto pega a melhor cadeira como se tivesse esse direito, Peter imediatamente enxerga um desafio que não ousa se recusar a aceitar. Imagino que — dadas suas duas naturezas — não exista uma saída possível dessa situação. Peter está destinado a continuar lutando para obter a submissão de Otto. Quando, por fim, parar de fazê-lo, será mero sinal de que perdeu totalmente o interesse por Otto.

O traço realmente destrutivo da relação deles é sua característica inerente de tédio. É muito natural que Peter se entedie constantemente com Otto — eles não têm quase nenhum interesse em comum —, mas Peter, por razões sentimentais, jamais admitirá que isso aconteça. Quando Otto, que não tem motivos para fingir, diz "Que lugar chato!", invariavelmente vejo Peter estremecer e fazer cara de dor. E, no entanto, Otto se entedia muito menos que Peter: ele acha a companhia de Peter genuinamente divertida e fica bastante contente por passar a maior parte do dia com ele. Não raro, quando Otto fala bobagem por uma hora sem parar, posso ver que Peter fica louco para que ele se cale e vá embora. Mas admitir isso seria, aos olhos de Peter, uma derrota cabal, por isso ele apenas ri e esfrega as mãos, recorrendo de modo tácito a mim para que corrobore seu fingimento de que considera Otto inesgotavelmente encantador e engraçado.

* * *

No caminho de volta pela floresta, depois do meu banho de mar, vi o doutorzinho louro esmiuçador vir ao meu encontro. Era tarde demais para dar meia-volta. Eu disse "Bom dia" da forma mais educada e fria possível. O médico usava short de corrida e pulôver; explicou que estava dando uma *"Waldlauf"*. "Mas acho que agora vou voltar", acrescentou. "Não quer dar uma corridinha comigo?"

"Receio não poder", respondi sem pensar. "Dei uma torcida no tornozelo ontem, sabe?"

Eu poderia ter mordido minha língua quando vi o brilho de triunfo nos olhos dele. "Ah, você deslocou o tornozelo? Me deixe dar uma olhada, por favor!" Me esquivando com antipatia, tive que me submeter às cutucadas de seus dedos. "Mas não é nada, posso garantir. Não tem por que ficar alarmado."

Enquanto caminhávamos, o médico passou a me questionar a respeito de Peter e Otto, erguendo a cabeça para me olhar a cada investida afiada, inquisitiva. A curiosidade o consumia.

"Meu trabalho na clínica me ensinou que é inútil tentar ajudar esse tipo de garoto. Seu amigo é muito generoso e bem--intencionado, mas comete um grande erro. Esse tipo de garoto sempre retrocede. Do ponto de vista científico, eu o acho extremamente interessante."

Como se fosse dizer algo especialmente grandioso, o médico estancou de repente no meio do caminho, parou um instante para atrair minha atenção e anunciou, sorridente:

"Ele tem cabeça de criminoso!"

"E você acha que quem tem cabeça de criminoso deve ser deixado em paz para virar um criminoso?"

"Claro que não. Acredito na disciplina. Esses garotos têm que ser levados a campos de trabalho."

"E o que o senhor vai fazer com eles quando estiverem lá? O senhor diz que não dá para mudá-los, de todo modo, então imagino que vá mantê-los trancafiados pelo resto da vida?"

O médico riu alegremente, como se fosse uma piada contra ele próprio que pudesse, ainda assim, apreciar. Pôs uma mão carinhosa no meu braço:

"Você é um idealista! Não pense que não compreendo seu ponto de vista. Mas ele não é científico, não é nada científico. Você e seu amigo não entendem garotos como Otto. Eu entendo. Toda semana um ou dois garotos assim aparecem na minha clínica, e tenho que operar a adenoide deles, a mastoide ou as amígdalas envenenadas. Portanto, veja bem, eu os conheço de cabo a rabo!"

"Imagino que seria mais preciso dizer que o senhor conhece a garganta e os ouvidos deles."

Talvez meu alemão não fosse suficiente para exprimir o sentido desse último comentário. Em todo caso, o médico o ignorou por completo. "Conheço muito bem esse tipo de garoto", repetiu. "É um tipo ruim e degenerado. Não dá para transformar esses garotos em nada. As amígdalas deles quase sempre são doentes."

Briguinhas eternas estão sempre acontecendo entre Peter e Otto, porém não posso dizer que conviver com eles seja desagradável. Agora estou muito compenetrado no meu novo romance. Pensando nele, volta e meia saio para fazer longas caminhadas sozinho. Aliás, me pego dando desculpas cada vez mais frequentes para deixá-los a sós; e essa é uma atitude egoísta porque, quando estou com eles, não raro consigo evitar o início de uma desavença mudando de assunto ou fazendo uma piada. Peter, eu sei, se ressente das minhas deserções. "Você é mesmo um asceta", ele disse com malícia outro dia, "sempre se retirando para fazer suas reflexões." Uma vez, quando eu estava sentado em uma cafeteria perto do píer, escutando a banda, Peter e Otto passaram por mim. "Então é aqui que você anda se escondendo!", Peter exclamou. Vi que, naquele momento, ele realmente me detestava.

Uma noite, estávamos todos indo a pé pela rua principal, que estava apinhada de veranistas. Otto disse a Peter, com seu sorriso mais maldoso: "Por que você tem sempre que olhar na mesma direção que eu?". Foi um comentário surpreendentemente arguto, já que, sempre que Otto virava a cabeça para fitar uma garota, os olhos de Peter automaticamente seguiam seu olhar com ciúme instintivo. Passamos pela vitrine do fotógrafo, na qual, todos os dias, os últimos grupos registrados pelo câmera da praia são exibidos. Otto estancou para examinar uma das fotografias novas com muita atenção, como se a pessoa retratada fosse especialmente atraente. Vi os lábios de Peter se contraírem. Estava lutando contra si mesmo, mas não conseguia resistir à sua curiosidade enciumada — parou também. A fotografia era de um velho gordo de barba comprida agitando a bandeira de Berlim. Otto, ao ver o êxito de sua armadilha, deu uma risada maliciosa.

Invariavelmente, após o jantar, Otto vai dançar no Kurhaus ou na cafeteria à margem do lago. Não se dá mais ao trabalho de pedir permissão a Peter: instituiu o direito de ter as noites para si. Peter e eu também costumamos sair, vamos ao vilarejo. Passamos bastante tempo debruçados no parapeito do píer, sem falar, contemplando as joias baratas das luzes do Kurhaus refletidas na água preta, cada um absorto nos próprios pensamentos. Às vezes vamos à cafeteria bávara e Peter se embebeda aos poucos — sua boca austera, puritana, se contrai um pouco de desgosto ao erguer o copo até os lábios. Não digo nada. Há coisas demais para dizer. Peter, eu sei, quer que eu faça algum comentário provocativo sobre Otto que lhe dê o alívio intenso de perder a cabeça. Não o faço e bebo — continuando uma conversa desinteressada sobre livros, concertos e peças teatrais. Mais tarde, quando voltamos para casa, os passos de Peter aos poucos se aceleram, até que, ao entrarmos em casa, ele me deixa e sobe a escada correndo rumo ao quarto. Em geral, não voltamos antes de meia-noite e meia ou quinze para uma, mas é muito raro encontrarmos Otto já em casa.

Perto da estação de trem, existe uma colônia de férias para crianças dos cortiços de Hamburgo. Otto conheceu uma das professoras dessa colônia, e eles saem para dançar juntos quase todas as noites. Às vezes a garota, com sua pequena tropa de crianças, passa marchando pela casa. As crianças olham para as janelas do alto e, se por acaso Otto está olhando para fora, entregam-se a piadas precoces. Eles cutucam e beliscam o braço da jovem professora para convencê-la a também olhar para cima.

Nessas ocasiões, a garota dá um sorriso recatado e olha de relance para Otto por baixo dos cílios, enquanto Peter, observando por trás das cortinas, murmura entre os dentes cerrados: "Vadia... vadia... vadia...". Essa perseguição o irrita mais do que a amizade em si. Parece que estamos sempre esbarrando nas crianças quando caminhamos pela floresta. As crianças cantam quando marcham — canções patrióticas sobre a Terra Natal — em vozes estridentes como de passarinhos. De longe, as ouvimos se aproximarem, e temos que virar às pressas na direção oposta. É, como diz Peter, igual ao Capitão Gancho e o Crocodilo.

Peter fez um escândalo, e Otto disse à amiga que ela não deve mais passar na frente da casa com sua tropa. Mas agora começaram a se banhar na nossa praia, não muito longe do forte. Na primeira manhã em que isso aconteceu, o olhar de Otto se

voltava sempre para a direção deles. Peter percebia, é claro, e ficou mergulhado em um silêncio sombrio.
"O que há com você hoje, Peter?", disse Otto. "Por que está sendo tão horrível comigo?"
"Horrível *com você?*" Peter soltou uma risada selvagem.
"Ah, muito bem, então." Otto se levantou. "Estou vendo que você não me quer aqui." E, saltando a amurada do nosso forte, correu pela praia ao encontro da professora e das crianças, graciosamente, tirando o máximo proveito da exibição de seu corpo.

Ontem à noite houve um baile de gala no Kurhaus. Em um clima de generosidade incomum, Otto havia prometido a Peter que chegaria até quinze para uma, por isso Peter se sentou com um livro para aguardá-lo. Eu não estava cansado e queria terminar um capítulo, então lhe sugeri que fosse para o meu quarto e esperasse lá.
Eu trabalhei. Peter leu. As horas passaram devagar. De repente olhei para meu relógio e vi que eram quinze para as duas. Peter havia cochilado na poltrona. No instante em que me perguntava se deveria acordá-lo, ouvi Otto subindo a escada. Seus passos soavam como os de um bêbado. Sem encontrar ninguém no quarto dele, ele abriu minha porta com um baque. Peter se sentou com o susto.
Otto se recostou sorrindo no batente da porta. Me fez uma saudação meio cambaleante. "Você passou todo esse tempo lendo?", perguntou a Peter.
"Passei", disse Peter, com muito autocontrole.
"Por quê?" Otto sorriu tolamente.
"Porque eu não consegui dormir."
"Por que você não conseguiu dormir?"
"Você sabe muito bem", Peter disse entredentes.

Otto bocejou da maneira mais ofensiva que conseguiu. "Não sei e não me importo... Não precisa fazer tanto estardalhaço."

Peter se levantou. "Meu Deus, seu canalhinha!", disse, dando um tapa forte no rosto de Otto com a palma da mão. Otto não tentou se defender. Lançou um olhar extraordinariamente vingativo para Peter com seus olhinhos brilhantes. "Ótimo!" Ele falou em voz gutural. "Amanhã eu volto para Berlim." Ele se virou, trôpego.

"Otto, vem cá", disse Peter. Vi que, em outro momento, ele teria explodido em lágrimas de raiva. Ele seguiu Otto até o patamar da escada. "Vem cá", repetiu, em tom ríspido de ordem.

"Ah, me deixa em paz", retrucou Otto, "estou cansado de você. Quero dormir. Amanhã eu volto para Berlim."

Esta manhã, no entanto, a paz foi restabelecida — a certo custo. O arrependimento de Otto tomou a forma de um surto sentimental relativo à família: "Aqui eu aproveito a vida e nunca penso neles... Minha pobre mãe precisa trabalhar como um cachorro e está com os pulmões em péssimo estado... Vamos mandar um dinheiro para ela, vamos, Peter? Vamos mandar cinquenta marcos...". A generosidade de Otto o lembrou de suas próprias necessidades. Além do dinheiro para Frau Nowak, Peter foi convencido a encomendar um terno novo para Otto, que vai custar cento e oitenta, bem como um par de sapatos, um roupão e um chapéu.

Em troca do desembolso, Otto se voluntariou a romper relações com a professora. (Agora descobrimos que, em todo caso, ela vai embora da ilha amanhã.) Depois do jantar, ela apareceu e ficou andando de um lado para outro em frente à casa.

"Deixa ela esperar até cansar", disse Otto. "Não vou descer para falar com ela."

Logo em seguida a garota, instigada pela impaciência, começou a assobiar. Isso fez com que Otto fosse à loucura de tanta alegria. Escancarando a janela, ele se sacudiu, agitando os braços e fazendo caretas para a professora, que, por sua vez, ficou muda de espanto com aquela exibição extraordinária.

"Cai fora daqui!", Otto berrou. "Cai fora!"

A garota se virou e se afastou lentamente, uma figura bastante patética, rumo à escuridão que se formava.

"Acho que você podia ter se despedido dela", disse Peter, que podia se dar ao luxo de ser magnânimo, agora que via a inimiga em debandada.

Mas Otto não quis escutar.

"Mas eu vou querer o que com todas essas garotas podres? Toda noite elas me importunavam para dançar com elas... E você sabe como eu sou, Peter — é tão fácil me convencer... Claro que foi horrível da minha parte deixar você sozinho, mas o que é que eu podia fazer? Foi tudo culpa delas, na verdade..."

Agora nossa vida entrou em uma nova etapa. As resoluções de Otto foram efêmeras. Peter e eu ficamos a sós a maior parte do dia. A professora foi embora e, com ela, o último estímulo para que Otto se banhasse conosco no forte. Ele agora parte, todas as manhãs, para a praia de banho junto ao píer, para flertar e jogar bola com as parceiras de dança das noites. O doutorzinho também desapareceu, e Peter e eu ficamos livres para nos banharmos e nos refestelarmos ao sol da forma menos atlética que quisermos.

Depois do jantar, o ritual dos preparativos de Otto para o baile começam. Sentado no meu quarto, ouço os passos de Peter cruzando o patamar, leves e altivos de alívio — pois chegou o único momento do dia em que Peter se sente totalmente eximido de demonstrar interesse nas atividades de Otto. Quando ele bate à minha porta, fecho meu livro no mesmo instante. Já fui ao vilarejo comprar duzentos gramas de bombons com recheio de menta. Peter se despede de Otto com a persistente esperança vã de que talvez esta noite ele seja, enfim, pontual: "Até meia-noite e meia, então…".

"Até uma hora", Otto barganha.

"Está bem", Peter cede. "Até uma hora. Mas não se atrase."

"Não, Peter, não vou me atrasar."

Quando abrimos o portão do jardim e atravessamos a rua floresta adentro, Otto nos acena da sacada. Preciso tomar o cuidado de esconder os doces debaixo do casaco, para que ele não os veja. Rindo com culpa, mastigando os chocolates, percorremos a trilha na floresta até Baabe. Sempre passamos as noites em Baabe, agora. Gostamos mais de lá do que do nosso vilarejo. Sua única rua arenosa de casas térreas rodeadas de pinheiros tem um ar romântico, colonial: é como uma colônia decrépita, perdida em algum lugar do interior, para onde as pessoas vão procurar uma mina de ouro inexistente e permanecem encalhadas pelo resto da vida.

No pequeno restaurante, comemos morangos com creme e conversamos com o jovem garçom. O garçom odeia a Alemanha e é louco para ir para os Estados Unidos. *"Hier ist nichts los."* Durante a temporada, não lhe dão nenhuma folga, e no inverno ele não ganha nada. A maioria dos garotos de Baabe é nazista. Dois deles vêm ao restaurante de vez em quando e nos envolvem em discussões políticas bem-humoradas. Nos contam sobre seus treinamentos de campo e jogos militares.

"Vocês estão se preparando para uma guerra", Peter fala, indignado. Nessas ocasiões — embora não tenha o menor interesse em política — ele fica bastante exaltado.

"Perdão", um dos meninos contradiz, "o senhor está muito enganado. O Führer não quer guerra. Nosso projeto é de paz com honra. Ainda assim…", ele acrescenta, ansioso, o rosto se iluminando, "a guerra pode ser boa, sabe? Pense nos gregos antigos!"

"Os gregos antigos", eu objeto, "não usavam gás tóxico."
Os garotos zombam dessa réplica. Um deles responde com soberba: "Essa é uma questão puramente técnica".

Às dez e meia nós descemos, com a maior parte dos outros moradores, até a estação ferroviária, para ver a chegada do último trem. Em geral, está vazio. Sai retinindo pela floresta escura, tocando seu sino desagradável. Enfim, está tarde o bastante para tomarmos o rumo de casa; dessa vez, pegamos a estrada. Do outro lado dos prados, vê-se a entrada iluminada do café à beira do lago, onde Otto vai dançar.

"As luzes do Inferno estão brilhando muito esta noite", Peter gosta de comentar.

O ciúme de Peter se transformou em insônia. Ele passou a tomar comprimidos para dormir, mas admite que raramente fazem algum efeito. Apenas o deixam sonolento na manhã seguinte, depois do café da manhã. É comum ele dormir por uma ou duas horas no nosso forte, na praia.

Esta manhã o clima estava fresco e nublado, o mar estava cinza-ostra. Peter e eu alugamos um barco, remamos para além do píer, depois nos deixamos ficar à deriva, suavemente, longe da terra. Peter acendeu um cigarro. Disse de repente:

"Fico me perguntando quanto tempo mais isso vai durar..."

"O tempo que você deixar, imagino."

"É... Parece que nos enfiamos em uma situação bem estática, não é? Creio que não exista nenhuma razão especial para que Otto e eu paremos de nos comportar um com o outro como nos comportamos agora..." Ele parou, depois acrescentou: "A não ser, é claro, que eu pare de dar dinheiro a ele".

"O que você acha que aconteceria?"

Peter passou os dedos na água, à toa. "Ele me deixaria."

O barco continuou à deriva por vários minutos. Perguntei: "Você acha que ele não se importa nem um pouco com você?".

"No começo talvez sim... Agora, não. Não existe nada entre nós além do meu dinheiro."

"Você ainda se importa com ele?"

"Não... Não sei. Talvez... Ainda o odeio, às vezes — se é que isso é sinal de afeto."

"Talvez seja."

Houve uma longa pausa. Peter secou os dedos no lenço. Sua boca se crispava de nervosismo.

"Bom", ele disse, por fim, "o que você me aconselha a fazer?"

"O que você quer fazer?"

A boca de Peter se contraiu de novo.

"Acho que, na verdade, quero deixá-lo."

"Então é melhor que você o deixe."

"Agora mesmo?"

"Quanto antes, melhor. Dê-lhe um bom presente e o mande de volta para Berlim esta tarde."

Peter fez que não, deu um sorriso triste:

"Não posso".

Houve outra longa pausa. Então Peter disse: "Desculpe, Christopher... Você tem toda razão, sei disso. No seu lugar, eu diria a mesma coisa... Mas não posso. As coisas têm que continuar como estão — até que alguma coisa aconteça. Não tem como durar muito tempo, de todo modo... Ah, eu sei que sou um fraco...".

"Você não precisa pedir desculpas para mim", sorri para esconder uma leve irritação: "Não sou um dos seus analistas!".

Peguei os remos e comecei a remar em direção à costa. Quando chegamos ao píer, Peter disse:

"É estranho pensar nisso agora — quando conheci Otto, achei que passaríamos o resto da vida juntos."

"Meu Deus!" A imagem de uma vida com Otto se estendeu à minha frente, como um inferno cômico. Eu gargalhei. Peter também riu, apertando as mãos entrelaçadas entre os joelhos. Seu rosto passou do rosa ao vermelho, do vermelho ao roxo. Suas veias saltavam. Ainda estávamos rindo quando descemos do barco.

No jardim, o senhorio nos esperava. "Que pena!", ele exclamou. "Os cavalheiros chegaram tarde demais!" Ele apontou para os prados, na direção do lago. Vimos a fumaça subindo além da linha de choupos à medida que o trenzinho se afastava da estação: "Seu amigo foi obrigado a ir embora para Berlim, de repente, por causa de uma emergência. Torci para que os cavalheiros chegassem a tempo de se despedir. Que pena!".

Dessa vez, tanto Peter como eu corremos escada acima. O quarto de Peter estava uma tremenda bagunça — todas as gavetas e armários estavam abertos. No meio da mesa havia um bilhete, escrito na letra espremida, ilegível de Otto:

Querido Peter. Por favor me perdoe eu não aguentava mais ficar aqui então vou para casa.

Com amor, Otto.
Não fique com raiva.

(Otto havia escrito, notei, em uma folha arrancada de um dos livros de psicologia de Peter: *Além do princípio de prazer*.)
"Bom...!" A boca de Peter começou a se crispar. Olhei para ele com nervosismo, esperando um arroubo violento, mas ele parecia estar até que calmo. Após um instante, foi até o armário e examinou as gavetas. "Ele não levou muita coisa", anunciou, ao final da busca. "Só umas duas gravatas minhas, três camisas — sorte que meus sapatos não servem nele! — e, vejamos...

mais ou menos duzentos marcos..." Peter caiu numa risada ligeiramente histérica: "Muito comedido, no geral!".

"Você acha que ele resolveu ir embora de repente?", perguntei, só para dizer alguma coisa.

"É provável que sim. Seria a cara dele... Agora, pensando bem, eu falei para ele que sairíamos de barco hoje de manhã — e ele me perguntou se ficaríamos fora por muito tempo..."

"Entendi..."

Me sentei na cama de Peter — pensando, curiosamente, que Otto afinal tinha feito algo que eu respeitava.

O bom humor histérico de Peter perdurou pelo resto da manhã; no almoço, ele se tornou melancólico e não disse nem uma palavra.

"Agora preciso fazer as malas", me disse quando terminamos.

"Você também vai embora?"

"É claro."

"Para Berlim?"

Peter sorriu. "Não, Christopher. Não se assuste! Só vou para a Inglaterra..."

"Ah..."

"Há um trem que me levará a Hamburgo tarde da noite. Eu devo seguir em frente... Sinto que preciso seguir viagem até ficar livre deste maldito país..."

Não havia o que dizer. Eu o ajudei a fazer as malas, em silêncio. Quando Peter pôs o espelho de barbear na mala, perguntou: "Lembra como Otto quebrou isso aqui, ficando de ponta-cabeça?".

"Lembro, sim."

Quando terminamos, Peter foi até a sacada do seu quarto: "Vai ter muitos assobios aí fora, esta noite", falou.

Eu sorri: "Vou ter que descer para consolá-las".
Peter riu. "É. Vai mesmo!"
Fui com ele até a estação. Por sorte, o maquinista estava com pressa. O trem só aguardou uns poucos minutos.
"O que você vai fazer quando chegar em Londres?", perguntei.
A boca de Peter se curvou nos cantos; ele me deu uma espécie de sorriso invertido: "Procurar outro analista, suponho".
"Bom, trate de pedir um desconto!"
"Pode deixar."
Quando o trem começou a andar, ele acenou: "Bom, adeus, Christopher. Obrigado por todo o apoio moral!".
Peter nunca sugeriu que eu lhe escrevesse ou o visitasse em casa. Imagino que queira se esquecer deste lugar e de todas as pessoas vinculadas a ele. Não posso culpá-lo.
Foi apenas esta noite, virando as páginas do livro que estou lendo, que achei outro bilhete de Otto, enfiado entre as folhas.

Por favor querido Christopher não fique bravo comigo também porque você não é um idiota feito o Peter. Quando você voltar a Berlim vou visitar você porque sei onde você mora: vi o endereço em uma das suas cartas e podemos ter uma conversa legal.
Seu amigo querido,
Otto.

Pensei, por alguma razão, que não seria tão fácil assim eu me livrar dele.

Na verdade, vou embora para Berlim daqui um ou dois dias. Pensei que ficaria até o fim de agosto e talvez terminasse meu romance, mas este lugar me parece subitamente muito desolado.

Tenho muito mais saudades de Peter e Otto e de suas brigas diárias do que eu esperava. E agora as parceiras de dança de Otto pararam de fazer hora, entristecidas, no lusco-fusco, embaixo da minha janela.

Os Nowak

A entrada da Wassertorstrasse era uma enorme arcada de pedra, um pouco da Berlim antiga, coberta de foices e martelos e cruzes nazistas e forrada de cartazes surrados que anunciavam leilões ou crimes. Era uma rua extensa calçada com pedras, decadente, repleta de crianças esparramadas aos prantos. Jovens de suéter de lã circulavam por lá, vacilando sobre bicicletas de corrida, e gritavam para as garotas que passavam com jarros de leite. O cimento era marcado a giz para a brincadeira de pular Amarelinha. No final dela, como um instrumento alto, perigosamente afiado e vermelho, havia uma igreja.

Frau Nowak em pessoa abriu a porta para mim. Parecia bem mais adoentada que da última vez que a vira, com grandes olheiras azuladas sob os olhos. Usava o mesmo chapéu e o velho casaco preto estropiado. De início, não me reconheceu.

"Boa tarde, Frau Nowak."

O semblante dela mudou aos poucos, de desconfiança aguçada para um sorriso brilhante, tímido, quase infantil, de boas-vindas:

"Ora, se não é Herr Christoph! Entre, Herr Christoph! Entre e sente-se."

"Acho que a senhora estava de saída, não estava?"

"Não, não, Herr Christoph — acabei de chegar; bem neste minuto." Ela esfregou depressa as mãos no casaco antes de apertar a minha: "Hoje é um dos dias em que trabalho como diarista. Só termino às duas e meia, e isso atrasa muito o jantar".

Ela deu um passo para o lado para eu entrar. Empurrei a porta e, ao fazê-lo, bati no cabo da frigideira em cima do fogão, que ficava bem atrás dela. Na cozinha minúscula mal havia espaço para nós dois juntos. Um cheiro forte de batata frita em margarina barata empesteava o apartamento.

"Entre e sente-se, Herr Christoph", ela repetiu, fazendo as honras depressa. "Receio que esteja uma bagunça horrorosa. O senhor precisa me desculpar. Eu tenho que sair tão cedo e a minha Grete é uma gorda preguiçosa, apesar de ter completado doze anos. Para que ela faça qualquer coisa, só pegando no pé o tempo inteiro."

A sala de estar tinha o teto inclinado com manchas antigas de umidade. Havia uma mesa grande, seis cadeiras, um aparador e duas camas largas de casal. A casa era tão abarrotada de móveis que era preciso passar de lado entre eles.

"Grete!", berrou Frau Nowak. "Cadê você? Venha aqui agora!"

"Ela saiu", anunciou a voz de Otto, vinda do interior da casa.

"Otto! Venha ver quem está aqui!"

"Não posso. Estou ocupado arrumando o gramofone."

"Ocupado! Você! Você é um imprestável! Que belo jeito de falar com sua mãe! Saia desse quarto, está me ouvindo?"

Ela se enraiveceu no mesmo instante, automaticamente, com uma violência espantosa. Seu rosto se tornou todo nariz: fino, amargo e inflamado. O corpo inteiro tremia.

"Não tem importância, Frau Nowak", falei. "Deixe ele sair quando quiser. A surpresa vai ser maior ainda."

"Que belo filho que eu tenho! Falando comigo desse jeito."
Ela tinha tirado o chapéu e estava retirando embrulhos gordurosos da sacola: "Valha-me Deus", ela se agitou. "Vai saber o que essa menina anda fazendo. Ela vive na rua. Já falei para ela, já falei uma centena de vezes. Os filhos não têm consideração."

"Como está o seu pulmão, Frau Nowak?"

Ela suspirou: "Às vezes tenho a impressão de que está pior do que nunca. Sinto uma queimação bem aqui. E quando eu termino o trabalho é como se estivesse cansada demais para comer. Chego de mau humor... Acho que o médico também não está satisfeito. Ele tem falado em me mandar para o sanatório no final do inverno. Eu já estive lá, sabe? Mas tem sempre tanta gente esperando vaga... Além disso o apartamento é tão úmido nesta época do ano. Está vendo aquelas manchas no teto? Tem dias que a gente tem que botar uma tina de escalda-pés debaixo delas por causa da goteira. É claro que eles não têm o direito de alugar o sótão para moradia, na verdade. O fiscal já os condenou várias vezes. Mas vai fazer o quê? Nós pedimos uma transferência faz mais de um ano e eles vivem prometendo que vão tomar providências. Mas me atrevo a dizer que tem muitos outros que estão em situação ainda pior... Meu marido estava lendo no jornal outro dia sobre os ingleses e a libra esterlina. Não para de cair, é o que dizem. Eu mesma não entendo dessas coisas. Espero que o senhor não tenha perdido dinheiro, Herr Christoph".

"A bem da verdade, Frau Nowak, em parte é por isso que vim vê-la hoje. Resolvi alugar um quarto mais barato e estava me perguntando se haveria algum lugar aqui perto que a senhora pudesse me recomendar."

"Ah, que pena, Herr Christoph, eu *sinto* muito!"

Ela ficou mesmo genuinamente chocada: "Mas o senhor não pode morar nesta parte da cidade — um cavalheiro como o senhor! Ah, não. Acho que não seria nada adequado para o senhor".

"Talvez eu não seja tão exigente quanto a senhora pensa. Só quero um quartinho sossegado, limpo, por uns vinte marcos por mês. Não ligo se for pequeno. Passo a maior parte do dia fora."

Ela balançou a cabeça, em dúvida: "Bom, Herr Christoph, vou ver se consigo pensar em alguma coisa...".

"A comida ainda não está pronta, mãe?", perguntou Otto, aparecendo em mangas de camisa na porta do quarto: "Estou quase morrendo de fome!".

"Como é que você quer que esteja pronta se eu passei a manhã inteira trabalhando feito uma escrava, seu preguiçoso duma figa!", berrou Frau Nowak em tom estridente, com a voz bem alta. Em seguida, mudando para seu tom simpático sem sequer fazer uma pausa, acrescentou: "Você não viu quem está aqui?".

"Ué... é o Christoph!" Otto, como sempre, começou a atuar de imediato. Seu rosto aos poucos foi iluminado por uma aurora de extrema alegria. As bochechas ficaram com as covinhas do seu sorriso. Ele deu um salto à frente, passando o braço ao redor do meu pescoço, torcendo minha mão: "Christoph, sua alma velha, onde você se escondeu esse tempo todo?". A voz dele se tornou arrastada, recriminatória: "A gente estava morrendo de saudades! Por que é que você nunca vem nos visitar?".

"Herr Christoph é um cavalheiro muito ocupado", intercedeu Frau Nowak, em tom de reprovação: "Não tem tempo para perder correndo atrás de um imprestável como você".

Otto sorriu, piscou para mim; depois se voltou para Frau Nowak, censurando-a:

"Mãe, o que passa pela sua cabeça? Vai deixar o Christoph ficar sentado aí sem nem uma xícara de café? Ele deve estar com sede, depois de subir essa escada toda!"

"O que você quer dizer, Otto, é que *você* está com sede, não é? Não, obrigado, Frau Nowak, não quero tomar nada — de verdade. E não vou mais atrapalhar a senhora na cozinha... Escuta,

Otto, você poderia vir comigo e me ajudar a achar um quarto? Eu estava dizendo a sua mãe que estou vindo morar no bairro... Você toma seu café comigo lá fora."

"Como assim, Christoph — você vai morar aqui, no Hallesches Tor!" Otto começou a dançar, empolgado: "Ah, mãe, não vai ser uma maravilha? Ah, estou tão feliz!".

"Você poderia muito bem sair para dar uma olhada com Herr Christoph", disse Frau Nowak. "A comida vai demorar pelo menos uma hora para sair. Aqui você só me atrapalha. Não o *senhor*, Herr Christoph, é claro. O senhor vai voltar para comer alguma coisa com a gente, não vai?"

"Bom, Frau Nowak, a senhora é muito gentil, mas acho que hoje não vai dar. Tenho que voltar logo para casa."

"Me dá só uma casca de pão antes de eu sair, mãe", Otto implorou com um lamento. "Estou tão vazio que minha cabeça está rodando feito uma tampa."

"Está bem", falou Frau Nowak, cortando uma fatia de pão e meio que a atirando nele por conta da irritação, "mas não vá botar a culpa em mim se não tiver nada nesta casa hoje à noite, quando você quiser fazer um dos seus sanduíches... Tchau, Herr Christoph. Foi muita gentileza do senhor vir nos ver. Se o senhor decidir mesmo morar aqui perto, espero que apareça mais... mas duvido que o senhor vá achar alguma coisa do seu gosto. Não vai ser como o senhor está acostumado..."

Quando Otto estava prestes a me seguir apartamento afora, ela o chamou de volta. Eu os ouvi discutindo; depois a porta se fechou. Desci lentamente os cinco lances de escada até o pátio. O fundo do pátio estava frio e escuro, embora o sol brilhasse sobre uma nuvem lá em cima no céu. Baldes quebrados, rodas de carrinhos de bebê e pedaços de pneus de bicicletas estavam espalhados como se fossem objetos que tivessem caído em um poço.

Passaram-se um ou dois minutos até Otto descer a escada fazendo barulho para vir ao meu encontro:

"Minha mãe não queria perguntar para você", ele disse, sem fôlego. "Estava com medo de que você se incomodasse... Mas eu falei que tinha certeza de que você ia preferir ficar com a gente, assim você pode fazer o que bem entender e sabe que está tudo limpo, a ficar em uma casa estranha cheia de percevejos... Diga que sim, Christoph, por favor! Vai ser divertido à beça! Você pode dormir comigo no quarto dos fundos. Pode ficar com a cama do Lothar — ele não vai ligar. Ele pode dividir a cama de casal com a Grete... E de manhã você pode ficar na cama até a hora que quiser. Se quiser, eu levo o café da manhã para você... Você vem, não vem?"

E assim ficou decidido.

Minha primeira noite como inquilino dos Nowak foi algo parecido com uma cerimônia. Cheguei com minhas duas malas logo depois das cinco horas e me deparei com Frau Nowak já cozinhando o jantar. Otto cochichou que comeríamos picadinho de bofe, um agrado especial.

"Acho que o senhor não vai gostar muito da nossa comida", disse Frau Nowak, "já que seu padrão é outro. Mas vamos fazer o melhor possível." Ela era toda sorrisos, efervescente de animação. Eu sorria sem parar, me sentindo sem graça e atrapalhando. Por fim, galguei os móveis da sala de estar e me sentei na minha cama. Não tinha espaço para desfazer as malas, e não tinha, ao que parecia, onde guardar minhas roupas. Na mesa da sala, Grete brincava com cartas que vinham de brinde em maços de cigarros e decalques. Era uma criança desajeitada de doze anos, bonita de um jeito adocicado, mas de ombros redondos e muito gorda. Minha presença a deixava muito encabulada. Ela se retorcia, dava sorrisos afetados e não parava de chamar, com uma voz "adulta" cantarolada, exagerada:

"Mamãe! Vem ver que flores lindas!"

"Não tenho tempo para suas flores lindas", exclamou Frau Nowak, muito exasperada: "Eu aqui com uma filha do tamanho de um elefante e tendo que fazer tudo sozinha, feito uma escrava, preparando a janta!".

"Tem razão, mãe!", bradou Otto, se aproximando alegremente. Ele se voltou para Grete, justamente indignado: "Por que você não a ajuda, eu gostaria de saber? Você já é gorda. Fica o dia inteiro sentada sem fazer nada. Saia logo dessa cadeira, entendeu! E guarda essas cartas imundas, senão vou queimá-las!".

Ele pegou as cartas com uma mão e com a outra deu um tapa no rosto de Grete. Grete, que obviamente não estava machucada, na mesma hora soltou um lamento alto e teatral: "Ai, Otto, você me *machucou*!". Ela cobriu o rosto com as mãos e me espiou por entre os dedos.

"*Deixa* a menina em paz!", Frau Nowak pediu da cozinha, com um grito estridente. "Eu gostaria de saber quem é *você* para falar de preguiça! E você, Grete, para de uivar — ou eu mando o Otto bater direito, assim você vai ter motivo para chorar. Vocês ficam me distraindo."

"Mas, mãe!" Otto correu para a cozinha, pegou-a pela cintura e começou a beijá-la: "Pobre mamãezinha, pobre *Mutti*, pobre *Muttchen*", cantarolou, no tom da solicitude mais piegas. "Você tem que trabalhar tanto e o Otto é horrível contigo. Mas essa não é a intenção dele, sabe — ele é só um idiota... Quer que eu busque carvão para você amanhã, mamãe? Você ficaria feliz?"

"Me solta, seu farsante!", exclamou Frau Nowak, rindo e lutando. "Dispenso a sua bajulação! Até parece que *você* se importa com a sua pobre mãe! Me deixa trabalhar em paz."

"Otto não é um mau menino", ela continuou, se dirigindo a mim, quando ele enfim a soltou, "mas é um desmiolado. O exato oposto do meu Lothar — esse sim é um filho exemplar! Não é orgulhoso demais para serviço nenhum, seja qual for, e quando ele junta alguns *groschen*, em vez de gastar com as coisas dele, chega para mim e diz: 'Aqui, mãe. Compre um par de pantufas quentes para o inverno'." Frau Nowak estendeu a mão para mim num gesto de quem dá dinheiro. Assim como Otto, tinha o hábito de interpretar todas as cenas que descrevia.

"Ai, Lothar isso, Lothar aquilo", Otto interrompeu com enfado: "é sempre o Lothar. Mas me conta uma coisa, mãe, quem de nós lhe deu uma nota de vinte marcos outro dia? Lothar não conseguiria ganhar vinte marcos nem em um milhão de anos. Bom, se é assim que você fala, não espere mais nada, nem se vier atrás de mim de joelhos."

"Seu menino malvado", ela voltou a se exaltar num piscar de olhos, "não tem vergonha de falar essas coisas na frente de Herr Christoph? Ora, se ele soubesse de onde você tirou esses vinte marcos — e muito mais —, ele não se dignaria ficar debaixo do mesmo teto que você nem por um minuto; e com razão! E que desplante o seu — falar que você me *deu* o dinheiro! Você sabe muito bem que se seu pai não tivesse visto o envelope..."

"Isso mesmo!", gritou Otto, contraindo o rosto para ela como um macaco e dançando de agitação. "Era isso mesmo que eu queria! Confesse para o Christoph que você roubou! Você é uma ladra! É uma ladra!"

"Otto, como você se atreve!" Ligeira como uma fúria, a mão de Frau Nowak agarrou a tampa da caçarola. Eu saltei para trás para sair de seu raio de alcance, tropecei em uma cadeira e me sentei com um baque. Grete soltou um berrinho de alegria e susto. A porta se abriu. Era Herr Nowak chegando do trabalho.

Ele era um homenzinho forte, atarracado, com bigode pontudo, cabelo cortado bem rente e sobrancelhas bastas. Ele assimilou a cena com um longo resmungo que era meio arroto. Parecia não entender o que estava acontecendo; ou talvez apenas não se importasse. Frau Nowak não disse nada para esclarecê-lo. Em silêncio, ela pendurou a tampa da caçarola num gancho. Grete pulou da cadeira e correu na direção dele de braços abertos: "Pappi! Pappi!".

Herr Nowak sorriu para ela, exibindo dois ou três dentes manchados de nicotina. Curvando-se, ele a ergueu, com cuidado e habilidade, com certa curiosidade admirada, como se fosse um enorme vaso precioso. Sua profissão era retirar móveis. Então esticou a mão — sem pressa nenhuma, com graciosidade, sem avidez demais para agradar:

"*Servus, Herr!*"

"Está feliz que Herr Christoph veio morar com a gente, pappi?", cantarolou Grete, empoleirada nos ombros do pai, em seu tom musical açucarado. Depois da pergunta, Herr Nowak, como se de repente adquirisse uma nova energia, começou a apertar minha mão de novo, muito mais calorosamente, e a me dar tapinhas nas costas:

"Feliz? Sim, é claro que estou feliz!" Ele balançou a cabeça em um gesto vigoroso de aprovação. "*Englisch? Anglais*, né? Rá, rá. É isso mesmo? Ah, sim, eu falo francês, está vendo? Já esqueci quase tudo. Aprendi na guerra. Era *Feldwebel* — na Frente Ocidental. Conversava com um monte de prisioneiros. Bons sujeitos. Iguais a nós..."

"Você está bêbado de novo, pai!", exclamou Frau Nowak, aborrecida. "O que é que Herr Christoph vai pensar de você!"

"O Christoph não liga; não é, Christoph?" Herr Nowak deu batidinhas no meu ombro.

"Christoph nada! Para você ele é *Herr* Christoph! Não percebe quando está diante de um cavalheiro?"

"Prefiro que o senhor me chame de Christoph", falei.
"Isso mesmo! Christoph tem razão! Todos nós somos feitos de carne e osso... *Argent*, dinheiro — não faz diferença! Rá, rá!" Otto segurou meu outro braço: "O Christoph já é da família!".

Logo em seguida nos sentamos diante de uma refeição imensa de picadinho de bofe, pão preto, café maltado e batatas cozidas. Na primeira imprudência por ter tanto dinheiro para gastar (eu tinha lhe adiantado dez marcos para a alimentação da semana), Frau Nowak havia preparado batatas suficientes para uma dezena de pessoas. Ela não parava de empurrá-las da caçarola para o meu prato, até eu achar que morreria sufocado: "Coma mais, Herr Christoph. O senhor não está comendo nada".

"Eu nunca comi tanto na vida, Frau Nowak."

"O Christoph não gosta da nossa comida", disse Herr Nowak. "Não tem problema, Christoph, você se acostuma. Otto estava igualzinho quando voltou do litoral. Ele tinha se acostumado com coisas requintadas, com o inglês dele..."

"Morda sua língua, pai!", advertiu Frau Nowak. "Não pode deixar o menino em paz? Ele tem idade suficiente para decidir sozinho o que é certo e errado — vergonha maior para ele!"

Ainda estávamos comendo quando Lothar chegou. Ele jogou seu boné na cama, apertou minha mão com educação, mas em silêncio, com uma leve reverência, e ocupou seu lugar à mesa. Minha presença parecia não lhe causar nenhuma surpresa ou interesse: seu olhar mal encontrou o meu. Ele tinha, eu sabia, apenas vinte anos, mas poderia muito bem ser mais velho. Já era um homem. Otto parecia quase infantil ao lado dele. Tinha um rosto fino, ossudo, de lavrador, azedado pela memória racial dos campos áridos.

"O Lothar está na escola noturna", Frau Nowak me contou, orgulhosa. "Ele trabalhava em uma oficina; agora quer estudar engenharia. Não aceitam ninguém em lugar nenhum hoje em dia se a pessoa não tiver um diploma qualquer. Ele precisa lhe mostrar os desenhos que faz, Herr Christoph, quando o senhor tiver tempo para dar uma olhada. O professor falou que são muito bons."

"Eu gostaria de vê-los."

Lothar não reagiu. Me compadeci dele e me senti um tolo. Mas Frau Nowak estava decidida a exibi-lo:

"Que dias você tem aula, Lothar?"

"Às segundas e quintas." Ele continuou comendo, deliberadamente, obstinadamente, sem olhar para a mãe. Então, talvez para demonstrar que não estava com má vontade em relação a mim, acrescentou: "Das oito às dez e meia". Assim que terminamos, ele se levantou sem uma palavra, apertou minha mão fazendo a mesma reverência, pegou seu boné e saiu.

Frau Nowak olhou para a porta e suspirou: "Acho que vai sair com os nazistas dele. Sempre lamento que tenha passado a andar com eles. Eles enfiam um monte de ideias bobas na cabeça dele. Ele fica tão inquieto. Desde que se enturmou com eles, virou outro garoto... Não que eu entenda alguma coisa de política. O que sempre digo é — por que não podemos ter o Kaiser de volta? Eram bons tempos, digam o que quiserem".

"Ah, que se dane o seu velho Kaiser", retrucou Otto. "O que a gente quer mesmo é uma revolução comunista."

"Uma revolução comunista!", Frau Nowak bufou. "Que ideia! Os comunistas são todos uns preguiçosos que não servem para nada, como você, que nunca teve sequer um dia de trabalho honrado na vida."

"O Christoph é comunista", disse Otto. "Não é, Christoph?"

"Não de fato, receio."

Frau Nowak sorriu: "Que besteira você vai dizer agora! Como seria possível Herr Christoph ser comunista? Ele é um cavalheiro".

"O que eu digo é..." Herr Nowak apoiou o garfo e a faca e limpou o bigode com cuidado nas costas da mão: "Somos todos iguais, como Deus no fez. Você é igual a mim; eu sou igual a você. Um francês é igual a um inglês; um inglês é igual a um alemão. Entende o que eu quero dizer?".

Fiz que sim.

"Agora pense na guerra..." Herr Nowak afastou a cadeira da mesa: "Um dia eu estava numa floresta. Sozinho, entende? Andando pela floresta sozinho, assim como eu andaria pela rua... E de repente — ali na minha frente, estava um francês. Como se tivesse brotado da terra. Não estava mais longe de mim do que você está agora". Herr Nowak se levantou ao falar. Pegou a faca de pão da mesa e a segurou diante de si, em uma postura defensiva, como se fosse uma baioneta. Ele me encarava sob as sobrancelhas bastas, revivendo a cena: "Estávamos assim. Nos olhamos. O francês estava pálido que nem um fantasma. De repente, ele grita: 'Não atira em mim!'. Assim mesmo". Herr Nowak entrelaçou as mãos em um gesto comovente de súplica. Agora a faca de pão estava atrapalhando: ele a deixou na mesa. "'Não atira em mim! Tenho cinco filhos.' (Ele falava francês, é claro: mas eu entendia. Eu falava um francês perfeito naquela época; mas agora já esqueci um bocado.) Bom, eu olho para ele e ele olha para mim. Então eu digo: '*Ami*'. (Que quer dizer Amigo.) E trocamos um aperto de mão." Herr Nowak segurou minha mão entre as dele e a apertou com muita emoção. "E então começamos a nos afastar um do outro — andando de costas; eu não queria que ele me desse um tiro pelas costas." Ainda com o olhar fixo à frente, Herr Nowak caminhou com cautela para trás, passo a passo, até colidir brutalmente com o aparador. Uma fotografia emoldurada caiu. O vidro se quebrou.

"Pappi! Pappi!", berrou Grete, empolgada. "Olha só o que você fez!"

"Talvez assim você aprenda a parar de brincadeira, seu velho palhaço!", Frau Nowak exclamou, zangada. Grete começou a gargalhar alto e com afetação, até que Otto lhe deu um tapa na cara e ela começou o choramingo teatral. Enquanto isso, Herr Nowak havia restabelecido o bom humor da esposa beijando-a e apertando sua bochecha.

"Fica longe de mim, seu grosseirão!" Ela protestou, rindo, timidamente satisfeita com a minha presença: "Me deixa em paz, você está fedendo a cerveja!".

Naquela época, eu tinha muitas aulas para dar. Passava a maior parte do dia fora. Minhas alunas se espalhavam pelos subúrbios badalados do oeste da cidade — mulheres ricas, bem conservadas, da idade de Frau Nowak, mas que pareciam ser dez anos mais novas; elas gostavam de adotar como hobby um pouco de conversa em inglês nas tardes monótonas em que os maridos estavam no escritório. Sentados em almofadas de seda diante de lareiras abertas, discutíamos *Contraponto* e *O amante de Lady Chatterley*. Um criado nos servia chá e torradas com manteiga. Às vezes, quando se cansavam de literatura, eu as divertia com descrições da casa dos Nowak. Entretanto, tomava o cuidado de não dizer que eu morava lá: seria ruim para os negócios confessar que eu era muito pobre. As senhoras me pagavam três marcos por hora; com certa relutância, depois de terem feito de tudo para que eu aceitasse dois marcos e cinquenta. A maioria também tentava, proposital ou subconscientemente, me ludibriar para que eu ficasse mais tempo. Eu sempre tinha que ficar de olho no relógio.

Poucas pessoas queriam aulas de manhã; e por isso eu geralmente me levantava bem mais tarde do que o resto da família Nowak. Frau Nowak tinha seus serviços de diarista, Herr Nowak saía para o trabalho na empresa de mudanças, Lothar, que estava desempregado, ajudava um amigo a entregar jornais, Grete ia para a escola. Somente Otto me fazia companhia, a não ser nas manhãs em que, com resmungos intermináveis, era levado pela mãe ao Ministério do Trabalho para carimbar seu cartão. Depois de buscar nosso café da manhã, uma xícara de café e uma fatia de pão com banha, Otto tirava o pijama e fazia exercícios, treinava boxe ou virava de ponta-cabeça. Flexionava seus músculos para que eu os admirasse. Acocorando-se na minha cama, me contava histórias:

"Eu já te contei, Christoph, como foi quando eu vi a Mão?"

"Não, acho que não."

"Bom, escuta... Uma vez, quando eu era pequenininho, estava deitado na cama, à noite. Estava muito escuro e muito tarde. De repente acordei e vi uma mãozona preta se esticando sobre a minha cama. Fiquei com tanto medo que não consegui nem gritar. Eu só encolhi as pernas debaixo do queixo e fiquei olhando fixo para ela. Então, um ou dois minutos depois, ela desapareceu e eu berrei. Mamãe veio correndo e eu falei: 'Mãe, eu vi a Mão'. Mas ela só riu. Ela não quis acreditar."

O rosto ingênuo de Otto, com suas duas covinhas, feito um pãozinho, havia se tornado muito solene. Ele me fitou com os olhos brilhantes absurdamente pequenos, reunindo todas as suas forças narrativas:

"E então, Christoph, vários anos depois, arrumei um emprego de aprendiz de estofador. Bom, um dia — foi no meio da manhã, em plena luz do dia — eu estava sentado, trabalhando no meu banquinho. E de repente a sala ficou toda escura, e olhei para cima e lá estava a Mão, tão perto de mim quanto você está agora, se fechando sobre mim. Senti meus braços e minhas pernas gelarem e não conseguia respirar e não conseguia gritar. O mestre viu como eu estava pálido e disse: 'Nossa, Otto, o que aconteceu com você? Não está passando bem?'. E enquanto ele falava comigo parecia que a Mão ia se afastando de mim de novo, ficando cada vez menor, até virar só um pontinho preto. E quando olhei para cima outra vez, a sala estava bem iluminada, como sempre, e onde eu tinha visto o ponto preto havia uma mosca andando no teto. Mas fiquei tão mal o dia inteiro que o mestre teve que me mandar para casa."

O rosto de Otto havia empalidecido durante o relato e, por um instante, uma expressão de medo realmente assustadora atravessou suas feições. Ele estava trágico agora, os olhinhos brilhantes de lágrimas:

"Um dia vou ver a Mão de novo. E aí eu vou morrer."

"Que bobagem", respondi, rindo. "Vamos proteger você."

Otto balançou a cabeça, cheio de tristeza:

"Vamos torcer para que sim, Christoph. Mas receio que não. A Mão vai acabar me pegando."

"Quanto tempo você ficou com o estofador?", indaguei.

"Ah, não muito tempo. Só algumas semanas. O mestre era muito duro comigo. Sempre deixava os serviços mais pesados para eu fazer — e eu era muito pequeno na época. Um dia cheguei cinco minutos atrasado. Ele arrumou uma briga horrível; me chamou de *verfluchter Hund*. E você acha que eu ia engolir uma coisa dessas?" Otto se inclinou para a frente, aproximou o rosto, contraído num olhar malicioso e seco como o de um macaco, de mim. "*Nee, nee! Bei mir nicht!*" Seus olhinhos se concentraram em mim por um momento com uma intensidade extraordinária de ódio símio; suas feições franzidas adquiriram uma feiura assombrosa. Depois relaxaram. Eu já não era mais o estofador. Ele deu uma risada alegre e inocente, jogando o cabelo para trás, mostrando os dentes: "Fingi que ia bater nele. Meti medo nele, mesmo!". Imitou o gesto de um homem de meia-idade apavorado se esquivando de um golpe. Ele riu.

"E então você teve que ir embora?", perguntei.

Otto fez que sim. Seu semblante mudou aos poucos. Estava ficando melancólico de novo.

"O que o seu pai e a sua mãe disseram?"

"Ah, eles sempre estiveram contra mim. Desde que eu era pequeno. Se tivesse duas crostas de pão, a mamãe sempre dava a maior para o Lothar. Sempre que eu reclamava, eles diziam: 'Vai trabalhar. Você já tem idade. Compra sua própria comida. Por que a gente deveria sustentar você?'." Os olhos de Otto ficaram umedecidos com a mais sincera autocomiseração: "Ninguém aqui me entende. Todos eles me odeiam, na verdade. Queriam mais era que eu morresse".

"Como você pode falar tanta besteira, Otto! É claro que sua mãe não te odeia."

"Pobre mamãe!", concordou Otto. Ele mudou de tom na hora, parecendo não ter consciência do que tinha acabado de dizer: "É tenebroso. Não suporto pensar nela trabalhando desse jeito, todo santo dia. Sabe, Christoph, ela está muito, muito doente. Volta e meia, à noite, ela tosse por horas a fio. E às vezes ela cospe sangue. Eu fico acordado pensando se ela vai morrer".

Eu assenti. Contra minha própria vontade, sorri. Não que não acreditasse no que ele tinha dito sobre Frau Nowak. Mas o próprio Otto, acocorado ali na cama, estava numa vivacidade tão animalesca, seu corpo marrom nu era tão luzidio de saúde, que sua conversa sobre morte parecia ridícula, como a descrição de um funeral feita por um palhaço pintado. Ele deve ter compreendido, pois retribuiu o sorriso, nem um pouco chocado com a minha aparente insensibilidade. Esticando as pernas, ele se inclinou para a frente sem fazer esforço e segurou os pés com as mãos: "Você consegue fazer isso, Christoph?".

Uma ideia repentina o agradou: "Christoph, se eu te mostrar uma coisa, você jura que não conta para ninguém?".

"Está bem."

Ele se levantou e revirou o espaço embaixo da cama. Uma das tábuas estava solta na ponta, junto à parede: ao levantá-la, ele pescou uma lata que já tinha sido de biscoitos. A lata estava cheia de cartas e fotografias. Otto as espalhou na cama:

"A mamãe botaria fogo nisso se descobrisse... Olha, Christoph, o que você acha dela? O nome dela é Hilde. A conheci num lugar onde vou dançar... E esta aqui é a Marie. Não tem olhos lindos? Ela é louca por mim — todos os garotos morrem de ciúmes. Mas ela não faz meu tipo." Otto balançou a cabeça, sério: "Sabe, é engraçado, mas assim que fico sabendo que uma menina está a fim de mim, perco o interesse nela. Eu quis romper totalmente com ela; mas ela veio aqui e fez confusão na frente da minha mãe. Então tenho que sair com ela de vez em quando para que ela fique quieta... E tem a Trude — sinceramente, Christoph, dá para acreditar que ela tinha vinte e sete anos? É verdade! Ela não tem um corpo maravilhoso? Ela mora no West End, em um apartamento próprio! Já se divorciou duas vezes. Eu posso ir para lá a hora que quiser. Esta aqui é uma foto que o irmão dela tirou. Ele queria tirar algumas de nós dois juntos, mas não deixei. Fiquei com medo que ele as vendesse depois — a pessoa pode ser presa por causa disso, sabe...". Otto deu um sorriso afetado e me entregou um maço de cartas: "Aqui, leia estas; você vai rir. Essa aqui é de um holandês. Tem o maior carro que já vi na vida. Estive com ele na primavera. Ele me escreve de vez em quando. Meu pai soube e agora fica de olho para ver se tem dinheiro nos envelopes — aquele cachorro imundo! Mas eu sei de um truque melhor ainda! Falei para todos os meus amigos que eles devem endereçar as cartas à padaria da esquina. O filho do padeiro é amigo meu...".

"Você tem notícias do Peter?", perguntei.

Otto me lançou um olhar muito solene por um instante: "Christoph?".

"Sim?"
"Você pode me fazer um favor?"
"Qual?", indaguei, cauteloso: Otto sempre escolhia os momentos mais inesperados para pedir um pequeno empréstimo.
"Por favor...", ele me repreendeu delicadamente, "por favor, nunca mais toque no nome do Peter comigo..."
"Ah, está bem", eu disse, muito espantado: "Se você prefere assim."
"Sabe, Christoph... O Peter me magoou muito. Achei que ele fosse meu amigo. E então, de repente, ele me largou — totalmente sozinho..."

No fosso turvo do pátio, onde a névoa, naquele clima frio e úmido de outono, nunca evaporava, os cantores e músicos de rua sucediam uns aos outros em uma apresentação quase contínua. Havia festas de meninos com bandolins, um senhor que tocava sanfona e um pai que cantava com as filhas. Sem dúvida, a canção favorita era: *Aus der Jugendzeit*. Eu com frequência a escutava dezenas de vezes numa mesma manhã. O pai das meninas era paralítico e só conseguia produzir ruídos estrangulados desesperados, feito um asno; mas as filhas cantavam com uma energia diabólica: "Sie *kommt, sie kommt* nicht mehr!", elas entoavam em uníssono, feito demônios do ar, regozijando-se da frustração da humanidade. De vez em quando, um *groschen* enrolado em uma ponta de jornal era atirado do alto de uma janela. Batia no chão e quicava feito uma bala, mas as meninas nunca se encolhiam.

Vez por outra uma enfermeira visitava Frau Nowak, balançava a cabeça diante da organização das camas e ia embora. O fiscal de moradia, um rapaz pálido com a gola aberta (que obviamente a usava assim por questão de princípios), também aparecia e fazia anotações em abundância. O sótão, ele dizia a Frau Nowak, era absolutamente insalubre e inabitável. Ele assumia um leve ar de censura ao dizê-lo, como se nós tivéssemos alguma culpa. Frau Nowak se ressentia amargamente dessas visitas. Eram, ela pensava, apenas tentativas de espioná-la. Era assolada pelo medo de que a enfermeira ou o fiscal aparecessem num momento em que o apartamento estivesse bagunçado. Sua desconfiança era tamanha que ela chegou a contar mentiras — fingindo que o vazamento do telhado não era grave — para tirá-los da casa o mais rápido possível.

Outro visitante frequente era o alfaiate e fornecedor de roupas judeu, que vendia roupas de todos os tipos no crediário. Era pequeno, delicado e muito persuasivo. Ao longo do dia inteiro ele circulava pelos prédios do bairro, recebendo cinquenta fênigues aqui, um marco ali, catando seu precário sustento, feito uma galinha, naquele solo aparentemente estéril. Nunca fazia muita pressão para receber dinheiro: preferia exortar os devedores a pegarem mais artigos e embarcarem em uma nova série de pagamentos. Dois anos atrás, Frau Nowak comprou um terninho e um sobretudo para Otto por trezentos marcos. O terno e o sobretudo já se desgastaram há muito tempo, mas a dívida estava longe de ser quitada. Pouco depois da minha chegada, Frau Nowak investiu em roupas para Grete no valor de setenta e cinco marcos. O alfaiate não fez nenhuma objeção.

A vizinhança inteira lhe devia dinheiro. Porém, não era impopular: tinha o status de uma figura pública, que as pessoas xingam sem maldade verdadeira. "Talvez o Lothar tenha razão", Frau Nowak dizia às vezes: "Quando Hitler chegar ao poder, ele vai dar uma lição nesses judeus. Aí eles vão deixar de ser tão atrevidos." Mas quando eu sugeria que Hitler, se conseguisse o que queria, eliminaria totalmente o alfaiate, Frau Nowak mudava de tom na mesma hora: "Ah, isso eu não gostaria que acontecesse."

Afinal, ele faz roupas muito boas. Além do mais, os judeus sempre dão mais tempo para as pessoas quando elas estão passando por dificuldades. Quero ver você achar um cristão que dê crédito como ele... Pode perguntar para o pessoal daqui, Herr Christoph: ninguém jamais expulsaria os judeus".

Com a chegada da noite, Otto, que tinha passado o dia vadiando tristemente — ou circulando pelo apartamento, ou batendo papo com os amigos na entrada do pátio —, começava a se alegrar. Quando eu voltava do trabalho, em geral o encontrava já trocando o suéter e o calção pelo seu melhor terno, com ombreiras que faziam pontas, um colete pequeno, justo, com duas fileiras de botões, e calça boca de sino. Tinha uma coleção grande de gravatas e levava pelo menos meia hora para escolher uma e atá-la de um jeito que o agradasse. Ficava sorrindo com afetação em frente ao triângulo rachado do espelho da cozinha, seu rosto rosado em formato de ameixa com covinhas presunçosas, atrapalhando Frau Nowak e ignorando seus protestos. Assim que o jantar terminava, ele saía para dançar.

Geralmente eu também saía à noite. Por mais cansado que estivesse, não conseguia dormir logo depois da refeição noturna: não era raro Grete e os pais estarem na cama às nove da noite. Então eu ia ao cinema ou me sentava em uma cafeteria, lia jornais e bocejava. Não tinha mais o que fazer.

No final da rua havia um bar *lokal* chamado Alexander Casino. Otto o tinha me mostrado uma noite, quando por acaso saímos de casa juntos. Era preciso descer quatro degraus a partir do nível da rua, abrir uma porta, puxar para o lado uma cortina pesada de couro que bloqueava a corrente de ar e então via-se uma sala comprida, de pé-direito baixo, encardida. Era iluminada por lanternas chinesas vermelhas e enfeitada com serpentinas de papel empoeiradas. Junto às paredes havia mesas de vime e canapés grandes e surrados que pareciam os bancos dos vagões de trem de terceira classe da Inglaterra. Na ponta oposta havia alcovas com treliças, sombreadas por imitações de cerejeiras enroscadas em arames. O salão todo tinha um cheiro úmido de cerveja.

Eu já tinha estado ali antes: um ano atrás, na época em que Fritz Wendel me levava em excursões pelas "espeluncas" da cidade nas noites de sábado. Estava tudo exatamente como antes; só que menos sinistro, menos pitoresco, não mais simbólico de uma verdade formidável acerca do sentido da existência — porque, dessa vez, eu não estava nem um pouco embriagado. O mesmo dono, um ex-boxeador, apoiava sua barriga imensa no bar, o mesmo garçom abatido se arrastava em seu casaco branco sujo: duas garotas, exatamente as mesmas, talvez, dançavam juntas ao som da lamúria do alto-falante. Um grupo de jovens de suéter e jaqueta de couro jogavam cartas: os espectadores se debruçavam para ver as cartas. Um garoto de braços tatuados sentava-se junto ao aquecedor, absorto em um romance policial. Sua camisa estava aberta no pescoço, com as mangas enroladas até as axilas; usava short e meias, como se fosse participar de uma corrida. Na alcova mais distante, um homem e um garoto dividiam a mesa. O garoto tinha um rosto redondo, infantil, e pálpebras pesadas e avermelhadas que pareciam inchadas, como se por falta de sono. Estava contando alguma coisa para o homem mais velho, de cabeça raspada e aparência respeitável, que estava sentado, de muita má vontade, escutando e fumando um charuto curto. O garoto narrava sua história com cuidado e muita paciência. De vez em quando, para enfatizar uma ideia, colocava a mão no joelho do mais velho e o olhava no rosto, observando cada movimento com sagacidade e atenção, como um médico com um paciente nervoso.

Mais tarde, passei a conhecer o garoto bastante bem. Chamava-se Pieps. Era um grande viajante. Tinha fugido de casa aos catorze anos porque o pai, um lenhador na floresta da Turíngia, batia nele. Pieps foi andando até Hamburgo. Em Hamburgo, se escondeu em um navio que partiria para a Antuérpia e da Antuérpia voltou andando para a Alemanha, margeando o Reno. Também tinha estado na Áustria e na Tchecoslováquia. Era cheio de canções, histórias e piadas: tinha uma natureza extraordinariamente cordial e feliz, dividia o que tinha com os amigos e jamais se preocupava com seu próximo prato de comida. Era um batedor de carteiras talentoso e trabalhava sobretudo no salão de jogos da Friedrichstrasse, não muito longe da Passage, que andava repleta de detetives e estava ficando muito perigosa. Nesse salão de jogos havia sacos de pancadas, *peep shows* e máquinas de medidor força. A maioria dos garotos do Alexander Casino passava as tardes lá, enquanto as garotas tentavam arrumar clientes na Friedrichstrasse e na Linden.

Pieps morava com seus dois amigos, Gerhardt e Kurt, em um porão à margem do canal, perto da estação de trem elevada. O porão era da tia de Gerhardt, uma prostituta idosa da Friedrichstrasse, cujos braços e pernas tinham tatuagens de cobras, pássaros e flores. Gerhardt era um garoto alto com um sorriso vago, tolo, infeliz. Não batia carteiras, e sim furtava de grandes lojas de departamentos. Ainda não tinha sido pego, talvez por causa do descaramento lunático de seus roubos. Com um sorriso idiota, ele enfiava coisas nos bolsos bem debaixo do nariz dos vendedores. Dava tudo o que roubava para a tia, que o xingava pela preguiça e o mantinha sempre com pouco dinheiro. Um dia, quando estávamos juntos, ele tirou do bolso um cinto feminino de couro de cor berrante: "Olha, Christoph, não é uma beleza?".

"Onde foi que você pegou isso?"

"Na casa dos Landauer", Gerhardt disse. "Ué... por que você está sorrindo?"

"Veja só, os Landauer são amigos meus. Achei engraçado — só isso."

No mesmo instante, o rosto de Gerhardt virou o retrato da consternação: "Você não vai contar para eles, né, Christoph?".

"Não", prometi. "Não vou."

Kurt não frequentava o Alexander Casino tanto quanto os outros. Eu conseguia entendê-lo melhor do que entendia Pieps e Gerhardt porque ele era conscientemente infeliz. Tinha um traço de personalidade temerário, fatal, uma aptidão para lampejos de raiva contra a desesperança da vida. Os alemães chamam isso de *Wut*. Ele ficava calado no canto, bebendo rápido, batucando na mesa com os punhos, imperioso e taciturno. Então, de repente, se levantava, exclamava *"Ach, Scheiss!"* e saía a passos largos. Com esse temperamento, arranjava brigas de propósito com os outros meninos, lutando contra três ou quatro de uma vez, até ser jogado no meio da rua, meio aturdido e coberto de sangue. Nessas ocasiões, até Pieps e Gerhardt se uniam contra ele como se fosse uma ameaça pública: eles o socavam com tanta força quanto qualquer outra pessoa e juntos o arrastavam para casa sem o menor rancor pelos olhos roxos que ele volta e meia conseguia lhes dar. Seu comportamento parecia não os surpreender nem um pouco. No dia seguinte, todos voltavam a ser bons amigos.

Quando cheguei, Herr e Frau Nowak já estavam dormindo fazia provavelmente duas ou três horas. Otto costumava voltar ainda mais tarde. Ainda assim, Herr Nowak, que se ressentia de muitos dos comportamentos do filho, nunca parecia se incomodar de levantar e abrir a porta para ele a qualquer hora da noite. Por alguma razão estranha, nada induzia os Nowak a permitir que ele ou eu tivéssemos a chave da casa. Não conseguiam dormir se a porta não estivesse aferrolhada, bem como trancada.

Nesses prédios, cada lavatório servia quatro apartamentos. O nosso ficava no andar de baixo. Se, antes de me deitar, eu quisesse fazer minhas necessidades, havia uma segunda viagem a fazer atravessando a sala escura, rumo à cozinha, desviando da mesa, evitando as cadeiras, enquanto tentava não bater na cabeceira da cama dos Nowak ou trombar com a cama onde Lothar e Grete dormiam. Por mais cauteloso que eu fosse, Frau Nowak sempre acordava: parecia ser capaz de me ver no escuro, e me constrangia com orientações gentis: "Não, Herr Christoph — aí não, por favor. No balde da esquerda, ao lado do fogão".

Deitado na cama, na escuridão, no meu cantinho do enorme labirinto humano dos prédios, eu ouvia, com uma nitidez extraordinária, todos os sons que vinham do pátio lá embaixo. O formato do pátio devia funcionar como uma corneta de gramofone. Alguém descia a escada: nosso vizinho, Herr Müller, provavelmente: trabalhava à noite na estrada de ferro. Eu escutava seus passos ficarem mais fracos, lance após lance; em seguida, cruzavam o pátio, claros e grudentos nas pedras molhadas. Aguçando os ouvidos, eu ouvia, ou imaginava ouvir, a chave raspando a fechadura da porta da rua. Um instante depois a porta se fechava com um baque grave, oco. E agora, no quarto ao lado, Frau Nowak teve um acesso de tosse. No silêncio que se seguiu, a cama de Lothar rangeu quando ele se virou, murmurando algo indistinto e ameaçador durante o sono. Em algum lugar do outro lado do pátio, um bebê começou a berrar, alguém bateu uma janela, e nos recônditos mais profundos do prédio algo muito pesado se chocou com um baque surdo contra uma parede. Era estranho, misterioso e sinistro, como dormir sozinho na selva.

Domingo foi um longo dia na casa dos Nowak. Não tinha para onde ir nesse clima maldito. Estávamos todos em casa. Grete e Herr Nowak prestavam atenção em uma armadilha para pardais que Herr Nowak havia feito e posto na janela. Ficaram sentados ali, hora após hora, concentrados. A corda que fechava a armadilha estava na mão de Grete. De vez em quando, davam risadinhas e olhavam para mim. Eu estava sentado do outro lado da mesa, franzindo a testa diante de um papel em que eu havia escrito: "Mas, Edward, você não está *vendo*?". Tentava continuar meu romance. Falava de uma família que morava em uma enorme casa no interior com uma renda que não era fruto de trabalho e era muito infeliz. Passavam o tempo explicando uns aos outros por que não conseguiam aproveitar a vida; e algumas das razões — embora seja eu que o diga — eram muito engenhosas. Lamentavelmente, me pegava cada vez menos interessado na minha família infeliz: a atmosfera da casa dos Nowak não era muito inspiradora. Otto, no cômodo interno, com a porta aberta, se divertia equilibrando enfeites na bandeja de um gramofone antigo, que agora já não tinha a caixa acústica nem o braço, querendo ver em quanto tempo voariam e se espatifariam. Lothar ajustava chaves e consertava fechaduras para os vizinhos, seu rosto pálido e emburrado debruçado sobre o trabalho em uma concentração obstinada. Frau Nowak, que cozinhava, começou um sermão sobre o Irmão Bom e o Imprestável: "Olha só o Lothar. Mesmo desempregado ele se mantém ocupado. Mas você só serve para quebrar coisas. Você não é filho meu".

Otto se recostou na cama com um olhar de desprezo, de vez em quando cuspindo uma palavra obscena ou fazendo som de peido com os lábios. Alguns de seus tons de voz eram enlouquecedores: provocavam nos outros a vontade de feri-lo — e ele sabia disso. A repreensão estridente de Frau Nowak se elevou até virar um berro:

"Eu bem que gostaria de expulsar você desta casa! O que você já fez pela gente? Quando tem trabalho a ser feito, você está cansado demais para fazer; mas nunca está cansado demais para passar metade da noite vadiando — seu malvado anormal imprestável..."

Otto se levantou e começou a dançar pelo quarto com gritos animalescos de triunfo. Frau Nowak pegou um pedaço de sabão e o atirou nele. Ele se esquivou e o sabão quebrou a janela. Depois disso, Frau Nowak se sentou e caiu no choro. Otto foi correndo até ela e começou a apaziguá-la com beijos ruidosos. Nem Lothar nem Herr Nowak deram muita atenção à briga. Na verdade, Herr Nowak parecia até tê-la aproveitado: ele me deu uma piscadela furtiva. Mais tarde, o buraco na janela foi tampado com um pedaço de papelão. Ficou sem conserto, tornando-se mais uma das muitas entradas para correntes de ar que havia no sótão.

Durante o jantar, estávamos todos alegres. Herr Nowak se levantou da mesa para fazer imitações das diferentes formas como os judeus e os católicos rezam. Ele caiu de joelhos e bateu a cabeça no chão vigorosamente diversas vezes, balbuciando bobagens que deveriam representar as rezas em hebraico e latim: "Koolyvotchka, koolyvotchka, koolyvotchka. Amém". Em seguida, contou histórias de execuções, para o horror e o deleite de Grete e de Frau Nowak: "Guilherme I — o velho Guilherme — nunca assinou uma ordem de execução; e vocês sabem por quê? Porque uma vez, pouco depois de ele ter sido alçado ao trono, houve um caso célebre de assassinato e por muito tempo os juízes não conseguiam chegar a um consenso se o prisioneiro era culpado ou inocente, mas por fim ele foi sentenciado à execução. Puseram-no no cadafalso, e o algoz pegou o machado — assim; e o balançou no ar — desse jeito; e o abaixou: *Kernack!* (São todos homens treinados, é claro: nem eu nem você seríamos capazes de arrancar a cabeça de um homem com um golpe só, nem se nos dessem mil marcos.) E a cabeça caiu na cesta — flop!". Herr

Nowak revirou os olhos outra vez, deixou a língua pender do canto da boca e fez uma imitação muito vívida e nojenta de uma cabeça decapitada: "E então a cabeça falou, sozinha, e disse: 'Sou inocente!'. (Claro que foram só os nervos; mas ela falou, tão claro como eu estou falando agora.) 'Sou inocente!', ela disse... Passados alguns meses, outro homem confessou no leito de morte que ele era o verdadeiro assassino. Então, depois disso, Guilherme nunca mais assinou uma ordem de execução!".

Na Wassertorstrasse, uma semana era igual à outra. Nosso sótão abafado e cheio de goteiras cheirava a comida e encanamento ruim. Quando o aquecedor da sala estava ligado, mal conseguíamos respirar; quando não estava, congelávamos. O tempo tinha ficado muito frio. Frau Nowak vagava pelas ruas quando não estava no trabalho, ia da clínica ao conselho de saúde e voltava: por horas a fio esperava em bancos em corredores cheios de correntes de ar ou tentava entender formulários complexos de solicitação. Os médicos não concordavam a respeito de seu caso. Um era a favor de mandá-la para o sanatório imediatamente. Outro achava que ela já estava tão mal que não valia a pena mandá-la — e disse isso a ela. O terceiro lhe garantiu que seu caso não era grave: precisava apenas de uma quinzena nos Alpes. Frau Nowak escutou todos os três com muito respeito e nunca deixou de enfatizar, ao me descrever essas consultas, que cada um deles era o especialista mais gentil e inteligente que havia na Europa inteira.

Ela voltava para casa tossindo e tremendo, com os sapatos encharcados, exausta e meio histérica. Assim que entrava no apartamento, começava a ralhar com Grete ou com Otto, automaticamente, como uma boneca na qual alguém tivesse dado corda:

"Preste bastante atenção no que estou dizendo — você vai acabar na cadeia! Eu devia era ter te mandado para um reformatório quando tinha catorze anos. Talvez tivesse feito bem a você... E pensar que, na minha família inteira, nunca existiu antes alguém que não fosse respeitável e decente!"

"*Você* respeitável?", Otto escarnecia. "Quando você era menina, saía com qualquer par de calças que aparecesse na sua frente."

"Eu proíbo que você fale assim comigo! Está ouvindo? Eu proíbo! Ah, eu devia ter morrido antes de ter engravidado de você, seu menino perverso, anormal!"

Otto saltitava ao redor dela, se esquivando dos golpes, louco de alegria pela briga que tinha começado. Em sua empolgação, fazia caretas horrorosas.

"Ele é louco!", exclamava Frau Nowak. "Olhe para ele agora, Herr Christoph. Eu pergunto ao senhor: ele não é um doido varrido? Preciso levá-lo ao hospital para ser examinado."

Essa ideia agradou a imaginação romântica de Otto. Não raro, quando estávamos a sós, ele me dizia, com lágrimas nos olhos:

"Não vou ficar aqui por muito mais tempo, Christoph. Meus nervos estão em frangalhos. Logo, logo eles vão vir para me levar embora. Vão me colocar em uma camisa de força e me dar comida por um tubo de plástico. E quando você for me visitar, eu não vou saber quem você é."

Frau Nowak e Otto não eram os únicos com "nervos". Devagar e sempre, os Nowak com certeza estavam minando minha capacidade de resistência. A cada dia eu achava o cheiro da pia da cozinha um pouco mais nojento; todo dia a voz de Otto nas discussões me parecia mais ríspida, e a de sua mãe, mais estridente. A lamúria de Grete me fazia trincar os dentes. Quando Otto batia uma porta, eu estremecia, irritado. À noite, eu só conseguia dormir quando estava meio embriagado. Além disso, me afligia em segredo com uma urticária desagradável e misteriosa: podia ter a ver com a comida da Frau Nowak ou algo pior.

    Comecei a passar boa parte das minhas noites no Alexander Casino. À mesa do canto, ao lado do aquecedor, eu escrevia cartas, conversava com Pieps e Gerhardt ou simplesmente me divertia observando os outros clientes. Em geral, o salão era sossegado. Todos nos sentávamos no bar ou perambulávamos ali perto, esperando alguma coisa acontecer. Assim que a porta externa fazia barulho, uma dúzia de pares de olhos se viravam para ver que novo visitante emergiria de trás da cortina de couro. Normalmente era apenas um vendedor de biscoitos com sua cesta, ou uma menina do Exército da Salvação com sua caixinha de doações e panfletos. Se o vendedor de biscoitos tivesse feito bons negócios ou estivesse bêbado, jogava dados conosco em troca de pacotes de wafers doces. Quanto à menina do Exército da Salvação, ela circulava pelo salão chacoalhando sua caixa, não conseguia nada e ia embora, sem nos provocar nenhum constrangimento. Aliás, ela havia se tornado de tal modo parte da rotina da noite que Gerhardt e Pieps nem faziam piadas sobre ela depois que ia embora. Em seguida, um velho chegava arrastando os pés, cochichava alguma coisa para o barman e ia com ele até a saleta atrás do bar. Era viciado em cocaína. Um instante depois, ressurgia, tirava o chapéu para todos nós com um gesto vago e cortês, e saía arrastando os pés. O velho tinha um tique nervoso e balançava a cabeça o tempo todo, como se dissesse para a vida: Não. Não. Não.

    Às vezes a polícia aparecia atrás de criminosos procurados ou garotos foragidos de reformatórios. Suas visitas costumavam ser esperadas e antecedidas por preparativos. Em todo caso, sempre era possível, Pieps me explicou, escapar no último segundo pulando a janela do banheiro que dá para o pátio atrás da casa:

"Mas você tem que tomar cuidado, Christoph", ele acrescentou. "Dar um belo pulo. Senão cai pelo conduto de carvão e vai parar no porão. Aconteceu comigo uma vez. E o Hamburg Werner, que estava indo atrás de mim, riu tanto que os policiais o pegaram."

Nas noites de sábado e domingo, o Alexander Casino ficava cheio. Visitantes do West End chegavam como se fossem embaixadores de outro país. Havia um bom número de estrangeiros — em sua maioria, holandeses e ingleses. Os ingleses falavam em voz alta, aguda, animada. Discutiam sobre comunismo, Van Gogh e os melhores restaurantes. Alguns pareciam meio assustados: talvez esperassem ser esfaqueados naquela cova de ladrões. Pieps e Gerhardt se sentavam à mesa deles e imitavam seus sotaques, filando bebidas e cigarros. Um homem corpulento de óculos de tartaruga perguntou: "Você estava naquela festa deliciosa que o Bill deu para os cantores negros?". E um rapaz de monóculo murmurou: "Toda a poesia do mundo está nesse rosto". Eu entendia o que ele sentia naquele momento: conseguia me compadecer, até mesmo invejá-lo. Mas era triste saber que, dali a duas semanas, ele se gabaria de suas proezas aqui para um grupo seleto de amigos do clube ou da universidade — sorridentes, calorosos e discretos em torno de uma mesa guarnecida de prataria histórica e de um vinho do Porto lendário. Fez com que eu sentisse mais velho.

Por fim, os médicos chegaram a uma decisão: Frau Nowak deveria ser mandada para o sanatório, afinal, e logo — pouco antes do Natal. Assim que soube disso, ela encomendou um vestido novo ao alfaiate. Estava animada e contente como se tivesse sido convidada para uma festa: "As enfermeiras são sempre muito exigentes, sabe, Herr Christoph? Fazem questão de que a gente esteja sempre limpa e arrumada. Se não estivermos, somos castigadas — e com razão... Tenho certeza de que vou gostar de ficar lá", Frau Nowak suspirou, "se eu conseguir parar de me preocupar com a família. O que é que vão fazer quando eu não estiver aqui, só Deus sabe. São tão inúteis quanto um bando de ovelhas...". À noite, ela passava horas costurando roupas íntimas quentinhas de flanela, sorrindo sozinha, feito uma mulher que está esperando bebê.

Na tarde da minha partida, Otto ficou muito deprimido.

"Agora que você está indo, Christoph, não sei o que vai ser de mim. Talvez daqui a seis meses eu nem esteja mais vivo."

"Você se saiu bem antes de eu chegar, não?"

"Sim... mas agora a mamãe também está indo embora. Acho que meu pai não vai me dar nada para comer."

"Que bobagem!"

"Me leva junto, Christoph. Me deixa ser seu serviçal. Eu poderia ser de grande serventia, sabia? Poderia cozinhar para você, remendar suas roupas e abrir a porta para os seus alunos..." Os olhos de Otto brilharam enquanto ele se admirava nesse novo papel. "Eu usaria um paletó branco — ou talvez um azul ficasse melhor, com botões prateados."

"Infelizmente, você é um luxo que eu não tenho como bancar."

"Ah, mas, Christoph, é claro que não vou querer salário nenhum." Otto parou, com a sensação de que a oferta tinha sido um pouco generosa demais. "Quer dizer", acrescentou, cauteloso, "só um ou dois marcos para eu sair para dançar de vez em quando."

"Lamento muito."

Fomos interrompidos pelo retorno de Frau Nowak. Ela chegou em casa mais cedo para me preparar um jantar de despedida. A sacola estava cheia de coisas que havia comprado; tinha se cansado carregando-a. Ela entrou na cozinha, fechou a porta com um suspiro e logo começou a se alvoroçar, os nervos à flor da pele, pronta para a briga.

"Poxa, Otto, você deixou o forno apagar! Depois de eu ter pedido expressamente para você ficar de olho nele! Minha nossa, não posso confiar em ninguém nesta casa para me ajudar com uma coisinha de nada?"

"Desculpe, mãe", disse Otto. "Esqueci."

"É claro que você esqueceu! E você lá é capaz de se lembrar de alguma coisa? Você *esqueceu!*" Frau Nowak berrou com ele, suas feições franzidas em uma pontada acentuada de fúria: "Eu cavei minha própria cova de tanto trabalhar para vocês, e esse é o agradecimento que eu recebo. Quando eu morrer, espero que seu pai jogue você no olho da rua. Quero ver o que você vai achar disso! Seu preguiçoso grosseiro! Sai da minha frente, entendeu? Sai da minha frente!".

"Está bem. Christoph, você ouviu o que ela disse?" Otto se virou para mim, o rosto contorcido pela ira; naquele momento, a semelhança entre eles era perturbadora; pareciam criaturas possuídas pelo demônio. "Vou fazer com que ela se arrependa disso pelo resto da vida!"

Ele se virou e irrompeu no quarto, batendo a porta frágil. Frau Nowak se virou imediatamente para o fogão e começou a tirar as cinzas com uma pá. Estava trêmula e tossia violentamente. Eu a ajudei, colocando lenha e pedaços de carvão em suas mãos; ela as pegou às cegas, sem nem uma olhadela ou uma palavra. Sentindo, como sempre, que eu estava apenas atrapalhando, fui para a sala de estar e parei, à toa, na janela, desejando poder simplesmente desaparecer. Não aguentava mais. No peitoril havia um toco de lápis. Eu o peguei e desenhei um círculo pequeno na madeira, pensando: deixei minha marca. Então me lembrei de que tinha feito exatamente a mesma coisa anos atrás, antes de ir embora de um alojamento em Gales do Norte. O quarto estava quieto. Resolvi enfrentar o mau humor de Otto. Ainda tinha que arrumar minhas malas.

Quando abri a porta, Otto estava sentado na cama dele. Olhava fixo, como que hipnotizado, para um corte no pulso esquerdo, de onde o sangue escorria para a palma aberta e caía em pingos grossos no chão. Na mão direita, entre o indicador e o polegar, segurava uma lâmina de barbear. Ele não resistiu quando a arranquei de sua mão. A ferida em si não era nada de mais; eu a enfaixei com o lenço dele. Otto pareceu ficar tonto por um momento e se recostou no meu ombro.

"Como foi que você conseguiu fazer isso?"

"Eu queria mostrar a ela", disse Otto. Estava muito pálido. Era evidente que tinha se dado um susto horrível: "Você não devia ter me impedido, Christoph".

"Seu pequeno idiota", eu disse, zangado, pois ele também havia me assustado: "Um dia desses você vai se ferir de verdade — sem querer".

Otto me lançou um olhar demorado, recriminatório. Aos poucos, seus olhos se encheram de lágrimas.

"Que importância tem, Christoph? Eu não sirvo para nada... O que você acha que vai ser de mim quando eu for mais velho?"

"Você vai arrumar um trabalho."

"Trabalho..." A mera ideia fez Otto cair no choro. Soluçando violentamente, ele enxugou o nariz nas costas da mão.

Tirei o lenço do meu bolso. "Aqui. Toma."

"Obrigado, Christoph..." Ele enxugou os olhos, pesaroso, e assoou o nariz. Então alguma coisa no lenço chamou sua atenção.

Passou a examiná-lo, primeiro com indiferença, depois com extremo interesse.

"Ué, Christoph", ele exclamou, indignado, "este é um dos meus!"

Uma tarde, pouco depois do Natal, visitei a Wassertorstrasse outra vez. As luzes já estavam acesas quando passei por baixo da arcada e entrei na rua comprida, úmida, com um ou outro montinho de neve suja. Fracas luzes amarelas brilhavam nas lojas abaixo do nível da rua. Num carrinho de mão, sob um lampião a gás, um aleijado vendia legumes e frutas. Um grupo de jovens de rostos brutos e emburrados estava parado vendo dois garotos brigarem em uma porta: uma voz de menina gritou, animada, quando um deles tropeçou e caiu. Atravessando o pátio enlameado, inalando a podridão úmida, familiar, dos prédios residenciais, pensei: será mesmo que já morei aqui? Àquela altura, com meu aconchegante quarto e sala no West End e meu excelente emprego novo, eu já havia me tornado um estranho aos cortiços.

As luzes na escada dos Nowak estavam com defeito: era um breu. Subi tateando sem muita dificuldade e bati à porta. Fiz o máximo de barulho possível porque, a julgar pelos gritos, cantos e gargalhadas lá dentro, uma festa estava acontecendo.

"Quem é?", berrou a voz de Herr Nowak.

"Christoph."

"Arrá! Christoph! *Anglais!* Homem *Englisch*! Entra! Entra!"

A porta foi escancarada. Herr Nowak cambaleou, instável, no limiar da porta, de braços abertos para me abraçar. Atrás dele estava Grete, trêmula feito gelatina, com lágrimas de tanto rir escorrendo pelas faces. Não havia mais ninguém à vista.

"O velho Christoph!", bradou Herr Nowak, me dando palmadas nas costas. "Falei para a Grete: 'Eu sei que ele vai vir. O Christoph não vai abandonar a gente!'." Com um gesto burlesco grandioso de boas-vindas, ele me empurrou com brutalidade para a sala de estar. Todo o ambiente estava pavorosamente bagunçado. Havia roupas de diversos tipos em um monte confuso sobre uma das camas; na outra havia xícaras, pires, sapatos, facas e garfos espalhados. No aparador havia uma frigideira cheia de gordura seca. A sala era iluminada por três velas enfiadas em garrafas de cerveja vazias.

"A luz toda foi cortada", explicou Herr Nowak, com um gesto negligente do braço: "a conta não foi paga... Uma hora vou ter que pagar, é claro. Deixa para lá — fica mais aconchegante assim, não é? Vem, Grete, vamos acender a árvore de natal".

A árvore de natal era a menor que eu já tinha visto. Era tão pequenina e frágil que só aguentava uma vela bem no alto. Um único fiozinho de ouropel estava enrolado nela. Herr Nowak derrubou alguns fósforos no chão até conseguir fazer com que a vela ardesse. Se eu não os tivesse apagado, a toalha da mesa poderia muito bem ter pegado fogo.

"Onde estão Lothar e Otto?", perguntei.

"Não sei. Estão por aí... Eles não aparecem muito hoje em dia — não gostam daqui... Não importa, nós ficamos bem felizes sozinhos, não é, Grete?" Herr Nowak executou uns passos de dança desajeitados e começou a cantar:

"*O Tannenbaum! O Tannenbaum!*... Vamos, Christoph, todo mundo junto! *Wie treu sind Deine Blätter!*"

Depois de encerrada essa parte, apresentei meus presentes: charutos para Herr Nowak, chocolates e um rato de corda para Grete. Então Herr Nowak tirou uma garrafa de cerveja de debaixo da cama. Depois de uma longa procura por seus óculos, que enfim encontrou na torneira da cozinha, ele leu para mim uma carta que Frau Nowak havia enviado do sanatório. Repetiu cada frase três ou quatro vezes, se perdeu no meio, praguejou, assoou o nariz e enfiou o dedo no ouvido. Não entendi quase nada. Em seguida, ele e Grete começaram a brincar com o rato de corda, deixando-o correr pela mesa, gritando e urrando sempre que ele se aproximava da beirada. O rato fez tanto sucesso que minha partida foi breve, sem alarde. "Tchau, Christoph. Volte logo", disse Herr Nowak, e se virou para a mesa no mesmo instante. Ele e Grete estavam debruçados sobre ela com a avidez de jogadores quando eu saí do sótão.

Não muito tempo depois, recebi uma visita de Otto. Ele foi me perguntar se eu iria com ele visitar Frau Nowak no domingo seguinte. O sanatório tinha sua data mensal de visitação: haveria um ônibus especial que partiria de Hallesches Tor.

"Você não precisa pagar minha passagem, sabe?", Otto acrescentou com pompa. Estava radiante de satisfação consigo mesmo.

"Que beleza da sua parte, Otto... Terno novo?"

"Gostou?"

"Deve ter custado um bocado."

"Duzentos e cinquenta marcos."

"Nossa! Tirou a sorte grande?"

Otto deu um sorriso afetado: "Tenho saído bastante com a Trude. O tio deixou algum dinheiro para ela. Talvez a gente se case na primavera".

"Parabéns... Imagino que você ainda esteja morando na casa dos seus pais?"

"Ah, eu apareço de vez em quando", Otto abaixou os cantos da boca em uma careta abatida de desgosto, "mas meu pai está sempre bêbado."

"Horrível, não é?" Imitei o tom dele. Nós rimos.

"Minha nossa, Christoph, está tão tarde assim? Eu preciso ir... Até domingo. Juízo."

Chegamos no sanatório por volta do meio-dia.

Havia uma estrada de terra esburacada que serpenteava por alguns quilômetros em meio aos pinheirais cheios de neve e depois, de repente, um portão gótico de tijolo que parecia a entrada do terreno de uma igreja, com enormes edifícios vermelhos se erguendo atrás dele. O ônibus parou. Otto e eu fomos os últimos passageiros a saltar. Ficamos nos esticando e pestanejando diante da neve clara: ali no interior tudo era de uma brancura deslumbrante. Estávamos muito doloridos, pois o ônibus não passava de um furgão coberto, com caixotes e bancos escolares para nos sentarmos. Os assentos não tinham balançado muito durante a viagem, pois estávamos espremidos como livros em uma prateleira.

E então os pacientes saíram correndo para nos receber — desajeitadas figuras acolchoadas, encapotadas em xales e mantas, tropeçando e escorregando no gelo pisoteado do caminho. Estavam com tanta pressa que uma investida descuidada acabou em derrapada. Lançaram-se deslizando nos braços dos amigos e parentes, que cambalearam com a violência da colisão. Um casal, em meio a gargalhadas ruidosas, havia tombado.

"Otto!"

"Mãe!"

"Então você veio mesmo! Você está com uma aparência ótima!"

"É claro que a gente veio, mãe! Você esperava o quê?" Frau Nowak se desvencilhou de Otto para apertar minha mão. "Como vai, Herr Christoph?"

Ela parecia anos mais nova. O rosto viçoso, oval, ingênuo, vívido e um pouco astucioso, com olhinhos de camponesa, era como o rosto de uma jovem. As bochechas tinham pinceladas de cor. Ela sorria como se fosse incapaz de parar.

"Ah, Herr Christoph, que gentileza o senhor vir! Que gentileza a sua trazer o Otto para me visitar!"

Ela soltou uma risadinha breve, estranha, histérica. Galgamos alguns degraus até a casa. O cheiro do prédio aquecido, limpo, antisséptico adentrou minhas narinas como um sopro de medo.

"Me colocaram em uma das menores alas", Frau Nowak nos contou. "Somos só quatro. Fazemos tudo quanto é tipo de jogo." Depois de abrir a porta com orgulho, ela fez as apresentações: "Esta é a Muttchen — ela nos mantém em ordem! Esta é a Erna. E esta é a Erika — nossa caçulinha!".

Erika era uma loura mirrada de dezoito anos, que deu risadinhas: "O famoso Otto! Faz semanas que a gente espera conhecê-lo!".

Otto deu um sorriso sutil, discreto, muito à vontade. Seu terno marrom novinho em folha era tão vulgar que me faltavam palavras, assim como as meias lilases e os sapatos amarelos pontudos. No dedo, usava um enorme anel com uma pedra quadrada, cor de chocolate. Otto estava extremamente consciente dele e fazia poses com a mão em gestos graciosos, olhando-a furtivamente para admirar seu efeito. Frau Nowak era simplesmente incapaz de deixá-lo em paz. Não parava de abraçá-lo e de apertar suas bochechas.

"Ele não está com uma cara ótima?", ela exclamou. "Não está esplêndido? Poxa, Otto, você está tão grande e forte que acho que conseguiria me levantar com uma só mão!"

A velha Muttchen estava resfriada, elas disseram. Usava uma atadura no pescoço, apertada sob a gola do vestido preto antiquado. Parecia ser uma senhora agradável, mas por alguma razão um pouco obscena, como um cachorro velho com chagas. Estava sentada na beirada da cama com fotografias dos filhos e dos netos na mesinha ao lado como se fossem prêmios que tinha ganhado. Dava a impressão de estar astutamente satisfeita, como que feliz por estar tão doente. Frau Nowak nos contou que Muttchen já tinha estado no sanatório três vezes. Todas as vezes havia recebido alta, sido considerada curada, mas nove meses ou um ano depois tinha uma recaída e precisava ser mandada de volta.

"Alguns dos professores mais inteligentes da Alemanha vieram aqui para examiná-la", Frau Nowak acrescentou, com orgulho, "mas você sempre os engana, não é verdade, Muttchen querida?"

A senhora assentiu, sorridente, como uma criança sagaz que é elogiada pelos mais velhos.

"E essa é a segunda vez de Erna aqui", Frau Nowak prosseguiu. "Os médicos dizem que era para ela estar bem, mas ela não tinha comido o suficiente. Então agora voltou para nós, não é, Erna?"

"Sim, eu voltei", Erna concordou.

Era uma mulher muito magra, de cabelo curto, cerca de trinta e cinco anos, que já devia ter sido feminina, atraente, melancólica e meiga. Agora, com sua extrema magreza, parecia possuída por uma espécie de determinação desesperada, um certo ar desafiador. Tinha olhos imensos, pretos, famintos. A aliança de casamento estava frouxa no dedo ossudo. Quando falava e se animava, suas mãos adejavam incansáveis em séries de gestos sem propósito, como duas mariposas murchas.

"Meu marido me bateu e fugiu. Na noite em que foi embora, ele me deu uma surra tão grande que eu passei meses com as marcas. Ele era um homem muito forte. Quase me matou." Falava com tranquilidade, ponderada, porém com certa exaltação reprimida, sem nunca desviar os olhos do meu rosto. Seu olhar faminto penetrava meu cérebro, lendo com avidez o que eu estava pensando. "Eu sonho com ele às vezes, agora", ela acrescentou, como se achasse um pouco de graça.

Otto e eu nos sentamos à mesa enquanto Frau Nowak se agitava ao nosso redor com café e bolos que uma das irmãs havia trazido. Tudo que aconteceu comigo nesse dia curiosamente não me impactou: meus sentidos estavam amortecidos, isolados, funcionando como se em um sonho vívido. Naquele quarto sossegado, branco, com grandes janelas com vista para o pinheiral silencioso coberto de neve — a árvore de natal sobre a mesa, as guirlandas de papel em cima das camas, as fotografias pregadas, a travessa de biscoitos de chocolate em formato de coração —, essas quatro mulheres viviam e transitavam. Meus olhos podiam explorar cada canto do mundo delas: as tabelas de temperatura, o extintor de incêndio, a tela de couro junto à porta. Vestindo-se todos os dias com suas melhores roupas, suas mãos limpas não mais furadas por alfinetes ou calejadas por esfregarem o chão, elas se deitavam no terraço, escutando rádio, proibidas de falar. Mulheres reunidas e caladas naquele quarto haviam gerado uma atmosfera ligeiramente nauseante, feito roupa de cama suja trancada em um armário, sem tomar ar. Brincavam umas com as outras e soltavam gritinhos, como estudantes que cresceram demais. Frau Nowak e Erika se entregavam a acessos furtivos de zombaria. Puxavam as roupas uma da outra, lutavam em silêncio, irrompiam em risadas forçadas e estridentes. Estavam se exibindo na nossa frente.

"Você nem imagina como a gente esperou por este dia", Erna me disse. "Ver um homem de carne e osso!"

Frau Nowak deu uma risadinha.

"A Erika era uma menina ingênua até vir para cá... Você não sabia de nada, não é, Erika?"

Erika deu uma risada dissimulada.

"Aprendi bastante desde então..."

"É, acho que aprendeu mesmo! O senhor acredita, Herr Christoph — a tia dela mandou um manequim pequenininho para ela de Natal, e agora todas as noites ela o leva para a cama porque diz que precisa de um homem na cama!"

Erika deu uma gargalhada atrevida. "Bom, é melhor do que nada, né?"

Ela piscou para Otto, que revirou os olhos, fingindo estar chocado.

Depois do almoço, Frau Nowak precisava repousar por uma hora. Assim, Erna e Erika se apossaram de nós para darmos uma volta pelo terreno.

"Vamos mostrar primeiro o cemitério", Erna falou.

O cemitério era para os animais de estimação mortos que pertenceram aos funcionários do sanatório. Havia cerca de uma dezena de pequenas cruzes e lápides, com inscrições a lápis de falso heroísmo em versos. Pássaros mortos estavam enterrados ali, além de coelhos e camundongos, e um morcego que havia sido encontrado congelado depois de uma tempestade.

"Dá uma tristeza pensar neles deitados aí, não dá?", disse Erna. Ela tirou a neve de uma das lápides. Tinha lágrimas nos olhos.

Mas enquanto caminhávamos pela trilha, tanto ela como Erika estavam bem felizes. Nós rimos e atiramos bolas de neve uns nos outros. Otto levantou Erika e fingiu que ia jogá-la em um amontoado de neve. Pouco mais à frente, passamos perto de uma casa de veraneio, afastada da trilha, em um morrinho no meio das árvores. Um homem e uma mulher estavam saindo dela naquele instante.

"É Frau Klemke", Erna me disse. "O marido dela veio aqui hoje. E pensar que aquela cabana velha é o único lugar nesse terreno todo onde duas pessoas podem ficar a sós..."

"Deve ficar bem gelada nesse clima."

"Claro que fica! Amanhã a febre dela vai voltar a subir e ela vai ter que passar quinze dias de cama... Mas quem se importa? No lugar dela, eu faria a mesma coisa." Erna apertou meu braço: "A gente tem que viver enquanto é jovem, não é?".

"Claro que sim!"

Erna rapidamente ergueu os olhos para o meu rosto; seus olhos grandes e pretos se fixaram nos meus feito ganchos; imaginei senti-los me puxando.

"Na verdade eu não sou tísica, sabe, Christoph... Você não achou que eu fosse, né, só porque estou aqui?"

"Não, Erna, claro que não."

"Muitas moças que estão aqui não são. Só precisam de alguns cuidados, que nem eu... O médico diz que se eu me cuidar vou ficar mais forte do que nunca... E qual você acha que vai ser a primeira coisa que vou fazer quando sair daqui?"

"Qual?"

"Primeiro vou conseguir meu divórcio, depois vou achar um marido", Erna riu, com uma espécie de triunfo amargo. "Não vai demorar muito — juro para você!"

Depois do chá, nos sentamos lá em cima, na ala. Frau Nowak havia pegado um gramofone emprestado para podermos dançar. Dancei com Erna. Erika dançou com Otto. Ela era moleca e desajeitada, ria alto sempre que escorregava ou pisava nos pés dele. Otto, com um sorriso plácido, a conduzia para a frente e para trás com destreza, os ombros curvados segundo a corcunda de chimpanzé que estava em voga no Hallesches Tor. A velha

Muttchen ficou sentada na cama, observando. Quando segurei Erna nos braços, senti que ela tremia dos pés à cabeça. Já estava quase escuro, mas ninguém sugeriu que acendêssemos a luz.

Passado um tempo, paramos de dançar e nos sentamos nas camas, formando um círculo. Frau Nowak havia começado a falar de sua infância, de quando morava com os pais em uma fazenda no Leste da Prússia. "Tínhamos nosso próprio moinho", ela nos contou, "e trinta cavalos. Os cavalos do meu pai eram os melhores da região; ele ganhou prêmios com eles, vários de uma vez, numa exposição..." A ala já estava bem escura. As janelas eram retângulos pálidos na escuridão. Erna, sentada a meu lado na cama, tateou à procura da minha mão e a apertou; depois esticou a mão às minhas costas e passou meu braço em torno de seu corpo. Ela tremia violentamente. "Christoph...", cochichou no meu ouvido.

"... e no verão", Frau Nowak dizia, "a gente ia dançar no celeiro enorme que ficava à beira do rio..."

Minha boca pressionou os lábios quentes e secos de Erna. Não tive nenhuma sensação específica com o contato: tudo era parte do sonho longo, simbólico e bastante sinistro que eu parecia estar tendo ao longo do dia. "Estou tão feliz, esta noite...", Erna sussurrou.

"O filho do carteiro tocava violino", disse Frau Nowak. "Ele tocava lindamente... dava vontade de chorar..."

Da cama onde Erika e Otto estavam sentados vinham sons de luta e risos dissimulados: "Otto, seu safado... Estou surpresa com você! Vou contar para a sua mãe!".

Cinco minutos depois uma irmã veio nos avisar que o ônibus estava pronto para partir.

"Nossa, Christoph", Otto cochichou para mim enquanto vestíamos nossos sobretudos. "Eu podia ter feito o que bem entendesse com essa menina! Eu senti o corpo todo dela... Você se divertiu com a sua? Meio magricela, né — mas aposto que ela é safada!"

Então subimos no ônibus com os outros passageiros. Os pacientes se aglomeraram ao nosso redor para as despedidas. Enrolados e encapuzados sob as mantas, podiam muito bem ser membros de uma tribo aborígene que vive na floresta.

Frau Nowak começou a chorar, embora se esforçasse para sorrir.

"Diga ao seu pai que eu volto logo..."

"Claro que você vai voltar, mãe! Daqui a pouco você vai estar bem. Vai voltar para casa logo."

"É só um tempinho...", soluçou Frau Nowak; as lágrimas escorriam pelo seu sorriso horrível de sapo. E de repente ela começou a tossir — seu corpo pareceu se dobrar ao meio feito uma boneca articulada. Juntando as mãos sobre o peito, ela emitia tosses ganidas curtas como um animal ferido desesperado. A manta escorregou da cabeça e dos ombros: uma mecha de cabelo, se soltando do laço, entrava em seus olhos — ela balançou a cabeça cegamente para se desvencilhar dela. Duas irmãs tentaram levá-la embora com delicadeza, mas ela resistiu furiosamente. Recusava--se a ir com elas.

"Entra, mãe", suplicou Otto. Ele também estava quase em lágrimas. "Entra, por favor! Senão você vai pegar uma pneumonia!"

"Escreve para mim de vez em quando, Christoph?" Erna segurava minha mão como se estivesse se afogando. Seus olhos se erguiam para mim com uma intensidade aterrorizante de desespero desavergonhado. "Não ligo se for só um cartão-postal... só assine o seu nome."

"Claro que sim..."

Todos se apertaram à nossa volta por um momento no pequeno círculo de luz do ônibus ofegante, seus rostos iluminados e pálidos como fantasmas contra os troncos pretos dos pinheiros. Esse foi o clímax do meu sonho: o instante de pesadelo no qual terminaria. Tive uma absurda pontada de medo de que fossem nos atacar — uma gangue de vultos encapotados apavorantes —, arrancando-nos de nossos assentos, nos arrastando, esfomeados, no silêncio mortal. Mas o momento passou. Eles recuaram — inofensivos, no fim das contas, como meros fantasmas — para a escuridão, enquanto nosso ônibus, com um giro brusco dos pneus, avançou rumo à cidade, através da neve densa invisível.

Os Landauer

Em uma noite de outubro de 1930, mais ou menos um mês depois das eleições, houve uma enorme briga na Leipzigerstrasse. Gangues de brutamontes nazistas apareceram para protestar contra os judeus. Maltrataram alguns pedestres de cabelos escuros e nariz grande e quebraram as vitrines de todas as lojas de judeus. O incidente não foi, por si só, muito notável: não houve mortes, foram poucos os tiros, nada mais que umas vinte detenções. Só me recordo disso porque foi meu primeiro contato com a política berlinense.

Fräulein Mayr, é claro, ficou contentíssima: "Bem feito para eles!", exclamou. "Esta cidade já não aguenta mais os judeus. Se você virar uma pedra, eles saem rastejando de debaixo dela. Estão envenenando a água que a gente bebe! Estão nos sufocando, nos roubando, sugando nosso sangue. Olha as grandes lojas de departamento: Wertheim, K.D.W., Landauers. Quem são os donos? Uns ladrões judeus imundos!"

"Os Landauer são amigos pessoais meus", retruquei com frieza e saí da sala antes que Frl. Mayr tivesse tempo para pensar em uma réplica adequada.

Não era bem verdade. Na realidade, nunca tinha conhecido um membro da família Landauer na vida. Mas, antes de partir da Inglaterra, eu havia recebido uma carta de apresentação a eles de um amigo em comum. Desconfio de cartas de apresentação e é bem provável que nunca teria usado essa se não fosse pelo comentário de Frl. Mayr. Agora, perversamente, decidi escrever logo para Frau Landauer.

Natalia Landauer, como a vi, pela primeira vez, três dias depois, era uma estudante de dezoito anos. Tinha cabelo preto e macio; tinha cabelo demais — fazia seu rosto, com os olhos cintilantes, parecer comprido e fino demais. Ela me lembrava uma jovem raposa. Seu aperto de mão partia do ombro, ao estilo dos estudantes modernos. "Por aqui, por favor." Seu tom era categórico e enérgico.

A sala de estar era ampla e alegre, pré-Guerra em termos de gosto, um pouco mobiliada demais. Natalia começou a falar de imediato, com uma animação impressionante, em um inglês ávido e cheio de tropeços, me mostrando discos para gramofone, retratos, livros. Eu não podia olhar para nada por mais de um instante:

"Gosta de Mozart? Sim? Ah, eu igual! Muito!... Esse retrato aqui está no Kronprinz Palast. Você viu, não? Um dia eu mostro para você, sim?... Gosta de Heine? Fala de verdade, por favor." Ela ergueu os olhos da estante de livros, sorridente, mas com um rigor de professora de escola rural: "Lê. É lindo, eu penso".

Não fazia nem quinze minutos que eu estava na casa e Natalia já havia separado quatro livros para que eu levasse comigo — *Tonio Kröger*, os contos de Jacobsen, um tomo de Stefan George, as cartas de Goethe. "Você deve me dar suas opiniões de verdade", ela me avisou.

De repente, uma empregada abriu a porta de vidro do outro lado da sala, e nos vimos na presença de Frau Landauer, uma mulher corpulenta, pálida, com uma pinta na bochecha esquerda e o cabelo alisado para trás, preso em um coque, sentada placidamente à mesa de jantar, enchendo copos de chá com um samovar. Havia travessas de presunto e salame e uma tigela daquelas linguiças finas e escorregadias que espirram água quente quando furamos a pele com um garfo; bem como queijo, rabanete, pão de centeio e garrafas de cerveja. "Você vai beber cerveja", Natalia ordenou, devolvendo um dos copos de chá para a mãe.

Olhando ao redor, percebi que os poucos espaços vazios na parede entre os retratos e os armários eram decorados com excêntricas figuras em tamanho real, donzelas com cabelo esvoaçante ou gazelas de olhos oblíquos, feitas de papel pintado e presas com tachinhas. Eram um protesto comicamente ineficaz contra a solidez burguesa da mobília de mogno. Eu sabia, sem que me dissessem, que Natalia devia tê-las criado. Sim, ela as tinha feito e fixado ali para uma festa; agora queria tirá-las, mas a mãe não deixava. Tiveram uma pequena discussão sobre o assunto — evidentemente era parte da rotina doméstica. "Ah, mas elas são *teirríveis*, eu penso!", lamentou Natalia, em inglês. "Eu acho que são muito bonitas", Frau Landauer rebateu serenamente, em alemão, sem tirar os olhos do prato, a boca cheia de pão e rabanete.

Assim que terminamos o jantar, Natalia deixou claro que eu devia me despedir formalmente de Frau Landauer. Em seguida, voltamos à sala de estar. Ela começou a me interrogar. Onde ficava meu quarto? Quanto eu pagava por ele? Quando lhe respondi, ela disse logo que eu tinha escolhido o bairro errado (Wilmersdorf era bem melhor) e que eu tinha sido ludibriado. Poderia ter exatamente a mesma coisa, com água corrente e aquecimento central, pelo mesmo preço. "Você devia ter me perguntado", acrescentou, aparentemente se esquecendo de que aquela era a primeira vez que nos víamos: "Eu mesma acharia um para você".

"Seu amigo diz que você é escritor?", Natalia me desafiou de repente.

"Não sou um escritor de verdade", protestei.

"Mas você tinha escrito um livro? Sim?"

Sim, eu já tinha escrito um livro.

Natalia estava triunfante: "Você tinha escrito um livro e diz que não é escritor. Você é louco, acho".

Então tive que lhe contar toda a história de *Todos os conspiradores*, por que tinha esse título, do que falava, quando tinha sido lançado, e assim por diante.

"Você vai me trazer um exemplar, por favor."

"Não tenho nenhum", lhe respondi, com satisfação, "e ele está esgotado."

Isso frustrou Natalia por um instante, depois ela farejou avidamente um novo assunto: "E isso que você vai escrever em Berlim? Me conta, por favor".

Para agradá-la, passei a contar a história de um conto que eu havia escrito anos antes, para uma revista universitária de Cambridge. Eu a aprimorava ao máximo de improviso, à medida que prosseguia. Contar a história de novo me empolgou — a tal ponto que comecei a pensar que a ideia não era de todo ruim, afinal, e que talvez eu de fato conseguisse reescrevê-la. No fim de cada frase, Natalia contraía os lábios e assentia com tanta violência que o cabelo se levantava e caía sobre o rosto.

"Sim, sim", ela não parava de dizer. "Sim, sim."

Foi só depois de alguns minutos que me dei conta de que ela não estava absorvendo nada do que eu dizia. Era evidente que não entendia o meu inglês, pois agora eu estava falando bem mais rápido, sem escolher as palavras. Apesar de seu tremendo esforço devocional de concentração, via que ela estava reparando na forma como eu repartia meu cabelo, e que o nó da minha gravata estava surrado. Ela chegou a lançar um olhar furtivo para os meus sapatos. Entretanto, fingi não notar nada disso. Seria grosseria minha me interromper e seria muita indelicadeza estragar o prazer que Natalia tinha no mero fato de eu lhe falar de maneira tão íntima a respeito de algo que de fato me interessava, embora fôssemos praticamente estranhos.

Quando terminei, ela perguntou na mesma hora: "E vai ficar pronto — logo?". Pois ela havia se apossado da história, junto com todos os meus outros assuntos. Respondi que não sabia. Eu era preguiçoso.

"Você é preguiçoso?", Natalia abriu os olhos zombeteiros. "Então? Assim eu sinto muito. Não tenho como ajudar."

Naquele momento, falei que precisava ir. Ela me acompanhou até a porta: "E você vai me trazer o conto logo", insistiu.

"Sim."

"Quando?"

"Na semana que vem", prometi sem convicção.

Passaram-se quinze dias até que eu voltasse a visitar os Landauer. Depois do jantar, quando Frau Landauer já tinha saído da sala, Natalia me informou que iríamos juntos ao cinema. "Somos os convidados da minha mãe." Quando nos levantamos para sair, ela de repente pegou duas maçãs e uma laranja do aparador e as enfiou no meu bolso. Era óbvio que havia concluído que eu estava sofrendo de desnutrição. Protestei debilmente.

"Quando você falar mais uma palavra, eu sou irritada", ela me avisou.

"E você trouxe?", ela indagou, ao sairmos da casa.

Sabendo muito bem que ela se referia ao conto, usei o tom de voz mais inocente possível: "Trouxe o quê?".

"Você sabe. O que você promete."

"Não me lembro de ter prometido nada."

"Não *se lembra*?" Natalia deu uma risada desdenhosa. "Então eu sinto muito. Não tenho como ajudar."

No entanto, quando chegamos ao cinema, ela já tinha me perdoado. O filme era uma comédia pastelão. Natalia comentou, austera: "Você não gosta desse tipo de filme, eu acho? Não é algo inteligente o bastante para você?".

Neguei que eu só gostasse de filmes "inteligentes", mas ela estava cética: "Bom. Veremos".

Durante todo o filme, ela me olhava para ver se eu ria. De início, ri com exagero. Depois, cansado, parei completamente de rir. Natalia ficava cada vez mais impaciente comigo. Perto do final do filme, começou a me dar cotoveladas nos momentos em que eu deveria rir. Assim que as luzes se acenderam, ela atacou:

"Está vendo? Eu estava certa. Você não gostou, não?"

"Gostei muito, sério."

"Ah, sim, eu acredito! E agora fala de verdade."

"Eu falei. Gostei."

"Mas você não riu. Você está sentado sempre com a cara tão...", Natalia tentou me imitar, "e nunca rindo."

"Eu nunca rio quando acho graça", falei.

"Ah, sim, talvez! É um de seus costumes ingleses, não rir?"

"Nenhum inglês ri quando acha graça."

"Você deseja que eu acredito nisso? Então eu digo para você: seus ingleses são loucos."

"Esse comentário não é muito original."

"E têm meus comentários que ser sempre originais, meu caro senhor?"

"Quando você estiver comigo, sim."

"Imbecil!"

Nós nos sentamos um pouco em uma cafeteria próxima da estação do zoológico e tomamos sorvete. Os sorvetes estavam granulosos e tinham um leve gosto de batata. De repente, Natalia começou a falar dos pais:

"Não entendo o que esses livros modernos querem dizer quando falam: a mãe e o pai devem sempre ter briga com os filhos. Seria impossível eu poder ter briga com meus pais. Impossível."

Natalia me fitou para ver se eu acreditava nisso. Assenti.

"Completamente impossível", ela repetiu, solene. "Porque sei que meu pai e minha mãe me amam. E assim eles estão sempre pensando não neles, mas no que para mim é melhor. Minha mãe, sabe, ela não é forte. Às vezes ela está tendo *teirríveis* dores de cabeça. E então, é claro que não posso deixá-la sozinha. Muito com frequência, eu gostaria de ir para o cinema, ou o teatro ou um concerto, e minha mãe, ela não fala nada, mas eu olho para ela e vejo que não está bem, e então eu falo Não, eu tenho mudança de ideia, eu não vou. Mas nunca acontece de ela falar uma palavra da dor que está sofrida. Nunca."

(Da vez seguinte em que visitei os Landauer, gastei dois marcos e cinquenta em rosas para a mãe de Natalia. Valeu a pena. Frau Landauer nunca teve dores de cabeça nas noites em que eu propunha a Natalia que saíssemos.)

"Meu pai vai sempre que eu tenha o melhor de tudo", Natalia continuou. "Meu pai vai sempre que eu diga: meus pais são ricos, não preciso pensar de dinheiro." Natalia suspirou: "Mas eu sou diferente disso. Espero sempre que o pior vai acontecer. Sei como estão as coisas na Alemanha hoje, e de repente pode ser que meu pai perde tudo. Sabe que isso já aconteceu uma vez? Antes da Guerra, meu pai tinha uma fábrica grande em Posen. A Guerra chega e meu pai tem que ir embora. Amanhã pode ser a mesma coisa aqui. Mas meu pai, ele é um homem tão incrível que para ele é igual. Ele pode começar com um centavo e trabalhar e trabalhar até ter tudo de volta.

"E é por isso", Natalia prosseguiu, "que desejo sair da escola e começar a aprender alguma coisa útil, que eu possa ganhar meu pão. Não tenho como saber quanto tempo meus pais têm dinheiro. Meu pai querer que eu faça minhas provas e vá para a universidade. Mas agora vou falar com ele e perguntar se não posso ir para Paris estudar arte. Se eu posso desenhar e pintar eu posso talvez ganhar a vida; e ainda vou aprender culinária. Você sabe que não sei cozinhar nem a coisa mais simples?"

"Eu também não."

"Para um homem, isso não é tão importante, eu penso. Mas uma moça precisa estar preparada para tudo.

"Se eu quiser", Natalia acrescentou, séria, "posso ir embora com o homem que amo e posso viver com ele; mesmo se não pudermos nos tornar casados não tem importância. Então preciso conseguir fazer tudo sozinha, você entende? Não basta dizer: fiz minhas provas, tenho meu diploma na universidade. Ele vai responder: 'Por favor, onde está meu jantar?'."

Houve uma pausa.

"Você não está chocado com o que eu disse agora", Natalia perguntou de repente. "Que eu poderia morar com um homem sem que nós fomos casados?"

"Não, é claro que não."

"Não me entenda mal, por favor. Não admiro as mulheres que estão sempre indo de um homem para outro — isso é muito", Natalia fez um gesto de aversão, "muito degenerado, eu penso."

"Você não acha que as mulheres devem ter o direito de mudar de ideia?"

"Eu não sei. Eu não entendo essas questões... Mas é degenerado."

Eu a deixei em casa. Natalia tinha o macete de me levar até a soleira da porta e então, com uma rapidez extraordinária, trocar um aperto de mãos, entrar em casa e bater a porta na minha cara.

"Você me telefona? Semana que vem? Sim?" Posso ouvir sua voz agora. E então a porta bateu e ela desapareceu sem esperar resposta.

Natalia evitava qualquer contato, direto e indireto. Assim como não suportava ficar de papo comigo na soleira da porta de sua casa, ela preferia sempre, reparei, ter uma mesa entre nós quando nos sentávamos. Detestava que eu a ajudasse a vestir o casaco: "Ainda não tenho sessenta anos, meu caro senhor!". Se nos levantávamos para ir embora de uma cafeteria ou de um restaurante e ela via meus olhos se voltarem para o gancho onde seu casaco estava pendurado, ela o tirava na mesma hora e o carregava até um canto, como um animal guardando comida.

Uma noite, fomos a uma cafeteria e pedimos duas xícaras de chocolate quente. Quando o chocolate chegou, percebemos que a garçonete havia se esquecido de trazer uma colher para Natalia. Eu já tinha tomado um gole da minha xícara e misturado a bebida com a colher depois de tomá-la. Achei natural oferecer minha colher a Natalia, e fiquei surpreso e meio impaciente quando ela a recusou com uma expressão de ligeira repugnância. Ela rejeitou até mesmo esse contato indireto com minha boca.

Natalia conseguiu ingressos para uma apresentação de concertos de Mozart. A noite não foi um sucesso. O austero salão coríntio estava gelado, e meus olhos ficaram ofuscados de um jeito incômodo pelo brilho clássico das luzes elétricas. As cadeiras lustrosas de madeira eram rigorosamente duras. Era evidente que a plateia considerava o concerto uma cerimônia religiosa. O entusiasmo tenso, devoto, me oprimia como uma dor de cabeça; não conseguia, nem por um instante, me desligar daquelas cabeças cegas, meio franzidas, atentas. E, apesar de Mozart, era impossível não pensar: que maneira extraordinária de se passar uma noite!

A caminho de casa, eu estava cansado e emburrado, e isso resultou em uma pequena desavença com Natalia. Ela começou falando de Hippi Bernstein. Fora Natalia que me conseguira meu trabalho com os Bernstein: ela e Hippi estudavam no mesmo colégio. Alguns dias antes, eu tinha dado a Hippi sua primeira aula de inglês.
"E você gostou dela?", Natalia perguntou.
"Bastante. Você não?"
"Sim, eu também... Mas ela tem dois defeitos ruins. Acho que você ainda não vai ter notado?"
Como não mordi a isca, ela acrescentou em tom solene: "Você sabe que eu desejo que você me falasse sinceramente quais são os *meus* defeitos?".
Se estivesse com outro humor, eu teria achado graça e até mesmo comovente. Como eu estava, apenas pensei "Ela está jogando verde" e explodi:
"Não sei o que você quer dizer com 'defeitos'. Não julgo as pessoas como se fizesse um boletim no meio do semestre. Melhor você perguntar a um dos seus professores."
Isso calou Natalia por um instante. Mas logo depois ela recomeçou. Eu tinha lido algum dos livros que me emprestara?
Não tinha, mas falei: Sim, eu li *Frau Marie Grubbe*, de Jacobsen.
E o que eu tinha achado?
"É muito bom", falei, irritadiço por causa da culpa.
Natalia me lançou um olhar afiado: "Receio que você está muito insincero. Você não dá o seu sentido de verdade".
Fui tomado por uma raiva repentina, infantil:
"Claro que não. Por que eu deveria? Discussões me aborrecem. Não pretendo dizer nada de que você provavelmente vá discordar."
"Mas se é assim", ela ficou de fato estarrecida, "não adianta nada para a gente conversar de qualquer coisa a sério."

"Claro que não."

"Então é melhor a gente não conversar?", indagou a pobre Natalia.

"Melhor ainda", eu disse, "seria se nós fizéssemos barulhos que nem animais de fazenda. Eu gosto de ouvir o som da sua voz, mas não dou a mínima para o que você diz. Então seria bem melhor se disséssemos apenas *au au* e *béé* e *miau*."

Natalia corou. Estava perplexa e profundamente magoada. Depois de um longo período em silêncio, ela disse: "Sim. Entendo".

Quando nos aproximamos da casa dela, tentei melhorar a situação e transformar a coisa toda em piada, mas ela não reagiu. Fui para casa morrendo de vergonha.

Alguns dias depois, no entanto, Natalia tomou a iniciativa de me telefonar e me chamou para almoçar. Ela mesma abriu a porta — era evidente que estava esperando para fazer isso — e me cumprimentou, exclamando: "Au au! Béé! Miau!".

Por um instante, pensei que tinha enlouquecido. Então me lembrei da nossa discussão. Mas Natalia, depois de ter feito sua piada, estava pronta para que voltássemos a ser amigos.

Fomos para a sala de estar e ela começou a colocar aspirinas nos vasos de flores — para reavivá-las, explicou. Perguntei o que ela andara fazendo nos últimos dias.

"Esta semana toda", disse Natalia, "não estou indo para a escola. Estive indisposta. Três dias atrás, eu parada ali do lado do piano, e de repente eu caio — assim. Como se diz — *ohnmächtig?*"

"Você desmaiou?"

Natalia assentiu com vigor: "Sim, isso mesmo. Estou *ohnmächtig*".

"Mas se é esse o caso, você devia estar na cama." De repente me senti muito viril e protetor: "Como você está se sentindo?".

Natalia riu alegremente, e, sem dúvida, eu nunca a tinha visto com aparência melhor:

"Ah, não é tão importante assim!".

"Tem uma coisa que eu preciso contar para você", ela acrescentou. "Vai ser uma boa surpresa para você, eu acho — hoje vêm meu pai e meu primo Bernhard."

"Que ótimo."

"Sim! Não é? Meu pai nos faz muita alegria quando vem, porque agora ele está sempre em viagem. Ele tem muitos negócios em todo lugar, em Paris, em Viena, em Praga. Ele sempre tem que ir de trem. Você vai gostar dele, eu acho."

"Tenho certeza que sim."

E, de fato, quando as portas de vidro se abriram, lá estava Herr Landauer, esperando para me receber. Ao lado dele estava Bernhard Landauer, o primo de Natalia, um rapaz alto e pálido de terno preto, só alguns anos mais velho do que eu. "É um grande prazer conhecê-lo", Bernhard falou, ao trocarmos um aperto de mãos. Ele falava inglês sem nenhum sinal de sotaque estrangeiro.

Herr Landauer era um homenzinho vivaz, de pele morena enrugada feito couro, como uma bota velha bem engraxada. Tinha olhos de botão castanhos brilhantes e sobrancelhas de comediante pastelão — tão grossas e pretas que pareciam ter sido retocadas com rolha quente. Era evidente que adorava a família. Abria a porta para Frau Landauer de um jeito que sugeria que ela fosse uma belíssima jovem. Seu sorriso benevolente, encantado, abarcava todo o grupo — Natalia faiscante de alegria pelo retorno do pai, Frau Landauer um pouco enrubescida, Bernhard tranquilo, pálido e educadamente enigmático: até eu estava incluso. Com efeito, Herr Landauer dirigia quase todas as suas falas a mim, tomando o cuidado de evitar qualquer referência a questões de família que talvez me lembrassem que eu era um estranho àquela mesa.

"Trinta e cinco anos atrás eu estava na Inglaterra", ele me contou, com sotaque forte. "Fui à sua capital para escrever a tese do meu doutorado, sobre a situação dos trabalhadores judeus no East End de Londres. Vi muitas coisas que as autoridades inglesas não queriam que eu visse. Eu era muito jovem naquela época: mais jovem, eu suspeito, do que o senhor é hoje. Tive conversas extremamente interessantes com estivadores, mulheres prostituídas e com os donos dos bares que vocês chamam de casas públicas. Muito interessantes..." Herr Landauer sorriu, se recordando: "E essa minha tese insignificante provocou muito debate. Foi traduzida para nada menos que cinco idiomas".

"Cinco idiomas!", repetiu Natalia, em alemão, para mim. "Está vendo, meu pai também é escritor!"

"Ah, isso foi há trinta e cinco anos! Você nem pensava em nascer, minha querida." Herr Landauer balançou a cabeça, depreciativo, os olhos de botão brilhando de benevolência: "Agora eu não tenho tempo para tais estudos". Ele se virou para mim outra vez: "Eu estava lendo um livro em francês sobre o grande poeta inglês, Lord Byron. Um livro interessantíssimo. Eu ficaria muito contente em saber sua opinião, como escritor, sobre uma questão muito importante — Lord Byron cometeu o crime de incesto? O que o senhor acha, sr. Isherwood?".

Senti que começava a enrubescer. Por alguma razão estranha, foi a presença de Frau Landauer, mastigando sua comida placidamente, e não a de Natalia, que mais me constrangeu nesse momento. Bernhard não tirou os olhos do prato, dando um sorriso sutil. "Bom", comecei, "é bem difícil..."

"É um problema muito interessante", interrompeu Herr Landauer, olhando para todos nós com benevolência e mastigando com enorme satisfação. "Devemos admitir que o homem genial é uma pessoa excepcional que pode fazer coisas excepcionais? Ou devemos dizer: não — você pode até escrever um belo poema ou pintar um belo retrato, mas, no cotidiano, você deve se comportar como uma pessoa normal, e deve obedecer a essas leis que talvez tenham sido criadas para pessoas comuns? Não vamos permitir que você seja *fora* do comum." Herr Landauer fixou cada um de nós por vez, triunfante, sua boca cheia de comida. De repente, seus olhos se concentraram em mim como dois fachos de luz: "Seu dramaturgo, Oscar Wilde... é outro caso. Apresento-lhe esse caso, sr. Isherwood. Eu gostaria muito de ouvir sua opinião. Estaria correta a sua legislação inglesa em punir Oscar Wilde, ou a punição foi injustificada? Por favor, me diga o que o senhor acha?".

Herr Landauer me olhava com alegria, uma garfada de carne a meio caminho da boca. Ao fundo, eu estava atento a Bernhard, que dava um sorriso discreto.

"Bem...", comecei, sentindo minhas orelhas queimarem. Dessa vez, entretanto, Frau Landauer inesperadamente me salvou, fazendo um comentário para Natalia em alemão, sobre os legumes. Houve uma pequena discussão, durante a qual Herr Landauer pareceu se esquecer por completo da questão. Ele continuou comendo, satisfeito. Mas a essa altura Natalia precisava contribuir:

"Por favor, diga ao meu pai o título do seu livro. Eu não consegui me lembrar. É um nome muito engraçado."

Tentei lhe lançar uma carranca de reprovação que passasse despercebida aos demais: *"Todos os conspiradores"*, respondi com frieza.

"Todos os conspiradores... ah, sim, é claro!"

"Ah, o senhor escreve romances policiais, sr. Isherwood?" Herr Landauer sorriu, aprovando.

"Infelizmente, o livro não tem nada a ver com criminosos", falei em tom educado. Herr Landauer ficou perplexo e decepcionado: "Não tem a ver com criminosos?".

"Você vai explicar para ele, por favor", Natalia ordenou.

Respirei fundo: "O título era para ser simbólico... Foi tirado de *Júlio César*, de Shakespeare".

Herr Landauer logo ficou radiante: "Ah, Shakespeare! Esplêndido! Muito interessante...".

"Em alemão", sorri de leve da minha própria astúcia: eu o estava levando a mudar de rumo, "vocês têm traduções maravilhosas de Shakespeare, não?"

"Temos, sim! Essas traduções estão entre as obras mais belas que temos na nossa língua. Graças a elas, seu Shakespeare virou, por assim dizer, quase um poeta alemão..."

"Mas você não contou", Natalia insistiu, com o que me pareceu uma malícia diabólica, "do que o seu livro fala."

Preparei-me para o pior: "Fala de dois rapazes. Um é artista, o outro é estudante de medicina".

"Então essas são as únicas pessoas do seu livro?", Natalia indagou.

"Claro que não... Mas estou surpreso com a sua péssima memória. Eu contei a história toda para você faz pouco tempo."

"Imbecil! Não é por mim que eu pergunto. Naturalmente, lembro de tudo que você me contou. Mas meu pai não ouviu ainda. Então você vai por favor contar... E quais são, então?"

"O artista tem mãe e irmã. São todos muito infelizes."

"Mas por que são infelizes? Meu pai, minha mãe e eu, nós não somos infelizes."

Desejei que a terra a engolisse: "Nem todo mundo é igual", falei com cuidado, evitando o olhar de Herr Landauer.

"Ótimo", disse Natalia. "Eles são infelizes... E o que acontece?"

"O artista foge de casa e a irmã dele se casa com um rapaz muito desagradável."

Era óbvio que Natalia tinha percebido que eu não aguentaria mais aquilo. Ela deu uma última alfinetada: "E quantos exemplares você vendeu?".

"Cinco."

"Cinco! Mas isso é muito pouco, não é?"

"Muito pouco mesmo."

Ao final do almoço, estava subentendido que Bernhard e os tios discutiriam assuntos de família. "Você gostaria", Natalia me perguntou, "de andarmos juntos um pouco?"

Herr Landauer despediu-se de mim com cerimônia: "A qualquer hora, sr. Isherwood, o senhor será bem-vindo sob o meu teto". Nós dois nos curvamos bastante. "Quem sabe", disse Bernhard, me dando seu cartão, "o senhor não aparece uma noite para animar um pouquinho minha solidão?" Eu lhe agradeci e disse que a ideia me agradava muito.

"O que você achou do meu pai?", Natalia perguntou assim que saímos da casa.

"Achei que ele é o pai mais legal que já conheci."

"Achou de verdade?" Natalia ficou contentíssima.

"Sim, de verdade."

"E agora confesse a mim, meu pai chocou você quando falou de Lord Byron — não? Você ficou vermelho como uma lagosta nas bochechas."

Eu ri: "Seu pai faz com que eu me sinta antiquado. Os assuntos dele são muito modernos".

Natalia soltou uma risada triunfal: "Você vê, eu estava certa! Você ficou chocado. Ah, estou tão feliz! Você vê, eu falo para o meu pai: um rapaz muito inteligente vem nos visitar — e por isso ele deseja mostrar a você que também sabe ser moderno e falar de todos os assuntos. Você pensou que meu pai era um velho burro? Fala a verdade, por favor".

"Não", protestei. "Nunca achei isso!"

"Bom, ele não é burro, você vê... Ele é muito esperto. Só não tem muito tempo para ler, porque tem que trabalhar sempre. Às vezes ele tem que trabalhar dezoito e dezenove horas por dia; é *teirrível*... E ele é o melhor pai do mundo!"

"Seu primo Bernhard é sócio do seu pai, não é?"

Natalia fez que sim: "Ele que é o gerente da loja aqui em Berlim. Ele também é muito esperto".

"Imagino que vocês se vejam bastante?"

"Não... Não é sempre que ele vem a nossa casa... É um homem esquisito, sabe? Acho que ele gosta de ficar muito sozinho. Fiquei surpresa quando ele convidou você para visitar... Você deve ter cuidado."

"Cuidado? Por que cargas-d'água eu tenho que ter cuidado?"

"Ele é muito sarcástico, sabe. Eu penso que talvez ele ria de você."

"Bom, isso não seria tão terrível, seria? Muita gente ri de mim... Você mesma ri, às vezes."

"Ah, eu! É diferente." Natalia balançou a cabeça, solene: era evidente que falava com base em experiências desagradáveis. "Quando eu ri, é para fazer graça, sabe? Mas quando Bernhard ri de você, não é legal..."

Bernhard tinha um apartamento em uma rua tranquila não muito distante do Tiergarten. Quando toquei a campainha do prédio, um porteiro que parecia um gnomo me espiou pela janelinha do porão, perguntou quem eu pretendia visitar e, por fim, depois de me olhar por alguns instantes com absoluta desconfiança, apertou o botão que abria a tranca da porta do prédio. Essa porta era tão pesada que tive que empurrá-la com as duas mãos; ela se fechou com um baque oco, como o disparo de um canhão. Depois havia um par de portas que dava para o pátio, depois a porta da *Gartenhaus*, depois cinco lances de escada, depois a porta do apartamento. Quatro portas para proteger Bernhard do mundo exterior.

Naquela noite ele estava usando um quimono lindamente bordado sobre as roupas de trabalho. Ele não era bem como eu me lembrava em nosso primeiro encontro: eu não o considerara, então, nem um pouco oriental — o quimono, suponho, trouxe isso à tona. Seu perfil extremamente civilizado, decoroso, bem desenhado, narigudo, lhe dava um certo ar de pássaro em uma peça de bordado chinês. Era suave, negativo, ponderei, mas curiosamente forte, com a potência estática de uma figura esculpida em marfim em um relicário. Reparei de novo em seu belo inglês e nos gestos críticos de suas mãos enquanto me mostrava um busto de Buda em arenito do século XII que vinha de Khmer e ficava ao pé de sua cama — "velando meu sono". Na estante branca baixa havia estatuetas gregas, siamesas e indochinesas e bustos de pedra, a maioria dos quais Bernhard havia trazido de suas viagens. Entre tomos de *Kunstgeschichte*, reproduções fotográficas e monografias sobre escultura e antiguidades, vi *The Hill*, de Vachell, e *O que fazer?*, de Lênin. O apartamento poderia muito bem estar no interior profundo do país: não se ouvia nenhum ruído vindo de fora. Uma empregada sóbria de avental serviu o jantar. Tomei sopa e comi peixe, uma posta saborosa; Bernhard tomou leite e só comeu tomate e pão torrado.

Falamos de Londres, que Bernhard nunca tinha visitado, e de Paris, onde ele havia estudado por um tempo, no ateliê de um escultor. Na juventude, ele queria ser escultor, "mas", Bernhard suspirou, sorriu amavelmente, "a Providência determinou que fosse de outro jeito".

Quis conversar com ele sobre os negócios dos Landauer, mas não toquei no assunto — temeroso de que pudesse ser uma falta de tato. O próprio Bernhard se referiu a eles, no entanto, de passagem: "Você tem que nos visitar, um dia desses, você acharia interessante — porque imagino que seja interessante, ainda que apenas como fenômeno econômico contemporâneo". Ele sorriu, e seu rosto foi mascarado pela exaustão: me passou pela cabeça que talvez ele sofresse de uma doença fatal.

Depois do jantar, contudo, ele parecia mais alegre: começou a me contar sobre suas viagens. Alguns anos antes, ele tinha dado a volta ao mundo — gentilmente questionador, levemente satírico, enfiando seu delicado nariz em formato de bico em tudo: aldeias judaicas na Palestina, colônias judaicas no mar Negro, comitês revolucionários na Índia, exércitos rebeldes no México. Hesitante, escolhendo as palavras com cuidado, descreveu uma conversa sobre espíritos malignos com um barqueiro chinês e um exemplo pouco verossímil da brutalidade da polícia de Nova York.

Quatro ou cinco vezes no decorrer da noite, o telefone tocou, e, em todas as ocasiões, parecia que estavam pedindo ajuda ou conselhos a Bernhard. "Venha me ver amanhã", ele disse, com sua voz cansada, apaziguadora. "Sim... tenho certeza de que dá para organizar... E agora, pare de se preocupar, por favor. Vá para a cama e durma. Eu prescrevo duas ou três aspirinas..." Ele deu um sorriso brando, irônico. Era evidente que ia emprestar dinheiro a cada um de seus requerentes.

"Por favor, me diga", ele perguntou, logo antes de eu ir embora, "se não for impertinência minha — o que o fez vir morar em Berlim?"

"Aprender alemão", falei. Depois da advertência de Natalia, eu não ia confiar a Bernhard a história da minha vida.

"E você está feliz aqui?"

"Muito feliz."

"Isso é ótimo, eu acho... Ótimo mesmo..." Bernhard deu sua risada sutil e irônica: "Um espírito possuído de tamanha vitalidade que é capaz de ser feliz, mesmo em Berlim. Você tem que me ensinar seu segredo. Posso me sentar a seus pés e ouvir seus ensinamentos?".

Seu sorriso se contraiu, desapareceu. Mais uma vez a impassibilidade do cansaço moral recaiu feito uma sombra sobre seu rosto estranhamente juvenil. "Espero", ele disse, "que você me ligue sempre que não tiver nada melhor para fazer."

Pouco depois, fui visitar Bernhard no trabalho.

O enorme prédio da Landauers era de aço e vidro, não muito longe da Potsdamer Platz. Levei quase quinze minutos para achar o caminho entre departamentos de roupas íntimas, roupas, aparelhos elétricos, esportes e talheres e chegar ao mundo particular dos bastidores — da venda por atacado, dos caixeiros-viajantes e do setor de compras, e o conjunto de escritórios do próprio Bernhard. Um carregador me levou a uma pequena sala de espera, revestida de lambris de madeira estriada muito lustrada, com um carpete azul vivo e um quadro, uma gravura de Berlim no ano 1803. Passados alguns instantes, o próprio Bernhard entrou. Nessa manhã, parecia mais jovem, mais arrumado, de gravata-borboleta e terno cinza-claro. "Espero que você dê sua aprovação a esta sala", ele disse. "Acho que, já que faço muitas pessoas esperarem aqui, elas têm que pelo menos ficar em uma atmosfera mais ou menos simpática para aliviar a impaciência."

"É muito agradável", falei, e acrescentei, para entabular uma conversa — pois estava meio constrangido: "Que tipo de madeira é essa?"

"Nogueira caucasiana." Bernhard pronunciou as palavras com sua cerimônia característica, de forma bastante precisa. Ele sorriu de repente. Parecia, eu pensei, estar bem mais animado: "Venha ver a loja".

Na seção de ferramentas, uma vendedora de macacão exibia os méritos de um coador de café patenteado. Bernhard parou para lhe perguntar como iam as vendas, e ela nos ofereceu xícaras de café. Enquanto eu tomava o meu, ele explicou que eu era um notório comerciante de cafés de Londres, e portanto valia a pena ouvir minha opinião. A mulher meio que acreditou, de início, mas nós dois rimos tanto que ela ficou desconfiada. Então Bernhard deixou a xícara de café cair e ela quebrou. Ele ficou consternado e se desculpou várias vezes. "Não tem problema", a vendedora lhe garantia — como se ele fosse um funcionário menor que poderia ser demitido pela falta de jeito: "Tenho outras duas".

Em seguida, chegamos aos brinquedos. Bernhard me contou que ele e o tio não permitiam a venda de soldados ou armas de brinquedo na Landauers. Recentemente, em uma reunião da diretoria, houvera uma discussão acalorada sobre tanques de brinquedo, e Bernhard tinha conseguido vencer a disputa. "Mas na verdade esse é só o começo de um problema muito maior", ele acrescentou, com tristeza, pegando um trator de brinquedo com lagarta nas rodas.

Depois ele me mostrou uma sala em que as crianças podiam brincar enquanto as mães faziam compras. Uma enfermeira uniformizada ajudava dois meninos a construírem um castelo de tijolos. "Observe", disse Bernhard, "que aqui a filantropia é combinada com a propaganda. Do outro lado da sala, deixamos à vista chapéus muito baratos e bonitos. As mães que trazem os filhos para cá caem em tentação na mesma hora... Acho que você vai nos achar desgraçadamente materialistas..."

Perguntei por que não havia seção de livros.

"Porque não ousamos ter uma. Meu tio sabe que eu passaria o dia nela."

Em todos os departamentos havia arandelas com lâmpadas coloridas, vermelhas, verdes, azuis e amarelas. Perguntei para que serviam e Bernhard explicou que cada uma daquelas lâmpadas era o sinal para um dos chefes da firma: "Eu sou a luz azul. Isso é, talvez, em certa medida, simbólico". Antes que eu pudesse perguntar o que ele queria dizer, a lâmpada azul para a qual olhávamos começou a piscar. Bernhard foi até o telefone mais próximo e lhe disseram que alguém queria conversar com ele no escritório. Portanto nos despedimos. A caminho da saída, comprei um par de meias.

Durante o começo daquele inverno, me encontrei muitas vezes com Bernhard. Não posso dizer que o conheça melhor devido a essas noites que passamos juntos. Ele continuou curiosamente distante de mim — o semblante impassível de exaustão sob o quebra-luz, a voz suave passando por sequências de anedotas um pouco cômicas. Ele descrevia, por exemplo, um almoço com amigos que eram judeus ortodoxos. "Ah", Bernhard dissera, para manter a conversa, "então hoje nós vamos almoçar ao ar livre? Que maravilha! O clima ainda está quente para esta época do ano, não? E o seu jardim está lindo." Então, de repente, lhe ocorrera que os anfitriões o encaravam com bastante azedume, e ele se lembrou, com horror, que aquela era a Festa dos Tabernáculos.

Eu ri. Achei engraçado. Bernhard era ótimo contador de histórias. Mas, o tempo inteiro, eu estava consciente de que sentia certa impaciência. Por que ele me trata como uma criança?, pensei. Ele trata todos nós como crianças — os tios, Natalia e eu. Ele nos conta histórias. É simpático, cativante. Mas seus gestos, ao me oferecer uma taça de vinho ou um cigarro, são revestidos de arrogância, da humildade arrogante do Leste. Ele não vai me contar o que de fato pensa ou sente, e me menospreza porque eu não sei. Nunca vai me contar nada sobre si mesmo ou sobre as coisas que mais importam para ele. E, porque não sou como ele, porque sou o oposto disso e ficaria contente em dividir minhas ideias e sensações com quarenta milhões de pessoas se elas se dessem ao trabalho de lê-las, eu meio que admiro Bernhard, mas também meio que não gosto dele.

É raro conversarmos sobre a situação política da Alemanha, mas, uma noite, Bernhard me contou uma história da época da guerra civil. Ele recebera a visita de um amigo estudante que estava participando da luta. O estudante estava muito nervoso e se recusava a sentar. Então confessou a Bernhard que tinha recebido a ordem de levar um recado à sede de um jornal em um prédio cercado pela polícia; para chegar à sede, seria necessário subir e engatinhar por telhados expostos a tiros de metralhadoras. Como era de esperar, ele não estava ansioso para começar. O estudante usava um sobretudo extraordinariamente grosso, que Bernhard o pressionara a tirar, pois o ambiente estava bem aquecido e o rosto dele estava literalmente encharcado de suor. Por fim, depois de muito hesitar, o estudante o tirou, revelando, para o profundo espanto de Bernhard, que o casaco era equipado com bolsos internos cheios de granadas. "E o pior de tudo foi", disse Bernhard, "que ele já tinha tomado a decisão de não correr mais riscos e quis deixar o sobretudo comigo. Ele queria enfiá-lo na banheira e abrir a torneira de água fria. Por fim, consegui convencê-lo de que seria bem melhor sair com ele depois que escurecesse e jogá-lo no canal — e isso ele conseguiu fazer... Agora ele é um dos professores mais ilustres de certa universidade do interior. Tenho certeza de que já se esqueceu dessa fuga meio constrangedora há muito tempo..."

"*Você* já foi comunista, Bernhard?", indaguei.

De imediato — vi em seu semblante — ele ficou na defensiva. Passado um instante, disse, devagar:

"Não, Christopher. Receio que eu sempre tenha sido inerentemente incapaz de atingir o nível de entusiasmo exigido."

De repente fiquei impaciente com ele; bravo, até: "... nunca acreditou em nada?".

Bernhard deu um sorriso fraco perante a minha violência. Talvez achasse graça de ter me provocado daquele jeito.

"Talvez..." Então acrescentou, como se falasse sozinho: "Não... não é bem verdade...".

"No que você *acredita*, então?", o desafiei.

Bernhard ficou um tempo calado, ponderando a questão — seu delicado perfil bicudo impassível, os olhos semicerrados. Por fim, respondeu: "É possível que eu acredite em disciplina".

"Em disciplina?"

"Você não compreende, Christopher? Vou tentar explicar... Acredito em disciplina para mim, não necessariamente para os outros. Para os outros, não posso julgar. Só sei que preciso ter alguns padrões que obedeço, sem os quais fico muito perdido... Parece horrível demais?"

"Não", eu disse, pensando: ele é igual a Natalia.

"Você não deve me julgar com muita severidade, Christopher." O sorriso zombeteiro se espalhava pelo rosto de Bernhard. "Não se esqueça de que sou misturado. Talvez exista, afinal, uma gota de puro sangue prussiano nas minhas veias poluídas. Talvez este dedinho", ele o suspendeu contra a luz, "seja o dedinho de um sargento instrutor prussiano... Você, Christopher, com os séculos de liberdade anglo-saxã que tem nas costas, com a Carta Magna gravada no coração, não é capaz de entender que nós, pobres bárbaros, precisamos do rigor de um uniforme para nos manter de pé."

"Por que você sempre zomba de mim, Bernhard?"

"Zombar de você, meu caro Christopher! Eu não me atreveria!"

Porém, talvez, nessa ocasião ele tivesse me dito um pouco mais do que planejava.

Por muito tempo cogitei fazer o experimento de apresentar Natalia a Sally Bowles. Acho que eu sabia de antemão qual seria o resultado desse encontro. De todo modo, tive o bom senso de não convidar Fritz Wendel.

Íamos nos encontrar em uma cafeteria elegante na Kurfürstendamm. Natalia foi a primeira a chegar. Estava quinze minutos atrasada — provavelmente porque quis ter a vantagem de ser a última a chegar. Mas não contava com Sally: ela não teve coragem de se atrasar de maneira grandiosa. Pobre Natalia! Havia tentado parecer mais adulta — mas como resultado estava meramente démodé. O longo vestido urbano que usava não tinha nada a ver com ela. Na lateral da cabeça, havia plantado um chapeuzinho — uma paródia involuntária da boina de pajem de Sally. Mas seu cabelo era frisado demais para usá-lo: ele navegava as ondas feito um barco meio afundado em um mar revolto.

"Como estou?", ela perguntou imediatamente, sentando-se à minha frente, bastante agitada.

"Você está ótima."

"Me diga, por favor, de verdade, o que ela vai pensar de mim?"

"Ela vai gostar muito de você."

"Como pode dizer uma coisa dessas?" Natalia estava indignada. "Você não sabe!"

"Primeiro você pede minha opinião, depois diz que eu não sei!"

"Imbecil! Eu não peço elogios!"

"Receio que eu não entenda o que é que você *pede*."

"Ah, não?", exclamou Natalia, em tom de desprezo. "Você não entende? Então eu sinto muito. Não tenho como ajudar!"

Nesse momento, Sally chegou.

"Olá, querido", ela bradou, com sua pronúncia mais amorosa, "peço *mil* desculpas pelo atraso — você é capaz de me perdoar?" Ela se sentou graciosamente, nos envolvendo em lufadas de perfume, e começou, com gestos lânguidos e mínimos, a tirar as luvas: "Estive fazendo amor com um produtor judeu que é um velho sórdido. Estou torcendo para que ele me dê um contrato — mas até agora, nada...".

Chutei Sally depressa, por baixo da mesa, e ela se calou com uma expressão ridícula de consternação — mas agora, é claro, era tarde demais. Natalia gelou diante dos nossos olhos. Tudo que eu havia dito e sugerido antes, numa hipotética pré-justificativa para a conduta de Sally, se esvaziou no mesmo instante. Depois de um momento de pausa glacial, Natalia me perguntou se eu tinha visto *Sob os tetos de Paris*. Falou em alemão. Não daria a Sally a oportunidade de rir de seu inglês.

Sally logo se intrometeu, no entanto, sem vergonha nenhuma. *Ela* tinha visto o filme, e o achou maravilhoso, e Préjean era maravilhoso, não era, e a gente se lembra da cena em que o trem passa atrás quando eles estão começando a brigar? O alemão de Sally estava tão pior do que o habitual e fiquei me perguntando se não o exagerava de propósito para, por algum motivo, zombar de Natalia.

Durante o resto do encontro sofri de formigamento mental. Natalia mal falava. Sally tagarelava assassinando o alemão, tentando criar o que ela imaginava ser uma leve conversa genérica, principalmente sobre a indústria cinematográfica inglesa. Mas como todas as anedotas englobavam explicações de que uma pessoa era amante de outra, de que uma bebia e outra usava drogas, elas não tornaram a atmosfera mais agradável. Me peguei ficando cada vez mais irritado com ambas — com Sally pela conversa pornográfica boba e interminável; com Natalia por ser tão pudica. Por fim, depois do que me pareceu uma eternidade, mas foi, na verdade, apenas vinte minutos, Natalia disse que precisava ir embora.

"Nossa, eu também!", bradou Sally, em inglês. "Chris, querido, você me leva até o Eden, não é?"

Do meu jeito covarde, olhei para Natalia, tentando transmitir minha impotência. Isso, eu sabia muitíssimo bem, seria considerado um teste da minha lealdade — e eu já tinha sido reprovado. A expressão de Natalia não demonstrava misericórdia. Seu semblante estava firme. Ela estava muito brava.

"Quando vou ver você?", me arrisquei a perguntar.

"Não sei", respondeu Natalia — e saiu marchando pela Kurfürstendamm como se nunca mais quisesse olhar para nenhum de nós de novo.

Apesar de termos apenas alguns metros para caminhar, Sally insistiu em pegarmos um táxi. Não ficaria bem, explicou, chegar ao Eden a pé.

"A garota não gostou muito de mim, né?", ela comentou enquanto arrancávamos.

"Não, Sally. Não muito."

"Não consigo entender por quê... Me esforcei para ser legal com ela."

"Se é isso que você chama de ser legal...!" Eu ri, apesar da minha exasperação.

"Bom, o que eu deveria ter feito?"

"É mais uma questão do que você *não* deveria ter feito... Você não tem *nenhum* assunto para uma conversa leve além de adultério?"

"As pessoas têm que me aceitar como eu sou", retrucou Sally, suntuosamente.

"Com unhas e tudo?" Eu havia reparado que os olhos de Natalia sempre se voltavam para elas, em uma aversão fascinada.

Sally riu: "Hoje especificamente não pintei as unhas dos pés".
"Ah, poxa, Sally! Sério?"
"Claro que é."
"Mas qual é o propósito? Digo, ninguém...", me corrigi, "quase ninguém vai vê-las..."
Sally me deu seu sorriso mais pretensioso: "Eu sei, querido... Mas fico me sentindo maravilhosamente sensual...".

É a partir desse encontro que dato o declínio de minha relação com Natalia. Não que tenha acontecido alguma briga escancarada entre nós, ou um rompimento definitivo. Na verdade, nos reencontramos só alguns dias depois; mas de imediato percebi uma mudança na temperatura de nossa amizade. Conversamos, como sempre, de artes, música, livros — tomando o cuidado de evitar comentários pessoais. Estávamos andando pelo Tiergarten havia quase uma hora quando Natalia perguntou abruptamente:
"Você gosta muito da srta. Bowles?" Os olhos dela, fixos na alameda coberta de folhas, sorriam com malícia.
"Claro que gosto... Vamos nos casar em breve."
"Imbecil!"
Ficamos alguns minutos marchando em silêncio.
"Você sabe", Natalia disse de repente, com ares de quem faz uma descoberta surpreendente: "que eu não gosto da sua srta. Bowles?"
"Eu sei que não."
Meu tom a aborreceu — conforme eu pretendia: "O que eu penso não é de importância?".
"Nenhuma", sorri, provocando-a.
"Só a sua srta. Bowles, ela é de importância?"
"Ela é de grande importância."

Natalia enrubesceu e mordeu o lábio. Estava ficando brava: "Um dia, você ver que estou certa".

"Vou, sim, sem dúvida."

Caminhamos até a casa de Natalia sem trocar uma palavra sequer. No limiar da porta, entretanto, ela perguntou, como sempre: "Quem sabe você me telefona, um dia...", pausou e proferiu sua alfinetada final: "se a sua srta. Bowles permitir?".

Eu ri: "Ela permitindo ou não, eu telefono para você muito em breve". Antes que eu terminasse de falar, Natalia já havia fechado a porta na minha cara.

Contudo, não cumpri minha promessa. Levei um mês para enfim discar o número de Natalia. Havia tido alguma intenção, inúmeras vezes, mas sempre minha má vontade era mais forte do que meu desejo de a ver outra vez. E quando por fim nos reencontramos, a temperatura havia caído vários graus: parecíamos meros conhecidos. Natalia estava convencida, imagino, de que Sally havia se tornado minha amante, e eu não via por que corrigir seu engano — fazê-lo só nos levaria a uma longa conversa franca para a qual eu simplesmente não tinha disposição. E, ao final de todos os esclarecimentos, era provável que Natalia continuasse tão chocada quanto antes e muito mais enciumada. Eu não alimentava a ilusão de que Natalia um dia tivesse me desejado como amante, mas sem dúvida ela havia começado a se comportar comigo como uma espécie de irmã mais velha mandona, e era justamente esse papel — por mais absurdo que parecesse — que Sally havia roubado dela. Não, era uma pena, mas de modo geral, decidi, as coisas estavam melhores do jeito que estavam. Portanto, entrei na dança das perguntas indiretas e insinuações de Natalia e cheguei a dar algumas pistas de felicidade doméstica: "Quando Sally e eu estávamos tomando o café da manhã, hoje cedo...", ou "Gostou da gravata? Foi a Sally que escolheu...". A pobre Natalia as recebeu com um silêncio melancólico; e, como muitas vezes antes, me senti culpado e grosseiro. Então, mais para o final de fevereiro, liguei para a casa dela e me disseram que ela tinha viajado para o exterior.

Bernhard eu também não via fazia um tempo. Aliás, fiquei muito surpreso ao ouvir a voz dele ao telefone um dia de manhã. Queria saber se eu gostaria de ir com ele aquela noite "para o interior" e pernoitar lá. A ideia me soou muito misteriosa, e Bernhard apenas riu quando tentei arrancar dele aonde iríamos e por quê.

Ele me buscou por volta das oito da noite, em um carrão fechado com chofer. O carro, Bernhard explicou, era da empresa. Tanto ele como o tio o usavam. Era típico, pensei, da simplicidade patriarcal na qual os Landauer viviam que os pais de Natalia não tivessem um carro próprio, e que Bernhard parecesse até disposto a me pedir desculpas pela existência daquele. Era uma simplicidade complicada, a negação da negação. Suas raízes se entrelaçavam profundamente à culpa terrível da posse. Minha nossa, suspirei sozinho, será que um dia vou chegar ao âmago dessa gente, será que um dia vou entendê-los? Só o ato de pensar na psique dos Landauer me dominou, como sempre, com uma sensação de exaustão absoluta, derrotada.

"Está cansado?", Bernhard indagou, solícito, ao meu lado.

"Não, não", me recobrei. "Nem um pouco."

"Você não se importa se passarmos primeiro na casa de um amigo meu? Outra pessoa que virá conosco, entende... Espero que você não se oponha."

"Não, claro que não", falei, muito educado.

"Ele é muito tranquilo. Um velho amigo de família." Bernhard, por algum motivo, parecia estar achando graça. Deu uma leve risadinha consigo.

O carro parou em frente a um casarão na Fasanenstrasse. Bernhard tocou a campainha e foi convidado a entrar: alguns instantes depois, ele ressurgiu, carregando nos braços um skye terrier. Eu ri.

"Você foi educado demais", disse Bernhard, sorrindo. "Mesmo assim, acho que detectei certo mal-estar da sua parte... Estou correto?"

"Pode ser..."

"Quem será que você estava esperando? Um velho cavalheiro enfadonho, talvez?" Bernhard fez afagos no terrier. "Mas receio, Christopher, que você seja bem-criado demais para confessar isso a mim agora."

O carro desacelerou e parou diante da cabine de pedágio da rodovia Avus.

"Para onde nós vamos?", perguntei. "Gostaria que você me dissesse!"

Bernhard deu seu suave e efusivo sorriso oriental: "Sou muito misterioso, não sou?".

"Muito."

"Deve ser uma experiência incrível para você estar viajando à noite sem saber aonde vai. Se eu disser que estamos a caminho de Paris, de Madri ou de Moscou, o mistério acabaria e você perderia metade do prazer... Sabia, Christopher, que na verdade eu invejo você por não saber para onde vamos?"

"Essa é uma maneira de enxergar a situação, sem dúvida... Mas, de qualquer forma, eu já sei que não vamos a Moscou. Estamos indo na direção contrária."

Bernhard riu: "Às vezes você é muito inglês, Christopher. Você se dá conta disso?".

"Você traz meu lado inglês à tona, acho", respondi e imediatamente me senti meio incomodado, como se o comentário fosse de algum modo ofensivo. Bernhard parecia estar ciente do meu pensamento.

"Devo entender seu comentário como elogio ou como crítica?"

"Como elogio, é claro."

O carro deu uma volta na escura Avus e adentrou a imensa treva do interior no inverno. Placas refletoras gigantescas cintilavam por um instante à luz dos faróis, apagadas como fósforos queimados. Berlim já era um brilho avermelhado no céu às nossas costas, minguando rapidamente atrás de uma floresta de pinheiros convergente. A faixa de luz da Funkturm girava seu raiozinho através da noite. A estrada escura e reta se precipitava aos roncos para nos encontrar, como se tomasse o rumo de sua destruição. Na escuridão acolchoada do carro, Bernhard afagava o cachorro irrequieto que estava em seus joelhos.

"Está bem, eu conto... Vamos a uma casa no litoral do Wannsee que era do meu pai. O que vocês na Inglaterra chamam de chalé no campo."

"Um chalé? Ótimo..."

Meu tom divertiu Bernhard. Percebi por sua voz que ele estava sorrindo:

"Espero que você não ache desconfortável."

"Tenho certeza de que vou adorar."

"Ele pode parecer meio primitivo, à primeira vista..." Bernhard riu sozinho: "Ainda assim, é uma diversão...".

"Deve ser..."

Imagino que eu estivesse esperando vagamente um hotel, luzes, música, comida de ótima qualidade. Contrariado, ponderei que só um sujeito urbano, rico, um hedonista excessivamente civilizado descreveria passar a noite acampado em um chalé apertado e úmido no interior, no meio do inverno, como "diversão". E como era típico que me levasse ao chalé em um carro de luxo! Onde o chofer dormiria? Provavelmente no melhor hotel de Potsdam... Ao passarmos pelas luzes da cabine de pedágio, no final da Avus, vi que Bernhard ainda sorria consigo.

O carro virou à direita, morro abaixo, por uma estrada em meio às silhuetas de árvores. Tinha a sensação de que o lago estava próximo, invisível atrás da floresta à nossa esquerda. Eu não tinha me dado conta de que a rodovia havia terminado em um portão e uma estradinha particular: estacionamos na porta de um casarão.

"Onde estamos?", perguntei a Bernhard, imaginando, confuso, que ele tivesse algo mais a buscar — outro terrier, talvez. Bernhard riu, alegre:

"Chegamos ao nosso destino, meu caro Christopher! Pode descer!"

Um criado de paletó listrado abriu a porta. O cachorro pulou para fora, e Bernhard e eu também saltamos. Com a mão no meu ombro, ele me conduziu pela sala e escada acima. Eu estava atento ao tapete magnífico e às gravuras emolduradas. Ele abriu a porta de um quarto luxuoso rosa e branco, com um delicioso edredom acolchoado de seda na cama. Havia ainda um banheiro, brilhando com suas pratas lustradas e toalhas brancas felpudas.

Bernhard sorriu:

"Pobre Christopher! Receio que você esteja decepcionado com nosso chalé. É grande demais para você, pomposo demais? Você estava ansiando pelo prazer de dormir no chão — no meio dos besouros?"

A atmosfera dessa piada nos envolveu ao longo do jantar. À medida que o criado nos trazia cada um dos pratos em travessas de prata, Bernhard me olhava e dava um sorriso depreciativo. A sala de jantar tinha um estilo barroco moderado, elegante, sem muita cor. Perguntei quando o casarão havia sido construído.

"Meu pai construiu esta casa em 1904. Queria que fosse tão parecida quanto possível a uma casa inglesa — por causa da minha mãe..."

Após o jantar, caminhamos pelo jardim na escuridão. Um vento forte soprava em meio às árvores, vindo da água. Segui Bernhard, tropeçando no terrier, que não parava de correr entre as minhas pernas, por lances de degraus de pedra até um embarcadouro. O lago escuro estava cheio de ondas, e além dele, na direção de Potsdam, um pontilhado de luzes dançantes formava caudas de cometa na água preta. No parapeito, um cano de gás desmontado chocalhava ao vento e, abaixo de nós, as ondas quebravam, sinistramente suaves e molhadas, na rocha invisível.

"Quando eu era menino, descia esta escada nas noites de inverno e ficava aqui por horas a fio...", Bernhard começou a contar. Sua voz estava tão baixa que eu mal o ouvia; seu rosto estava virado para o outro lado, no escuro, olhando para o lago. Quando vinha uma lufada mais forte, suas palavras me chegavam com mais clareza — como se o próprio vento falasse: "Isso foi durante a Guerra. Meu irmão mais velho tinha sido morto bem no início da Guerra... Depois, certos rivais do meu pai nos negócios começaram a fazer propaganda contra ele, porque a mulher dele era inglesa, assim ninguém viria nos visitar, e havia boatos de que nós éramos espiões. Por fim, nem os comerciantes da região queriam visitar a nossa casa... Era tudo bastante ridículo, e ao mesmo tempo bastante terrível, que seres humanos pudessem ter tanta maldade...".

Eu tremi um pouco, olhando para o lago. Fazia frio. A voz macia, ponderada de Bernhard continuou no meu ouvido:

"Eu ficava parado aqui naquelas noites de inverno e fingia que era o último ser humano que restava no mundo... Era um menino esquisito, acho... Nunca me dei bem com os outros meninos, embora quisesse muito ser popular e ter amigos. Talvez meu erro tenha sido este — eu era muito ávido em ser simpático. Os meninos percebiam e por isso eram cruéis comigo. Objetivamente entendo... talvez eu mesmo fosse capaz de ser cruel, se as circunstâncias fossem outras. É difícil saber... Mas, sendo como era, a escola foi uma espécie de tortura chinesa... Então você pode entender porque eu gostava de vir aqui no lago à noite e ficar sozinho. E ainda tinha a Guerra... Na época, eu acreditava que a Guerra duraria dez, quinze ou até vinte anos. Sabia que em breve seria convocado. O curioso é que não me lembro de ter sentido medo. Aceitava. Me parecia bastante natural que todos nós tivéssemos que morrer. Suponho que essa fosse a mentalidade geral na época da guerra. Mas acho que, no meu caso, havia também algo tipicamente semita na minha atitude... É bem complicado ser imparcial ao falar dessas coisas. Às vezes não se está disposto a confessar certas coisas a si mesmo porque são desagradáveis para a autoestima..."

Nós nos viramos devagar e começamos a subir a ladeira que levava do lago ao jardim. Vez por outra, eu ouvia o terrier arfar, caçando na escuridão. A voz de Bernhard prosseguiu, hesitante, escolhendo as palavras:

"Depois que meu irmão foi morto, minha mãe mal saía desta casa e dos jardins. Acho que ela tentou esquecer que existia uma terra como a Alemanha. Ela passou a estudar hebraico e a concentrar toda sua mente na literatura e na história judaica antiga. Imagino que seja bastante sintomático de uma etapa moderna do desenvolvimento judaico — dar as costas para a cultura europeia e as tradições europeias. Percebo isso, às vezes, em mim mesmo... Lembro da minha mãe andando pela casa feito uma sonâmbula. Ela se ressentia de qualquer momento que não gastasse nos estudos, e foi terrível porque, ao mesmo tempo, estava morrendo de câncer... Assim que descobriu qual era seu problema, ela se recusou a ir ao médico. Tinha medo de operação... Por fim, quando a dor ficou muito forte, ela se matou..."

Ao chegarmos à casa, Bernhard abriu a porta de vidro e atravessamos um pequeno jardim de inverno rumo a uma grande sala de estar repleta das sombras saltitantes do fogo que ardia em uma lareira aberta à moda inglesa. Bernhard acendeu algumas luzes, tornando o ambiente ofuscante de tão iluminado.

"Precisamos de todas essas luzes?", indaguei. "Acho a lareira muito mais agradável."

"Acha?" Bernhard deu um sorriso sutil. "Eu também... Mas imaginei, não sei por quê, que você preferiria as luzes."

"Por que cargas-d'água eu preferiria?" Desconfiei do tom dele na mesma hora.

"Não sei. É só parte da ideia que faço da sua personalidade. Que bobo que sou!"

A voz de Bernhard era zombeteira. Não respondi. Ele se levantou e apagou todas as luzes, menos a de um abajur pequeno que ficava na mesinha ao meu lado. Fez-se um longo silêncio.

"Você gostaria de ouvir rádio?"

Dessa vez o tom dele me fez sorrir: "Você não precisa fazer sala para mim, sabe! Eu já estou muito feliz sentado aqui, perto do fogo".

"Se você está feliz, fico contente... Foi uma bobagem minha — tive a impressão oposta."

"Como assim?"

"Tive receio, talvez, de que você estivesse entediado."

"Claro que não! Que bobagem!"

"Você é muito educado, Christopher. Você é sempre muito educado. Mas eu percebo claramente o que você está pensando..." Eu nunca tinha ouvido a voz de Bernhard soar daquele jeito; estava bastante hostil: "Você está se perguntando por que eu o trouxe a esta casa. Acima de tudo, está se perguntando por que eu contei o que acabei de contar".

"Fico contente que você tenha me contado..."

"Não, Christopher. Não é verdade. Você ficou um pouco chocado. Você acha que não se deve falar dessas coisas. Causa repugnância ao seu treinamento de escola pública inglesa — esse sentimentalismo judaico. Você gosta de acreditar que é um homem do mundo e que nenhuma forma de fraqueza o enoja, mas seu treinamento é forte demais para você. Você acha que as pessoas não devem falar com as outras desse jeito. Não fica bem."

"Bernhard, você está sendo irracional!"

"Estou? Talvez... Mas acho que não. Deixa para lá... Já que você quer saber, vou tentar explicar por que eu o trouxe aqui... Eu queria fazer uma experiência."

"Uma experiência? Comigo, você quer dizer?"

"Não. Uma experiência comigo mesmo. Isto é... Há dez anos não falo de intimidades, como falei com você esta noite, com nenhum ser humano... Será que você consegue se colocar no meu lugar, imaginar o que isso significa? E esta noite... Talvez, no fim, seja impossível explicar... Vou tentar de outra forma. Eu trago você aqui, a esta casa, que você não associa a nada. Você não tem razão para se sentir oprimido pelo passado. Então conto a minha história... Será possível que, desse jeito, a pessoa consiga deixar fantasmas... Eu me expresso muito mal. Soa absurdo o que eu digo?"

"Não. Nem um pouco... Mas por que você me escolheu para a sua experiência?"

"Sua voz ficou muito dura quando falou isso, Christopher. Você está pensando que me despreza."

"Não, Bernhard. Estou pensando que *você* deve me desprezar... Eu me pergunto com frequência por que você quer alguma coisa comigo. Às vezes tenho a sensação de que na verdade você não gosta de mim, e que diz e faz coisas para demonstrar isso — e no entanto, de certo modo, suponho que você não faça isso, ou não continuaria me pedindo para ir vê-lo... Mesmo assim, estou ficando cansado do que você chama de experiências. A de hoje não foi a primeira, de jeito nenhum. As experiências fracassam e aí você fica bravo comigo. Devo dizer que acho isso muito injusto... Mas o que não consigo suportar é que você demonstra seu ressentimento adotando uma atitude de humildade fingida... Na verdade, você é a pessoa menos humilde que já conheci na vida."

Bernhard ficou quieto. Havia acendido um cigarro, e expirava a fumaça aos poucos pelas narinas. Por fim, disse:

"Me pergunto se você tem razão... Acho que não totalmente. Mas em certa medida... Sim, tem algumas características suas que me atraem e que invejo muito, e todavia são essas características que provocam meu antagonismo... Talvez seja apenas porque sou um pouco inglês, e você representa para mim um aspecto da minha própria personalidade... Não, também não é verdade... E não é tão simples quanto eu gostaria que fosse... infelizmente", Bernhard passou a mão, com um gesto cômico e cansado, na testa e nos olhos, "acho que sou uma peça desnecessariamente complicada do mecanismo."

Ficamos em silêncio por um instante. Então ele acrescentou:

"Mas isso tudo é uma conversa idiota e narcisista. Me perdoe. Não tenho o direito de falar com você dessa forma."

Ele ficou de pé, foi até o outro lado da sala e ligou o rádio. Ao se levantar, pousou a mão no meu ombro por um instante. Seguido pelos primeiros traços melódicos da canção, ele voltou para a cadeira diante do fogo, sorridente. Seu sorriso era suave, mas curiosamente hostil. Tinha a hostilidade de algo antigo. Pensei em uma das estatuetas orientais em seu apartamento.

"Esta noite", ele deu um sorriso gentil, "estão transmitindo o último ato de *Die Meistersinger*."

"Muito interessante", falei.

Meia hora depois, Bernhard me levou à porta do meu quarto, a mão no meu ombro, ainda sorrindo. Na manhã seguinte, durante o café, ele parecia cansado, mas estava alegre e divertido. Não fez nenhuma referência à nossa conversa da noite anterior.
Voltamos a Berlim e ele me deixou na esquina da Nollendorfplatz.
"Me telefone logo", eu disse.
"Claro. No começo da semana que vem."
"E muito obrigado."
"Obrigado por ter vindo, meu caro Christopher."

Passei quase seis meses sem vê-lo.
Um domingo, no começo de agosto, um referendo foi feito para decidir o destino do governo Brüning. Eu estava de volta à casa de Fräulein Schroeder, deitado na cama apesar do belo clima quente, xingando meu dedo do pé: eu o havia cortado em uma lata ao tomar meu último banho de mar em Rügen, e agora, de repente, ele estava infeccionado e cheio de pus. Fiquei muito contente quando Bernhard me deu um telefonema inesperado.
"Lembra de um chalé às margens do Wannsee? Lembra? Eu queria saber se você gostaria de passar umas horas lá, esta tarde... Sim, a sua senhoria já me contou do seu azar. Lamento... Posso mandar o carro buscar você. Acho que vai ser bom fugir um pouco desta cidade. Você pode fazer o que quiser lá — ficar quieto e descansar. Ninguém vai se intrometer na sua liberdade."
Pouco após o almoço, o carro chegou para me pegar. Fazia

uma tarde gloriosa, e, durante o percurso, eu bendizia Bernhard por sua gentileza. Mas quando chegamos ao casarão, tomei um susto horrível: o gramado estava apinhado de gente.

Fiquei muito irritado. Foi um truque sujo, pensei. Ali estava eu, com minhas roupas mais velhas, de pé enfaixado e bengala, induzido a me meter em uma festa de primeira ao ar livre! E ali estava Bernhard, de calça de flanela e suéter juvenil. Era impressionante como parecia jovem. Saltitando ao meu encontro, ele pulou o gradil baixo:

"Christopher! Até que enfim você chegou! Sinta-se em casa!"

Apesar dos meus protestos, ele tirou meu casaco e meu chapéu à força. Quis a má sorte que eu estivesse usando suspensórios. A maioria dos outros convidados usava as elegantes calças de flanela que estavam na moda na Riviera. Com um sorriso azedo, adotando instintivamente a armadura da excentricidade amuada que me protege nessas ocasiões, avancei mancando na direção das pessoas. Vários casais dançavam ao som de um gramofone portátil; dois rapazes faziam uma guerra de travesseiros com as almofadas, sob a torcida das respectivas mulheres; muitos dos convidados estavam deitados em tapetes, batendo papo no gramado. Era tudo muito informal, e os criados e chofères estavam em um canto, discretos, observando as palhaçadas, feito babás de crianças nobres.

O que estavam fazendo ali? Por que Bernhard os chamara? Seria essa outra tentativa, mais elaborada, de exorcizar seus fantasmas? Não, concluí: era mais provável que fosse apenas uma festa obrigatória, dada uma vez por ano, a todos os parentes, amigos e dependentes da família. E o meu era só mais um nome a ser riscado, bem no final da lista. Bem, seria bobagem ser indelicado. Já estava ali. Trataria de me divertir.

Então, para minha enorme surpresa, vi Natalia. Usava um

vestido amarelo-claro, com manguinhas bufantes, e levava na mão um chapelão de palha. Estava tão linda que quase não a reconheci. Ela veio me receber com alegria:

"Ah, Christopher! Sabe, estou tão contente!"

"Onde você andou esse tempo todo?"

"Em Paris... Você não sabia? De verdade? Eu espero sempre uma carta sua — e não tem nada!"

"Mas, Natalia, você nunca me mandou seu endereço."

"Ah, mandei *sim*!"

"Bom, nesse caso, eu nunca recebi a carta... Eu também viajei, sabe?"

"Então? Você viajou? Então eu sinto muito... Não tenho como ajudar!"

Nós rimos. A risada de Natalia tinha mudado, assim como tudo a seu respeito. Não era mais a risada da estudante rigorosa que me mandara ler Jacobsen e Goethe. E havia um sorriso sonhador, encantado em seu rosto — como se, pensei, ela estivesse escutando, o tempo inteiro, uma canção vivaz, agradável. Apesar de seu óbvio prazer em me rever, ela parecia estar pouco atenta à nossa conversa.

"E o que você está fazendo em Paris? Estudando arte, como queria?"

"Mas é claro!"

"Você está gostando?"

"Maravilhoso!" Natalia assentiu vigorosamente. Seus olhos brilhavam. Mas aquela palavra parecia destinada a descrever outra coisa.

"Sua mãe está com você?"

"Sim. Sim..."

"Vocês têm um apartamento juntas?"

"Sim..." De novo ela assentiu. "Um apartamento... Ah, é maravilhoso!"

"E você vai voltar para lá logo?"

"Ora, sim... É claro! Amanhã!" Ela parecia muito surpresa com essa pergunta — surpresa pelo fato de que o mundo inteiro ainda não soubesse... Eu conhecia tão bem aquela sensação! Agora eu tinha certeza: Natalia estava apaixonada.

Conversamos por mais alguns minutos — Natalia sempre sorridente, sempre ouvindo com um ar sonhador, mas não a mim. Então, de repente, ela estava com pressa. Estava atrasada, disse. Tinha que arrumar as malas. Tinha que ir agora mesmo. Apertou minha mão, e a vi correr alegremente pelo gramado rumo ao carro que a aguardava. Havia se esquecido até mesmo de pedir que eu escrevesse e de me dar seu endereço. Quando lhe acenei em despedida, meu dedo infeccionado me deu uma alfinetada de inveja.

Mais tarde, os membros mais novos da festa se banharam, chapinhando na água suja do lago ao pé da escada de pedras. Bernhard também se banhou. Tinha um corpo branco, estranhamente inocente, como o de um bebê, com a barriga redonda, ligeiramente protuberante, de um bebê. Ele ria e lançava esguichos e berrava mais alto que qualquer outra pessoa. Quando nossos olhares se cruzaram, ele fez mais barulho ainda — seria, imaginei, com certa provocação? Será que ele pensava, assim como eu, no que tinha me contado, naquele mesmo lugar, seis meses antes? "Venha também, Christopher!", ele gritou. "Vai fazer bem para o seu pé!" Quando, por fim, todos saíram da água e estavam se enxugando, ele e alguns outros rapazes brincaram de pega-pega, aos risos, entre as árvores do jardim.

Porém, apesar de todas as travessuras de Bernhard, a festa não "pegou". Dividiu-se em grupos e rodinhas; e, mesmo no auge da diversão, pelo menos um quarto dos convidados discutia política em voz baixa, séria. Aliás, era tão evidente que muitos deles tinham comparecido à casa de Bernhard apenas para se encontrar e debater assuntos pessoais que mal se davam ao trabalho de fingir participar da socialização. Poderiam muito bem estar em seus escritórios, ou em casa.

Depois que escureceu, uma garota começou a cantar. Cantava em russo e, como sempre, a música parecia triste. Os criados trouxeram copos e uma tigela enorme de ponche. Esfriava no quintal. Havia milhões de estrelas. Ao longe, na imensidão calma e cheia do lago, os últimos barcos a vela pareciam fantasmas e iam para lá e para cá com a leve e vaga brisa da noite. O gramofone tocava. Me recostei nas almofadas, escutando um cirurgião judeu argumentar que a França era incapaz de entender a Alemanha porque os franceses não tinham passado por nada comparável à neurose da vida pós-guerra do povo alemão. Uma garota riu de repente, estridente, no meio de uma rodinha de rapazes. Lá na cidade, os votos eram contados. Pensei em Natalia: tinha escapado — bem a tempo, talvez. Por mais que se adiasse a decisão, todas aquelas pessoas estavam basicamente condenadas. Aquela noite era o ensaio final de um desastre. Era como a última noite de uma época.

Às dez e meia, a festa começou a terminar. Todos nós ficamos pela sala ou perto da porta enquanto alguém telefonava para Berlim para obter notícias. Alguns instantes de espera sussurrada e o rosto sombrio que escutava ao telefone relaxou, abrindo um sorriso. O governo estava a salvo, ele nos informou. Vários convidados comemoraram, meio irônicos, mas aliviados. Me virei e vi que Bernhard estava ao meu lado: "Mais uma vez, o capitalismo foi salvo". Ele sorria sutilmente.

Ele havia providenciado para que me levassem para casa na traseira de um carro que ia para Berlim. Quando chegamos à Tauentzienstrasse, vendiam jornais com a notícia do tiroteio na Bülowplatz. Pensei nos convidados da festa deitados no gramado à beira do lago, tomando ponche ao som do gramofone; e naquele policial, revólver na mão, tropeçando com uma ferida fatal nos degraus do cinema para cair morto aos pés de uma figura de papelão que anunciava um filme cômico.

Outro intervalo — de oito meses, dessa vez. E ali estava eu, tocando a campainha do apartamento de Bernhard. Sim, ele estava lá.

"Que grande honra, Christopher. E, infelizmente, raríssima."

"Sim, me desculpe. Volta e meia pensei em fazer uma visita... Não sei por que não fiz..."

"Você esteve em Berlim esse tempo todo? Sabe, eu telefonei para a casa de Fräulein Schroeder duas vezes, e uma voz estranha atendeu e disse que você tinha ido para a Inglaterra."

"Foi o que eu disse à Frl. Schroeder. Não queria que ela soubesse que eu continuava aqui."

"Ah, é sério? Vocês brigaram?"

"Pelo contrário. Eu disse que ia para a Inglaterra porque, se não fizesse isso, ela teria insistido em me sustentar. Fiquei meio sem dinheiro... Agora está tudo ótimo de novo", acrescentei depressa, vendo a expressão preocupada no rosto de Bernhard.

"Tem certeza? Fico muito contente... Mas o que você andou fazendo esse tempo todo?"

"Morando com uma família de cinco em um sótão de dois cômodos no Hallesches Tor."

Bernhard sorriu: "Meu Deus, Christopher — que vida mais romântica você tem!".

"Que bom que você chama esse tipo de coisa de romântica. Eu não!"

Nós dois rimos.

"De qualquer forma", disse Bernhard, "parece que lhe fez bem. Você está exalando saúde."

Não pude retribuir o elogio. Percebi que nunca tinha visto Bernhard com aparência tão doente. O rosto estava pálido e cansado; a exaustão não o abandonava nem quando ele sorria. Tinha meias-luas profundas, amareladas, sob os olhos. O cabelo parecia mais ralo. Aparentava ter ganhado dez anos.

"E como você tem estado?", perguntei.

"Minha existência, em comparação com a sua, é de uma monotonia triste, receio... No entanto, há certas distrações tragicômicas."

"Que tipo de distrações?"

"Esta, por exemplo..." Bernhard foi até a escrivaninha, pegou uma folha de papel e a entregou a mim: "Chegou pelos correios hoje cedo".

Li as palavras datilografadas:

"Bernhard Landauer, fique atento. Vamos ajustar as contas com você e com o seu tio e com todos os outros judeus imundos. Vocês têm vinte e quatro horas para sair da Alemanha. Caso contrário, serão mortos."

Bernhard riu: "Que sede de sangue, não é?".

"Incrível... Quem você acha que mandou?"

"Um funcionário que tenha sido mandado embora, talvez. Ou alguém que gosta de pregar peças. Ou um louco. Ou um estudante nazista de cabeça quente."

"O que você vai fazer?"

"Nada."

"Vai informar a polícia, é claro?"

"Meu caro Christopher, logo a polícia vai ficar cansada de

ouvir essas bobagens. Recebemos três ou quatro cartas desse tipo por semana."

"Mesmo assim, pode ser que esta seja para valer... Os nazistas podem até escrever como estudantes, mas são capazes de tudo. É justamente por isso que são tão perigosos. As pessoas riem deles até o último instante..."

Bernhard deu seu sorriso cansado: "Agradeço muito sua preocupação pelo meu bem-estar. Ainda assim, não a mereço de jeito nenhum... Minha existência não tem uma relevância tão vital assim para mim ou para os outros a ponto de que as forças da lei sejam chamadas para me proteger... Quanto ao meu tio, ele agora está em Varsóvia."

Percebi que ele queria mudar de assunto:
"Você tem notícias de Natalia e de Frau Landauer?"

"Ah, sim, tenho! Natalia se casou. Você não sabia? Com um jovem médico francês... Ouvi dizer que estão muito felizes."

"Fico contente!"

"Sim... É ótimo pensar que os nossos amigos estão felizes, não é?" Bernhard foi até a lata de lixo e jogou a carta lá dentro: "Sobretudo em outro país...". Ele sorriu, com delicadeza e tristeza.

"E o que você acha que vai acontecer com a Alemanha agora?", indaguei. "Vai haver um golpe nazista ou uma revolução comunista?"

Bernhard riu: "Estou vendo que você não perdeu nem um pingo do seu entusiasmo! Eu só queria que essa questão me parecesse tão importante quanto é para você...".

"Vai parecer bastante importante, uma bela manhã dessas!" — a réplica veio até os meus lábios: agora fico contente por não a ter enunciado. Preferi perguntar: "Por que você queria isso?".

"Porque seria um sinal de algo mais sadio na minha própria personalidade... É correto, hoje em dia, que as pessoas se interessem por essas coisas, eu reconheço isso. É uma atitude sã. É saudável... E porque isso tudo me parece meio surreal, meio — por favor, não se ofenda, Christopher — banal, sei que estou perdendo o contato com a existência. É ruim, claro... É preciso preservar o senso de proporção... Sabe, tem horas que fico aqui, sentado sozinho, à noite, entre esses livros e essas estatuetas de pedra, e me vem uma sensação tão esquisita de irrealidade, como se minha vida inteira fosse isso. Sim, é verdade, às vezes tenho dúvidas se a nossa firma — aquele prédio imenso, abarrotado de cima a baixo de todo nosso acúmulo de bens — realmente existe, fora da minha imaginação... Também já tive uma sensação desagradável, daquelas que as pessoas têm quando sonham, de que eu mesmo não existo. É muito mórbido, muito descompensado, sem dúvida... Vou lhe fazer uma confissão, Christopher... Teve uma noite em que estava tão perturbado com essa alucinação da inexistência da Landauers que peguei o telefone e tive uma longa conversa com um dos vigias noturnos, dando uma desculpa boba para tê-lo incomodado. Só para me certificar, entende? Você não acha que estou ficando louco?"

"Não acho nada disso... Poderia ter acontecido com qualquer pessoa que estivesse trabalhando demais."

"Você me recomenda tirar férias? Um mês na Itália, bem no comecinho da primavera? Sim... Me lembro da época em que um mês de sol italiano resolvia todos os meus problemas. Mas agora, infelizmente, essa droga perdeu a força. Veja só que paradoxo! A Landauers já não é mais real para mim, mas sou escravo dela mais do que nunca! Veja só o castigo por uma vida de materialismo sórdido. Se eu não for forçado a trabalhar sem parar, fico totalmente infeliz... Ah, Christopher, você está avisado do meu destino!"

Ele sorriu, falou com leveza, meio que brincando. Eu não quis continuar aquele assunto.

"Sabe", eu disse, "eu vou *mesmo* para a Inglaterra, agora. Viajo daqui a uns três ou quatro dias."
"Que pena. Quanto tempo você acha que vai ficar?"
"Provavelmente o verão inteiro."
"Se cansou de Berlim, afinal?"
"Não, não... Minha sensação é mais de que Berlim se cansou de mim."
"Então você volta?"
"Sim, espero que sim."
"Acredito que você sempre vai voltar a Berlim, Christopher. Este parece ser o seu lugar."
"Talvez seja mesmo, de certo modo."
"É estranho como as pessoas parecem pertencer a certos lugares — principalmente a lugares onde não nasceram... Na primeira vez que fui à China, tive a sensação de estar em casa pela primeira vez na vida... Talvez, quando eu morrer, minha alma vá voando para Pequim."
"Seria melhor você deixar que um trem leve seu corpo voando até lá o mais rápido possível!"
Bernhard riu: "Muito bem... Vou seguir seu conselho! Mas sob duas condições — primeiro, que você vá comigo; segundo, que a gente vá embora de Berlim esta noite".
"Você está falando sério?"
"Claro que é sério."
"Que pena! Eu bem que gostaria de ir... Infelizmente, cento e cinquenta marcos é tudo que eu tenho na vida."
"É claro que você seria meu convidado."
"Ah, Bernhard, que maravilha! A gente passaria uns dias em Varsóvia, para conseguir os vistos. Depois iríamos a Moscou, pegaríamos o transiberiano..."
"Então você vem?"
"É claro!"

"Hoje à noite?"

Fingi cogitar a possibilidade: "Acho que hoje à noite eu não posso... Tenho que pegar minhas roupas na lavanderia primeiro... Que tal amanhã?".

"Amanhã é tarde demais."

"Que pena!"

"É mesmo, não é?"

Nós dois rimos. Bernhard parecia ter achado essa piada particularmente divertida. Havia até um exagero na gargalhada dele, como se a situação tivesse uma dimensão extra de humor que eu não compreendia. Ainda estávamos rindo quando me despedi.

Talvez eu seja lento para piadas. De qualquer forma, levei quase dezoito meses para entender o sentido dessa — para reconhecê-la como a derradeira experiência de Bernhard, a mais audaciosa e mais cínica, com nós dois. Pois agora tenho certeza — tenho absoluta convicção — de que sua proposta era completamente séria.

Quando voltei a Berlim, no outono de 1932, telefonei para Bernhard conforme o esperado, e me disseram que ele estava em Hamburgo a negócios. Agora me culpo — as pessoas sempre se culpam mais tarde — por não ter sido mais persistente. Mas eu tinha tanto o que fazer, tantos alunos, tantas outras pessoas para ver; as semanas viraram meses; chegou o Natal — mandei um cartão a Bernhard, mas não tive resposta; estava viajando de novo, era o mais provável; e então o Ano-Novo começou.

Veio Hitler, o incêndio do Reichstag e as eleições fajutas. Me perguntava o que estaria acontecendo com Bernhard. Liguei três vezes para ele — de cabines telefônicas, para não deixar Fräulein Schroeder em apuros: nunca tive nenhuma resposta. Então, uma noite no começo de abril, fui à casa dele. O porteiro pôs a cabeça para fora da janelinha, mais desconfiado do que nunca: a princípio, ele parecia estar disposto até mesmo a negar que conhecia algum Bernhard. Então explodiu: "Herr Landauer foi embora... foi para longe".

"Quer dizer que ele se mudou daqui?", indaguei. "Você poderia me passar o endereço novo?"

"Ele foi embora", o porteiro repetiu, e fechou a janelinha com um baque.

Deixei por isso mesmo — concluindo, logicamente, que Bernhard estava a salvo em algum país estrangeiro.

Na manhã do boicote a empresas judaicas, saí para caminhar e dar uma olhada na Landauers. As coisas pareciam estar como sempre, à primeira vista. Dois ou três garotos com uniforme das SA estavam parados em cada uma das entradas principais. Sempre que um cliente se aproximava, um deles dizia: "Lembre-se que esta empresa é de judeus!". Os garotos eram muito educados, sorriam, faziam piadas entre si. Pequenos grupos de pedestres se juntavam para assistir à situação — interessados, satisfeitos ou apenas apáticos; ainda incertos se deviam ou não apoiar. Não havia nada da atmosfera sobre a qual leríamos depois, das cidadezinhas provincianas, onde clientes eram execrados à força com um carimbo de borracha na testa e nas bochechas. Muitas pessoas entraram no prédio. Eu mesmo entrei, comprei a primeira coisa que vi — por acaso foi um ralador de noz-moscada — e saí sem pressa, girando minha sacolinha. Um dos garotos à porta piscou e disse algo a seu companheiro. Me lembrei de tê-lo visto uma ou duas vezes no Alexander Casino, na época em que eu morava com os Nowak.

Em maio, fui embora de Berlim pela última vez. Minha primeira parada foi em Praga — e foi lá, uma noite, sentado sozinho em um restaurante abaixo do nível da rua, que ouvi, indiretamente, as últimas notícias que tive da família Landauer.

Dois homens estavam na mesa ao lado, falando alemão. Um deles com certeza era austríaco; o outro, não consegui identificar — era gordo e lustroso, tinha uns quarenta e cinco anos e poderia muito bem ser dono de uma pequena empresa em qualquer capital europeia, de Belgrado a Estocolmo. Ambos eram sem dúvida prósperos, tecnicamente arianos, e politicamente neutros. O gordo me deixou assustado e em alerta quando disse:

"Conhece os Landauer? Os Landauer de Berlim?"

O austríaco fez que sim: "Claro que sim... Fiz muitos negócios com eles, uma época... Que belo prédio eles têm lá. Deve ter custado um bocado...".

"Viu os jornais, hoje de manhã?"

"Não. Não tive tempo... De mudança para o apartamento novo, sabe como é. A esposa está voltando."

"Ela está voltando? Não diga! Ela estava em Viena, não é?"

"Isso mesmo."

"Ela aproveitou?"

"Bastante! Foi uma bela despesa, de todo modo."

"Viena anda muito cara, hoje em dia."

"É verdade."

"A comida é cara."

"É cara em todos os lugares."

"Acho que você tem razão." O gordo começou a palitar os dentes: "Do que eu estava falando?".

"Você estava falando dos Landauer."

"É mesmo... Você não leu os jornais hoje de manhã?"

"Não, não li."

"Tinha uma nota sobre Bernhard Landauer."

"Bernhard?", disse o austríaco. "Vejamos — ele é o filho, não?"

"Não sei dizer..." O gordo desprendeu um pedacinho de carne com a ponta do palito. Segurando-o contra a luz, ele o observou, pensativo.

"Acho que ele é o filho...", falou o austríaco. "Talvez seja o sobrinho... Não, acho que ele é o filho."

"Seja quem for", o gordo largou o pedaço de carne no prato com um gesto de desagrado: "Ele morreu".

"Não diga!"

"Parada cardíaca." O gordo franziu a testa e levantou a mão para disfarçar um arroto. Usava três anéis de ouro: "Foi o que os jornais disseram".

"Parada cardíaca!" O austríaco se remexeu na cadeira, inquieto: "Não diga!".

"Muitas paradas cardíacas", comentou o gordo, "na Alemanha hoje em dia."

O austríaco fez que sim: "Não dá para acreditar em tudo o que a gente ouve. Essa é a verdade".

"Quer saber", disse o gordo, "o coração de qualquer um está sujeito a parar se levar um tiro."

O austríaco pareceu bastante incomodado: "Aqueles nazistas...", começou.

"Eles não estão de brincadeira." O gordo parecia gostar de fazer o amigo ter calafrios. "Anote o que estou dizendo: eles vão acabar com os judeus da Alemanha. Acabar."

O austríaco balançou a cabeça: "Não gosto disso".

"Campos de concentração", disse o gordo, acendendo um charuto. "Levam eles para lá, fazem com que assinem coisas... Depois o coração deles para."

"Não gosto disso", disse o austríaco. "É ruim para os negócios."

"Sim", o gordo concordou. "É ruim para os negócios."

"Deixa tudo muito instável."

"É mesmo. Você nunca sabe com quem está fazendo negócios." O gordo riu. À sua própria maneira, ele era bastante macabro: "Pode ser um cadáver".

O austríaco estremeceu um pouco: "E o velho, o velho Landauer? Também o pegaram?".

"Não, ele está bem. É esperto demais para eles. Está em Paris."

"Não diga!"

"Imagino que os nazistas vão confiscar os negócios. Já estão fazendo isso."

"Então o velho Landauer vai falir, suponho?"

"Ele não!" O gordo bateu as cinzas do charuto, desdenhoso. "Ele deve ter um tanto guardado em algum lugar. Espere para ver. Ele vai abrir outro negócio. São espertos, os judeus…"

"São mesmo", o austríaco concordou. "Os judeus sempre dão a volta por cima."

A ideia pareceu animá-lo um pouco. Ele se alegrou: "O que me lembra de uma coisa! Eu sabia que tinha alguma coisa que eu queria contar… Você já ouviu a história do judeu e da garota gói com perna de pau?".

"Não." O gordo deu uma baforada no charuto. Agora estava fazendo a digestão. Estava bem no clima pós-jantar: "Pode contar…".

Diário de Berlim
Inverno de 1932-3

Esta noite, pela primeira vez nesse inverno, está um gelo. O frio mortal domina a cidade num silêncio absoluto, como o silêncio do calor intenso do verão ao meio-dia. No frio, a cidade parece se contrair, se reduzir a um pontinho preto, pouco maior do que centenas de outros pontinhos, isolado e difícil de achar, no enorme mapa da Europa. Lá fora, à noite, além dos últimos quarteirões de apartamentos de concreto recém-construídos, onde as ruas terminam em hortas urbanas congeladas, ficam as planícies prussianas. Pode-se senti-las ao redor, esta noite, avançando lentamente sobre a cidade, como um imenso refugo de um mar pouco convidativo — salpicado de bosques desfolhados, lagos congelados e aldeotas lembrados apenas como nomes extravagantes de campos de batalhas em guerras semiesquecidas. Berlim é um esqueleto que dói no frio: é meu próprio esqueleto doendo. Sinto nos meus ossos a dor aguda do gelo nas vigas da estrada de ferro elevada, no ferro das sacadas, em pontes, trilhos de bondes, postes de luz, latrinas. O ferro lateja e encolhe, a pedra e os tijolos sofrem debilmente, o estuque está entorpecido.

Berlim é uma cidade com dois centros — o aglomerado de hotéis caros, bares, cinemas e lojas do entorno da Igreja Memorial, um núcleo cintilante de luz, como um diamante falso, sob o crepúsculo prosaico da cidade; e o centro urbano acanhado dos prédios em volta da Unter den Linden, cuidadosamente organizados. Em imponentes estilos internacionais, cópias das cópias, eles garantem nossa dignidade como capital — um parlamento, alguns museus, um banco estatal, uma catedral, uma ópera, uma dezena de embaixadas, um arco do triunfo: nada foi esquecido. E são todos tão pomposos, tão corretos — todos menos a catedral, que trai em sua arquitetura um lampejo daquela histeria que sempre tremula por trás de todas as fachadas prussianas sóbrias, cinzentas. Aniquilada por sua abóbada absurda, ela é, à primeira vista, tão surpreendentemente curiosa que é preciso procurar um nome adequado a seu ridículo — a Igreja da Imaculada Consumação.

Mas o verdadeiro coração de Berlim é um bosque úmido e escuro — o Tiergarten. Nessa época do ano, o frio começa a afugentar os garotos camponeses de seus minúsculos vilarejos desprotegidos para a cidade, onde buscam comida e trabalho. Mas a cidade, que emitia um brilho tão claro e convidativo no céu noturno acima das planícies, é gélida, cruel e morta. Seu calor é uma ilusão, uma miragem do deserto invernal. Ela não vai receber esses garotos. Não tem nada a oferecer. O frio os empurra das ruas para o bosque, que é seu coração cruel. E lá eles se encolhem nos bancos, para sofrer de fome e de frio, e sonham com os fogões de suas cabanas distantes.

Fräulein Schroeder detesta o frio. Aconchegada em seu casaco de veludo forrado de pele, ela se senta no canto com os pés cobertos de meias em cima do aquecedor. Às vezes fuma um cigarro, às vezes toma uma xícara de chá, mas de modo geral apenas fica sentada, olhando à toa para os azulejos do aquecedor em uma espécie de sono de hibernação. Sente-se só, ultimamente. Frl. Mayr está na Holanda, em uma turnê por cabarés. Então Frl. Schroeder não tem com quem conversar, além de Bobby e de mim.

Bobby, de qualquer forma, está em profunda desgraça. Não só está desempregado e com três meses de aluguel atrasados, como Frl. Schroeder tem seus motivos para acreditar que ele anda furtando dinheiro de sua bolsa. "Sabe, Herr Issyvoo", ela me diz, "não me admiraria se tiver sido ele quem pegou aqueles cinquenta marcos de Frl. Kost... Ele seria bem capaz disso, o canalha! E pensar que eu me enganei redondamente a respeito dele! Acredita, Herr Issyvoo, que eu o tratei como se fosse meu próprio filho — e esse é o agradecimento que recebo! Ele diz que vai me pagar cada centavo se conseguir o emprego de barman no Lady Windermere... se, *se*..." Frl. Schroeder funga com enorme desdém: "Imagina! Se a minha avó tivesse rodas, ela seria um ônibus!".

Bobby foi expulso de seu quarto e banido para o "Pavilhão Sueco". Deve ser terrivelmente cheio de correntes de ar, lá em cima. Às vezes o pobre Bobby fica bem azulado por causa do frio. Ele mudou muito no último ano — o cabelo está mais ralo, as roupas mais surradas, sua insolência se tornou provocação e é um tanto patética. Pessoas como Bobby *são* seus trabalhos — tirem o emprego e eles meio que deixam de existir. De vez em quando, ele entra de fininho na sala de estar, a barba por fazer, as mãos no bolso, e permanece um tempo, desconfortavelmente provocador, assobiando sozinho — as canções dançantes que assobia já não são mais novas. Frl. Schroeder lhe lança uma palavra, vez por outra, como uma migalha de pão atirada de má vontade, mas não olha para ele nem dá espaço para ele junto ao aquecedor. Talvez nunca o tenha perdoado pelo caso com Frl. Kost. Acabaram-se os dias de cócegas e tapas na bunda.

* * *

Ontem recebemos a visita da própria Frl. Kost. Eu não estava em casa: quando voltei, me deparei com Frl. Schroeder muito animada. "Imagine, Herr Issyvoo — eu nem a teria reconhecido! Ela agora está uma dama! O amigo japonês lhe deu um casaco de pele — pele de verdade, eu nem gosto de pensar no quanto ele deve ter gastado! E os sapatos — pele de cobra genuína! Bom, eu aposto que ela os mereceu! Esse é o tipo de ramo que ainda vai bem, hoje em dia... Acho que eu mesma vou ter que tomar esse rumo!" Porém, por mais que Frl. Schroeder fosse sarcástica às custas de Frl. Kost, eu percebia que ela havia ficado muito impressionada, e não de maneira desfavorável. E não foi tanto o casaco de pele ou os sapatos que a impressionaram: Frl. Kost havia conseguido algo maior — a marca da respeitabilidade no mundo de Frl. Schroeder —, ela fizera uma operação em uma clínica particular. "Ah, não é o que o senhor está pensando, Herr Issyvoo! Foi alguma coisa na garganta. O amigo dela pagou isso também, é claro... Imagine só — os médicos cortaram um pedacinho do fundo do nariz; e agora ela pode encher a boca de água e esguichá-la pelas narinas, que nem uma seringa! Eu não queria acreditar, a princípio — mas ela me mostrou! Palavra de honra, Herr Issyvoo, ela esguichou água do outro lado da cozinha! Não tem como negar, ela melhorou muito desde a época em que morava aqui... Eu não ficaria surpresa se um dia desses ela se casasse com um diretor de banco. Ah, sim, pode anotar o que eu digo, a menina vai longe..."

Herr Krampf, jovem engenheiro, um dos meus alunos, descreve sua infância na época da Guerra e da Inflação. Nos últimos anos da Guerra, as alças sumiam das janelas dos vagões de trem: as pessoas as cortavam para vender o couro. Chegava-se a ver homens e mulheres andando por aí usando roupas feitas do estofado dos trens. Uma noite, um grupo de amigos de escola de Krampf invadiu uma fábrica e roubou todas as correias de transmissão feitas de couro. Todo mundo furtava. Todo mundo vendia o que tinha para vender — inclusive a si mesmos. Um garoto de catorze anos, da classe de Krampf, vendia cocaína nos intervalos da escola, na rua.

Agricultores e açougueiros eram onipotentes. Seus menores caprichos tinham que ser atendidos, se alguém quisesse legumes ou carne. A família Krampf ficou sabendo de um açougueiro de um pequeno vilarejo perto de Berlim que sempre tinha carne para vender. Mas o açougueiro tinha uma perversão sexual peculiar. Seu maior prazer erótico era beliscar e estapear as bochechas de uma menina ou mulher sensível, bem-criada. A possibilidade de humilhar assim uma dama como Frau Krampf o deixava muito excitado: a menos que pudesse realizar sua fantasia, ele se recusava terminantemente a fechar negócio. Portanto, todo domingo a mãe de Krampf ia até o vilarejo com os filhos e, com toda a paciência do mundo, oferecia suas bochechas aos tapas e beliscões em troca de costeletas ou bife.

No final da Potsdamerstrasse há um parque de diversões com carrosséis, balanços e *peep shows*. Uma das atrações principais do parque de diversões é uma tenda onde acontecem competições de boxe e luta livre. Paga-se para entrar, os lutadores fazem três ou quatro rounds, e então o árbitro anuncia que, caso se queira ver mais, é preciso pagar mais dez fênigues. Um dos lutadores é careca com uma barriga enorme: usa um par de calças de lona com a bainha enrolada, como se fosse andar na água. Seu adversário usa meia-calça preta e joelheiras de couro que parecem ter saído de um velho cavalo de carruagem. Os lutadores arremessam um ao outro tanto quanto possível, dando cambalhotas no ar para divertir a plateia. O gordo que faz o papel de vencido finge ficar muito bravo quando leva socos e ameaça brigar com o árbitro.

Um dos boxeadores é negro. Ele sempre ganha. Os pugilistas trocam socos de luva aberta, fazendo um tremendo barulho. O outro lutador, um rapaz alto, largo, uns vinte anos mais novo e obviamente bem mais forte do que o negro, é "nocauteado" com uma facilidade absurda. Ele se contorce no chão, em profunda agonia, quase consegue se levantar a duras penas durante a contagem até dez, mas desmorona outra vez, gemendo. Depois dessa luta, o árbitro recolhe mais dez fênigues e pede um desafiante da plateia. Antes que algum desafiante genuíno possa responder, outro rapaz, que vinha batendo papo e brincando abertamente com os pugilistas, pula às pressas no ringue e tira a roupa, revelando que já estava de short e botas de lutador. O árbitro anuncia um prêmio de cinco marcos; e, dessa vez, o negro é "nocauteado".

A plateia levava as lutas muito a sério, berrava palavras de incentivo para os boxeadores e chegava a discutir e fazer apostas sobre os resultados. No entanto, a maioria estava na tenda pelo mesmo período que eu, e continuaram lá quando eu saí. A moral política sem dúvida é deprimente: essas pessoas poderiam ser induzidas a acreditar em qualquer um e em qualquer coisa.

Esta noite, andando pela Kleiststrasse, vi um grupinho ao redor de um carro particular. No carro havia duas garotas; na calçada estavam dois jovens judeus, travando uma discussão violenta com um loiro corpulento obviamente embriagado. Os judeus, parecia, vinham dirigindo devagar pela rua, atentos a paqueras, e tinham oferecido uma carona às meninas. As duas meninas haviam aceitado e entrado no carro. Nesse momento, entretanto, o loiro se intrometeu. Ele era nazista, nos disse, e como tal considerava sua missão defender a honra de todas as mulheres alemãs contra a obscena ameaça antinórdica. Os dois judeus não me pareciam nem um pouco intimidados: disseram ao nazista em tom enérgico que cuidasse da própria vida. Enquanto isso, as meninas, se aproveitando da briga, saíram do carro e correram rua afora. Então o nazista tentou arrastar um dos judeus consigo para procurar um policial, e o judeu cujo braço ele segurava lhe desferiu um direito no queixo que o deixou estatelado no chão. Antes que o nazista conseguisse se levantar, os dois rapazes saltaram para dentro do carro e foram embora. A plateia se dispersou aos poucos, discutindo. Poucos tomaram claramente o partido do nazista: vários apoiaram os judeus; mas a maioria se limitou a balançar a cabeça dubiamente e a murmurar: "*Allerhand!*".

Três horas depois, quando passei pelo mesmo local, o nazista ainda estava patrulhando a rua, procurando avidamente mais mulheres alemãs para salvar.

Acabamos de receber uma carta de Fräulein Mayr: Frl. Schroeder me chamou para ouvi-la. Frl. Mayr não gosta da Holanda. Foi obrigada a cantar em um monte de cafeterias de segunda categoria em cidades de terceira categoria, e com frequência seu quarto é mal aquecido. Os holandeses, ela escreveu, não têm cultura: só conheceu um cavalheiro realmente refinado e de alto gabarito, um viúvo. O viúvo diz que ela é uma mulher de verdade — ele não tem interesse em garotas jovens. Ele demonstrou a admiração que tem por sua arte dando-lhe de presente um conjunto novinho de roupas íntimas.

Frl. Mayr também teve problemas com as colegas. Em uma cidade, uma atriz rival, com inveja da potência vocal da Frl. Mayr, tentou furar seu olho com um alfinete de chapéu. Não tenho como não admirar a coragem dessa atriz. Quando Frl. Mayr acabou com ela, estava tão machucada que só pôde voltar a pisar no palco uma semana depois.

Na noite passada, Fritz Wendel propôs uma excursão pelas "espeluncas". Seria uma visita a título de despedida, já que a polícia começou a se interessar por esses lugares. São alvos de batidas frequentes e os nomes dos clientes são anotados. Existe até um rumor de uma limpeza geral em Berlim.

Deixei-o bastante contrariado ao insistir em visitar o Salomé, que eu nunca tinha visto. Fritz, como grande conhecedor da vida noturna, foi desdenhoso. Não era nem sequer autêntico, ele me disse. A gerência o operava inteiramente para atender aos turistas das províncias.

O Salomé acabou se revelando muito caro e ainda mais deprimente do que eu imaginara. Algumas atrizes lésbicas e rapazes de sobrancelhas tiradas estavam no bar, soltando uma ou outra gargalhada ruidosa ou apupos agudos — que deveriam, ao que parece, representar o riso dos condenados. Os salões são pintados de dourado e vermelho infernal — pelúcia carmesim de centímetros de grossura, e imensos espelhos dourados. Estava abarrotado. A clientela consistia principalmente em respeitáveis comerciantes de meia-idade com suas famílias, exclamando num espanto bem-humorado: "Eles fazem mesmo isso?" e "Ah, não creio!". Fomos embora no meio do espetáculo de cabaré, depois que um rapaz de crinolina de lantejoulas e tapa-seios cobertos de pedrarias abriu, de forma árdua, mas bem-sucedida, três espacates.

Na porta, encontramos um grupo de jovens americanos, muito embriagados, se perguntando se deveriam entrar. O líder era um rapaz atarracado de pincenê, com o queixo irritantemente protuberante.

"Me conta", ele perguntou a Fritz, "o que tem aí dentro?"

"Homens vestidos de mulher", Fritz sorriu.

O americanozinho simplesmente não conseguia acreditar. "Homens vestidos *de mulher?* De *mulher*, é? Quer dizer que eles são esquisitos?"

"Uma hora ou outra, todos nós somos esquisitos", Fritz disse com a voz arrastada, solene, em tom lúgubre. O rapaz nos olhou lentamente de cima a baixo. Ele havia corrido e continuava sem fôlego. Os outros se agruparam atrás dele, sem jeito, prontos para o que fosse — embora seus semblantes imaturos, boquiabertos, sob a luz esverdeada, parecessem meio amedrontados.

"Você também é *esquisito*, é?", quis saber o americanozinho, de repente se voltando para mim.

"Sim", respondi, "esquisitíssimo."

Ele ficou ali parado à minha frente por um instante, ofegante, projetando o maxilar, sem saber, parecia, se deveria me dar um soco na cara. Então me deu as costas, soltou uma espécie de grito de guerra selvagem universitário e, seguido pelos outros, entrou às pressas no edifício.

"Já foi àquela espelunca comunista que tem perto do zoológico?", Fritz me perguntou enquanto nos afastávamos do Salomé. "Em algum momento, a gente devia dar uma passada lá... Daqui a seis meses, quem sabe, vamos todos estar de camisa vermelha..."

Concordei. Estava curioso para saber o que Fritz considerava uma "espelunca comunista".

Era, na verdade, um subsolo pequeno e caiado. As pessoas se sentavam em bancos compridos de madeira, diante de mesas grandes sem toalhas; uma dezena de pessoas juntas — como um refeitório de escola. Nas paredes havia desenhos expressionistas rabiscados que abarcavam matérias de jornal verdadeiras, cartas de baralho reais, porta-copos de cerveja pregados, caixas de fósforo, maços de cigarro e cabeças cortadas de fotografias. A cafeteria estava repleta de estudantes, em geral vestidos com um desleixo politicamente agressivo — os homens de suéter náutico e calças largas manchadas, as moças de casaco mal-ajambrado, saias visivelmente presas por alfinetes de segurança e lenços ciganos berrantes amarrados de qualquer jeito. A dona fumava um charuto. O garoto que fazia o papel de garçom circulava com um cigarro entre os lábios e dava tapinhas nas costas dos clientes quando recebia os pedidos.

Era tudo completamente falso, alegre e divertido: era impossível não se sentir em casa de imediato. Fritz, como sempre, reconheceu um monte de amigos. Ele me apresentou a três — um homem chamado Martin, um estudante de arte chamado Werner e Inge, a namorada dele. Inge era larga e vivaz — usava um chapeuzinho com uma pluma que lhe dava uma semelhança farsesca com Henrique VIII. Enquanto Werner e Inge batiam papo, Martin ficava calado: era magro e moreno, tinha o rosto com feições acentuadas e o sorriso sarcasticamente superior de um conspirador consciente. Mais tarde, quando Fritz, Werner e Inge se mudaram para outra mesa para se juntarem a outra turma, Martin começou a falar da guerra civil que estava por vir. Quando a guerra eclodir, Martin explicou, os comunistas, que têm pouquíssimas metralhadoras, vão assumir o comando dos telhados. Então vão conter a Polícia com granadas de mão. Vão precisar resistir por apenas três dias, porque a frota soviética vai imediatamente se lançar sobre Swinemünde e começar a desembarcar as tropas. "Tenho passado a maior parte do meu tempo fazendo bombas", Martin acrescentou. Eu assenti e sorri, muito constrangido — sem saber se ele estava zombando de mim ou cometendo uma indiscrição estarrecedora intencional. Com toda certeza não estava bêbado, e não me parecia ser apenas desmiolado.

Nesse momento, um garoto de beleza impressionante de dezesseis ou dezessete anos entrou na cafeteria. O nome dele era Rudi. Usava um blusão de estilo russo, short de couro e botas de cano alto, e se aproximou da nossa mesa com todos os maneirismos heroicos de um mensageiro que regressa após o sucesso de uma missão arriscada. Entretanto, não tinha nenhuma mensagem a transmitir. Depois de sua entrada vertiginosa e uma série de apertos de mão breves, marciais, ele se sentou calmamente ao nosso lado e pediu um copo de chá.

Esta noite, visitei a cafeteria "comunista" outra vez. É de fato um mundinho fascinante de intrigas e contraintrigas. Seu Napoleão é o sinistro montador de bombas Martin; Werner é seu Danton; Rudi é a Joana d'Arc. Todo mundo desconfia de todo mundo. Martin já me preveniu contra Werner: ele é "politicamente suspeito" — no verão passado, saqueou todos os fundos de uma organização comunista juvenil. E Werner já me preveniu contra Martin: ou ele é um agente nazista ou um espião da polícia ou está na folha de pagamento do governo francês. Além disso, tanto Martin como Werner me aconselham seriamente a não me meter com Rudi — eles se recusam terminantemente a explicar por quê.

Mas não havia a possibilidade de eu não me meter com Rudi. Ele se plantou ao meu lado e começou a falar na mesma hora — um furacão de entusiasmo. Sua palavra favorita é *"knorke"*:

"Ah, *formidável*!". Ele é um escoteiro explorador. Quis saber como eram os escoteiros na Inglaterra. Têm espírito aventureiro? "Todos os garotos alemães são aventureiros. Aventura é formidável. Nosso Chefe é um homem formidável. No ano passado ele foi para a Lapônia e ficou morando em uma choupana, o verão inteiro, sozinho... Você é comunista?"

"Não. Você é?"

Rudi ficou atormentado.

"É claro! Aqui, todo mundo é... Posso emprestar uns livros, se você quiser... Você tem que conhecer a sede do nosso clube. É formidável... Nós cantamos a Bandeira Vermelha e todas as músicas proibidas... Você me ensina inglês? Quero aprender todas as línguas."

Perguntei se havia meninas no grupo de escoteiros exploradores. Rudi ficou chocado, como se eu tivesse dito uma enorme indecência.

"As mulheres não servem para nada", me disse, contrariado. "Estragam tudo. Não têm espírito aventureiro. Os homens se entendem bem melhor quando estão sozinhos juntos. O tio Peter (é o nosso Chefe) diz que as mulheres deveriam ficar em casa remendando meias. É só para isso que elas prestam!"

"O tio Peter também é comunista?"

"Claro que é!" Rudi me olhou com desconfiança. "Por que você está perguntando?"

"Ah, nenhum motivo especial", respondi rápido. "Acho que eu o confundi com outra pessoa..."

Esta tarde viajei para o reformatório para visitar um dos meus alunos, Herr Brink, que é professor lá. Ele é um homem pequeno, de ombros largos, com barbicha, o cabelo claro sem viço, os olhos meigos e a testa protuberante de um intelectual alemão vegetariano. Usa sandálias e o colarinho da camisa desabotoado. Eu o encontrei no ginásio, dando instruções físicas a uma turma de crianças com deficiência mental — pois o reformatório abriga deficientes mentais bem como delinquentes juvenis. Com certo orgulho melancólico, ele ressaltou as diversas causas: um menininho sofria de sífilis hereditária — tinha um estrabismo medonho; outro, filho de beberrões de idade avançada, não conseguia parar de rir. Escalavam as barras da escada feito macacos, rindo e tagarelando, aparentemente felizes.

Em seguida, fomos à oficina, onde garotos mais velhos de macacão azul — todos criminosos condenados — faziam botas. A maioria levantou a cabeça e sorriu quando Brink entrou, só uns poucos ficaram emburrados. Mas eu não conseguia olhá-los nos olhos. Sentia muita culpa e vergonha: tive a impressão, naquele momento, de ter me tornado o único representante de seus carcereiros, da Sociedade Capitalista. Fiquei me perguntando se algum deles teria sido detido no Alexander Casino, e, se fosse o caso, se me reconheceria.

Almoçamos no quarto da supervisora. Herr Brink se desculpou por me oferecer a mesma comida que os meninos consumiam — sopa de batata com duas linguiças, e um prato de maçãs e ameixas cozidas. Afirmei — como, sem dúvida, era meu dever afirmar — que estava muito boa. E no entanto a ideia de que os meninos tinham que comer aquilo, ou qualquer outro tipo de refeição, naquele edifício fez com que cada colherada grudasse na minha garganta. Comida de instituição tem um gosto indescritível, talvez puramente imaginário. (Uma das lembranças mais vívidas e nauseantes da minha própria vida escolar é o cheiro do pão branco comum.)

"Não tem grades nem portões trancados aqui", comentei. "Eu imaginei que todos os reformatórios tivessem... Os meninos daqui não fogem?"

"Quase nunca", respondeu Brink, e a confissão pareceu deixá-lo genuinamente pesaroso. "Para onde eles fugiriam? Aqui é ruim. Em casa é pior. A maioria sabe disso."

"Mas não existe uma espécie de instinto natural de buscar a liberdade?"

"Sim, você tem razão. Mas os garotos perdem isso logo. O sistema os ajuda a perder. Acho que talvez nos alemães esse instinto nunca seja muito forte."

"Então vocês não têm muitos problemas aqui?"

"Ah, sim. Às vezes... Três meses atrás, aconteceu uma coisa horrível. Um garoto roubou o sobretudo de outro. Ele pediu autorização para ir à cidade — o que é permitido — e provavelmente o objetivo fosse vendê-lo. Mas o dono do sobretudo foi atrás dele e eles brigaram. O garoto que era dono do sobretudo pegou uma pedra grande e jogou no outro menino; e esse menino, sentindo que estava machucado, esfregou terra na ferida, de propósito, na esperança de piorá-la e escapar do castigo. A ferida de fato piorou. Três dias depois, o garoto morreu de intoxicação sanguínea. E quando o outro menino ficou sabendo, se matou com uma faca de cozinha..." Brink soltou um profundo suspiro: "Às vezes eu quase entro em desespero", acrescentou. "Parece que tem uma espécie de maldade, uma doença, infectando o mundo hoje em dia."

"Mas o que se pode fazer efetivamente por esses meninos?", perguntei.

"Muito pouco. Ensinamos um ofício. Depois tentamos arrumar emprego para eles — o que é quase impossível. Se o trabalho deles for na vizinhança, eles podem dormir aqui à noite... O diretor acredita que a vida deles pode ser mudada através dos ensinamentos da religião cristã. Infelizmente, eu não acredito nisso. O problema não é tão simples assim. Receio que a maioria, se não arrumar trabalho, vai cair no crime. Afinal, não se pode mandar que alguém passe fome."

"Não existe alguma outra alternativa?"
Brink se levantou e me conduziu até a janela.
"Está vendo aqueles dois prédios? Um é da fábrica de peças para máquinas, o outro é a cadeia. Para os meninos dessa região, as alternativas eram essas duas... Mas agora a fábrica está falida. Na semana que vem, vai fechar as portas."

Hoje de manhã fui ver a sede do clube de Rudi, que também é o escritório da revista dos exploradores. O editor e chefe do grupo de escoteiros, tio Peter, é um homem emaciado, mais ou menos jovem, com rosto da cor de pergaminho e olhos bem encovados, vestindo jaqueta de veludo cotelê e short. É evidente que é o ídolo de Rudi. Rudi só para de falar quando tio Peter tem algo a dizer. Eles me mostraram dezenas de fotografias de meninos, todas tiradas com a câmera inclinada para cima, de baixo, para que parecessem gigantes épicos, perfilados contra nuvens enormes. A revista em si tem artigos sobre caça, trilhas e o preparo de alimentos — todos escritos em um estilo exageradamente entusiasmado, com um curioso tom latente de histeria, como se as atividades descritas fossem parte de um ritual religioso ou erótico. Havia meia dúzia de meninos conosco na sala: todos em um estado de seminudez heroica, usando os mais curtos dos shorts e as mais finas camisetas ou regatas, apesar do tempo frio.

Quando eu havia terminado de olhar as fotografias, Rudi me levou à sala de reuniões do clube. Estandartes compridos e coloridos pendiam das paredes, com monogramas e misteriosos dispositivos totêmicos bordados. Em um dos cantos ficava uma mesa baixa coberta por um pano carmesim bordado — uma espécie de altar. Havia velas em castiçais de latão em cima da mesa.

"Nós as acendemos às quintas-feiras", Rudi explicou, "quando fazemos nossa conferência em volta da fogueira. Depois nos sentamos no chão, em círculo, e cantamos e contamos histórias."

Acima da mesa com os castiçais havia uma espécie de ícone — o desenho emoldurado de um jovem explorador de beleza sobrenatural, fitando com severidade um ponto distante, de estandarte na mão. Todo aquele ambiente me deixou extremamente incomodado. Pedi licença e fui embora o mais rápido possível.

Entreouvido em uma cafeteria: um jovem nazista está sentado com a namorada; discutem o futuro do Partido. O nazista está bêbado.

"Ah, eu sei que a gente vai ganhar, eu sei", ele exclamou, impaciente, "mas isso não basta!" Ele bate na mesa com o punho: "É preciso derramar sangue!".

A garota acaricia o braço dele, tentando tranquilizá-lo. Está tentando convencê-lo a ir para casa. "Mas é claro que vai ser derramado, querido", ela fala em tom apaziguador, o Líder prometeu isso no nosso programa."

Hoje é o "Domingo de Prata". As ruas estão cheias de gente fazendo compras. Por toda a Tauentzienstrasse, homens, mulheres e meninos vendem cartões-postais, flores, livros de partituras, óleos capilares, pulseiras. Árvores de natal estão empilhadas, à venda, no corredor central entre as linhas de bonde. Homens uniformizados das SA chacoalham suas caixas de coleta. Nas ruas transversais, caminhões de policiais aguardam, pois qualquer multidão, hoje em dia, pode se transformar em um levante político. O Exército da Salvação tem uma grande árvore iluminada na Wittenbergplatz, com uma estrela azul elétrica. Um grupo de estudantes estava parado em volta dela, tecendo comentários sarcásticos. Dentre eles, reconheci Werner, da cafeteria "comunista".

"Ano que vem, a essa altura", afirmou Werner, "essa estrela vai ter mudado de cor!" Ele soltou uma risada brutal — estava com um humor empolgado, ligeiramente histérico. Ontem, ele me contou, tinha vivido uma grande aventura: "Veja só, três camaradas e eu resolvemos fazer uma manifestação na Agência de Empregos de Neukölln. Eu tinha que falar, e os outros precisavam garantir que eu não fosse interrompido. Fomos lá por volta das dez e meia, quando a repartição está mais cheia. Claro que planejamos tudo antes — cada camarada tinha que segurar uma das portas para que nenhum dos funcionários pudesse sair. Estavam lá, espremidos que nem coelhos... Claro que não tínhamos como impedir que ligassem para a polícia, já sabíamos disso. Imaginamos que teríamos seis ou sete minutos... Bom, assim que as portas foram fechadas, pulei em cima da mesa. Eu só berrei o que me veio à cabeça — nem sei o que falei. Eles gostaram, de todo modo... Em meio minuto os deixei empolgados a tal ponto que fiquei com medo. Meu receio era que irrompessem na repartição e linchassem alguém. Foi uma bela de uma baderna, isso sim! Mas justo quando as coisas estavam começando a ficar mais animadas, um camarada subiu para nos avisar que a polícia já tinha chegado — estavam saindo do carro. Então tínhamos que tentar correr... Eu acho que teriam nos pegado se a multidão não estivesse do nosso lado, sem deixar que eles passassem até que tivéssemos saído pela outra porta, ganhado a rua...". Werner terminou, esbaforido. "Vou falar uma coisa, Christopher", ele acrescentou, "agora não tem como o sistema capitalista durar muito tempo. Os trabalhadores estão se movimentando."

No início desta noite, eu estava na Bülowstrasse. Uma grande reunião de nazistas tinha acontecido no Sportpalast, e grupos de homens e garotos estavam saindo de lá com seus uniformes marrons e pretos. Três homens das SA andavam na calçada, à minha frente. Todos eles carregavam estandartes nazistas nos ombros, feito rifles, enrolados sobre os mastros — os mastros dos estandartes tinham pontas de metal afiadas, em formato de pontas de flecha.

De repente, os três homens das SA ficaram cara a cara com um jovem de dezessete ou dezoito anos, de roupas civis, que se apressava na direção oposta. Ouvi um dos nazistas bradar: "É ele!", e no mesmo instante os três avançaram sobre o rapaz. Ele soltou um grito e tentou se esquivar, mas eles eram rápidos demais. Em um instante já o tinham empurrado para a sombra da entrada de uma casa e estavam em volta dele, chutando e apunhalando o garoto com as pontas afiadas dos estandartes. Tudo isso aconteceu numa velocidade tão incrível que eu mal acreditava no que via — os três homens das SA já tinham largado a vítima e abriam caminho na multidão; subiram as escadas que davam na estação de Trens Elevados.

Um outro pedestre e eu fomos os primeiros a chegar na porta onde o rapaz estava deitado. Estava torto, encolhido no canto, como um saco abandonado. Quando o levantaram, tive um vislumbre nauseante de seu rosto — o olho esquerdo estava metade para fora, e escorria sangue da ferida. Não estava morto. Alguém se ofereceu para levá-lo de táxi para um hospital.

Àquela altura, dezenas de pessoas observavam. Pareciam surpresas, mas não exatamente chocadas — esse tipo de coisa acontece bastante, hoje em dia. "*Allerhand...*", murmuravam. A vinte metros, na esquina da Potsdamerstrasse, havia um grupo de policiais fortemente armados. De peito estufado e mãos no coldre, ignoraram com magnificência a situação toda.

Werner havia se tornado um herói. Sua fotografia apareceu no *Rote Fahne* uns dias atrás, com a legenda: "Outra vítima do banho de sangue da polícia". Ontem, que foi dia de Ano-Novo, fui visitá-lo no hospital.

Logo depois do Natal, ao que consta, uma briga de rua aconteceu perto da Stettiner Bahnhof. Werner estava à beira da multidão, sem saber o motivo do conflito. Apenas em caso de que se tratasse de alguma questão política, ele começou a bradar: "Frente Vermelha!". Um policial tentou detê-lo. Werner deu um chute na barriga do policial, que pegou o revólver e deu três tiros na perna de Werner. Depois de atirar, chamou um colega, e juntos levaram Werner até um táxi. A caminho da delegacia, os policiais o golpearam na cabeça com os cassetetes até ele desmaiar. Quando estiver suficientemente recuperado, é provável que seja processado.

Ele me contou tudo isso com enorme satisfação, recostado na cama, rodeado de amigos que o admiram, inclusive Rudi e Inge, com seu chapéu de Henrique VIII. Ao redor dele, na coberta, havia matérias recortadas de jornais. Alguém tomara o cuidado de sublinhar todas as menções ao nome de Werner com lápis vermelho.

Hoje, 22 de janeiro, os nazistas fizeram uma manifestação na Bülowplatz, em frente à Karl Liebknecht Haus. Ao longo da semana passada, os comunistas tentaram fazer com que a manifestação fosse proibida: dizem que seu intuito é apenas provocar — o que, claro, é verdade. Fui observá-la junto com Frank, o jornalista correspondente.

Como o próprio Frank disse mais tarde, não se tratou de jeito nenhum de uma manifestação nazista, e sim de uma manifestação policial — havia pelo menos dois policiais para cada nazista presente. Talvez o general Schleicher só tenha permitido que a marcha acontecesse para mostrar quem são os verdadeiros donos de Berlim. Todo mundo diz que ele vai proclamar uma ditadura militar.

Mas os verdadeiros donos de Berlim não são os policiais, nem o Exército, muito menos os nazistas. Os donos de Berlim são os trabalhadores — apesar de todas as propagandas que ouvi e li, todas as manifestações que acompanhei, me dei conta disso pela primeira vez somente hoje. Em comparação, poucas das centenas de pessoas nas ruas do entorno da Bülowplatz poderiam ser comunistas organizados, e ainda assim tinha-se a impressão de que todos eles estavam unidos contra a marcha. Alguém começou a cantar a "Internacional" e, em um instante, todo mundo passou a cantar junto — até as mulheres com bebês que olhavam das janelas das sobrelojas. Os nazistas passaram dissimulados, marchando o mais rápido que podiam, entre as fileiras duplas de guardas. A maioria fixava o olhar no chão, ou fitava à frente com o olhar vazio: alguns tentaram dar sorrisinhos asquerosos, furtivos. Depois que a procissão passou, um homem gordo e idoso das SA que havia ficado para trás chegou arfando até a fileira dupla, morrendo de medo de ficar sozinho, tentando em vão alcançar os outros. A multidão inteira caiu na gargalhada.

Durante a manifestação, ninguém estava autorizado a entrar na Bülowplatz. Por isso as pessoas circulavam sem rumo, inquietas, e a situação começou a ficar ruim. A polícia, brandindo rifles, ordenou que recuássemos; alguns dos menos experientes, nervosos, fingiram que iam atirar. Então um carro blindado surgiu e começou a girar lentamente a metralhadora na nossa direção. Houve uma debandada para o limiar das portas das casas e das cafeterias; mas assim que o carro seguiu adiante, todo mundo voltou correndo à rua, berrando e cantando. Parecia demais com uma brincadeira de estudante malcriado para ser genuinamente alarmante. Frank se divertiu muito, sorrindo de orelha a orelha, saltitando de um lado para outro com seu sobretudo comprido e óculos enormes de coruja, como um pássaro zombeteiro, canhestro.

Faz apenas uma semana que escrevi a anotação acima. Schleicher renunciou. Os monóculos cumpriram seus papéis. Hitler formou um gabinete com Hugenberg. Ninguém acredita que possa durar até a primavera.

Os jornais estão se tornando cada vez mais parecidos com cópias de revistas escolares. Não há nada neles além de regras novas, punições novas e listas de pessoas que foram "retidas". Hoje cedo, Göring inventou três novos tipos de alta traição.

Todas as noites, me sento no enorme salão meio vazio da cafeteria dos artistas perto da Igreja Memorial, onde os judeus e os intelectuais de esquerda se reúnem em torno das mesas de mármore e conversam em voz baixa, amedrontada. Muitos deles sabem que sem dúvida serão detidos — se não hoje, amanhã ou na semana que vem. Portanto, são educados e amáveis uns com os outros, levantam os chapéus e perguntam pelas famílias dos colegas. Desavenças literárias notórias que haviam durado anos foram esquecidas.

Quase todas as noites, os homens das SA entram na cafeteria. Às vezes estão apenas coletando dinheiro: todo mundo é obrigado a dar alguma coisa. Às vezes entram para fazer uma detenção. Uma noite, um escritor judeu que estava presente foi até a cabine telefônica para ligar para a polícia. Os nazistas o arrastaram para fora e ele foi levado embora. Ninguém mexeu um dedo. Seria possível ouvir um alfinete cair no chão, até que tivesse saído.

Os correspondentes de jornais estrangeiros jantam sempre no mesmo restaurante italiano, em volta de uma mesa redonda grande, no canto. Todas as outras pessoas no restaurante os observam e tentam ouvir o que dizem. Se alguém tem uma novidade para lhes dar — os detalhes de uma detenção ou o endereço de uma vítima cujos parentes possam ser entrevistados —, um dos jornalistas se levanta da mesa e caminha para cima e para baixo com a pessoa pela rua.

Um jovem comunista que conheço foi detido pelos homens das SA, levado ao quartel dos nazistas e espancado. Depois de três ou quatro dias, soltaram-no e ele foi para casa. Na manhã seguinte, bateram à sua porta. O comunista foi abri-la mancando, o braço em uma tipoia — e ali estava um nazista com uma caixa de coleta. Ao vê-lo, o comunista perdeu totalmente a cabeça. "Já não basta", ele berrou, "vocês me espancarem? Ainda têm a audácia de vir aqui pedir dinheiro?"

Mas o nazista apenas sorriu. "O que é isso, camarada! Nada de briga por política! Lembre-se: estamos vivendo no Terceiro Reich! Somos todos irmãos! Você precisa tentar tirar esse ódio político bobo do seu coração!"

Esta noite entrei no salão de chá russo da Kleiststrasse, e lá me deparei com D. Por um instante, realmente pensei que estava sonhando. Ele me cumprimentou como sempre, com um sorriso radiante.

"Meus Deus!", sussurrei. "O que é que você está fazendo aqui?"

D. se alegrou. "Achou que eu tinha ido para o estrangeiro?"

"Bom, naturalmente..."

"Mas a situação atual está tão interessante..."

Eu ri. "É um jeito de encarar, sem dúvida... Mas não é um perigo tenebroso para você?"

D. apenas sorriu. Então se virou para a garota com quem estava sentado e disse: "Este aqui é o sr. Isherwood... Pode falar francamente com ele. Ele odeia os nazistas tanto quanto nós. Ah, sim! O sr. Isherwood é um antifascista convicto!".

Ele deu uma risada calorosa e um tapinha nas minhas costas. Várias pessoas que estavam sentadas por perto o entreouviram. A reação delas foi curiosa. Ou simplesmente não conseguiam acreditar no que estavam ouvindo ou ficaram com tanto medo que fingiram não ter ouvido nada e continuaram bebericando seus chás em um estado de terror surdo. Foram raras as vezes em que me senti tão incomodado na vida.

(Ainda assim, a técnica de D. parece fazer certo sentido. Ele nunca foi detido. Dois meses depois, cruzou a fronteira rumo à Holanda com sucesso.)

Hoje de manhã, quando eu andava pela Bülowstrasse, os nazistas estavam invadindo a casa de um pequeno editor liberal pacifista. Tinham levado um caminhão e nele empilhavam os livros do editor. O motorista do caminhão lia os títulos dos livros em tom de zombaria para os espectadores:

"*Nie Wieder Krieg!*", ele bradou, erguendo um deles pela beirada da capa, enojado, como se fosse uma espécie de réptil repugnante. Todo mundo morria de rir.

"'Chega de guerra!'", ecoou uma mulher gorda, bem-vestida, com uma gargalhada desdenhosa, selvagem. "Que ideia!"

No momento, um dos meus alunos regulares é Herr N., um chefe de polícia do regime de Weimar. Ele vem ao meu encontro todos os dias. Quer praticar o inglês, pois muito em breve vai começar um novo emprego nos Estados Unidos. O curioso dessas aulas é que são dadas enquanto passeamos pelas ruas no enorme carro fechado de Herr N. O próprio Herr N. nunca entra na nossa casa: manda o chofer me buscar e o carro sai assim que entro. Às vezes paramos por alguns minutos em frente ao Tiergarten e damos umas voltas pelas aleias — o chofer sempre nos segue a uma distância respeitosa.

Herr N. fala principalmente de sua família. Está preocupado com o filho, que é muito delicado, e que será obrigado a deixar para trás para que seja submetido a uma operação. A esposa dele também é delicada. Ele espera que a viagem não a canse. Ele descreve os sintomas e o tipo de medicamento que ela toma. Me conta histórias do filho quando era pequeno. De um jeito discreto, impessoal, nos tornamos bastante íntimos. Herr N. age sempre com uma cortesia encantadora, e escuta com seriedade e atenção às minhas explicações sobre questões gramaticais. Por trás de tudo que ele diz, percebo uma tristeza imensa.

Nunca discutimos política, mas sei que Herr N. deve ser inimigo dos nazistas e que talvez esteja sempre correndo o risco de ser preso. Uma manhã, quando atravessávamos a Unter den Linden de carro, passamos por um grupo de homens presunçosos das SA que conversavam e obstruíam a calçada inteira. Pedestres eram obrigados a passar pela sarjeta. Herr N. deu um sorriso fraco e triste: "Veem-se umas coisas esquisitas na rua hoje em dia". Esse foi seu único comentário.

Às vezes ele se curva na janela e olha um edifício ou uma praça com uma fixidez pesarosa, como se quisesse gravar a imagem na memória e lhe dar adeus.

Amanhã vou para a Inglaterra. Volto daqui a algumas semanas, mas só para pegar minhas coisas e ir embora de vez.

A pobre Fräulein Schroeder está inconsolável: "Nunca mais vou encontrar outro cavalheiro como o senhor, Herr Issyvoo — sempre tão pontual com o aluguel... Não faço ideia do que o leva a querer ir embora de Berlim, assim de repente, desse jeito...".

É inútil tentar explicar-lhe ou falar de política. Ela já está se adaptando, assim como se adaptará a todos os novos regimes. Esta manhã eu até mesmo a escutei falando em tom reverente sobre "Der Führer" com a esposa do porteiro. Se alguém a lembrasse de que, nas eleições de novembro passado, ela votou nos comunistas, ela provavelmente negaria com veemência com absoluta boa-fé. Está apenas se aclimatando, de acordo com a lei da natureza, como um animal que muda de pelagem no inverno. Milhares de pessoas como Frl. Schroeder estão se aclimatando. Afinal, qualquer que seja o governo no poder, estão condenadas a viver nesta cidade.

Hoje o sol brilha, radiante; está bem agradável e quente. Eu saio para minha última caminhada matinal, sem sobretudo e chapéu. O sol brilha e Hitler é o dono desta cidade. O sol brilha e dezenas de amigos meus — meus alunos na Escola Operária, os homens e as mulheres que conheci na Internationale Arbeiter--Hilfe — estão na prisão, talvez mortos. Mas não é neles que estou pensando — os lúcidos, os determinados, os heroicos: eles reconheceram e aceitaram os riscos. Penso em Rudi, com seu ridículo blusão russo. O jogo de faz de conta dos livros virou realidade: os nazistas o jogarão com ele. Os nazistas não vão rir dele: vão levar a sério o que ele fingia ser. Talvez nesse exato momento Rudi esteja sendo torturado até a morte.

Vislumbro meu rosto na vitrine de uma loja e fico horrorizado ao ver que estou sorrindo. É inevitável sorrir nesse clima tão bonito. Os bondes sobem e descem a Kleiststrasse, como sempre. Eles, e as pessoas na calçada, e o domo abafador da estação da Nollendorfplatz têm um ar de curiosa familiaridade, uma similaridade impressionante com alguma coisa que lembramos como algo que foi normal e agradável no passado — como uma boa fotografia.

Não. Até agora não acredito que isso tudo tenha acontecido de verdade...

ESTA OBRA FOI COMPOSTA PELO ACQUA ESTÚDIO EM ELECTRA
E IMPRESSA EM OFSETE PELA GRÁFICA SANTA MARTA SOBRE PAPEL PÓLEN NATURAL
DA SUZANO S.A. PARA A EDITORA SCHWARCZ EM MARÇO DE 2025

A marca FSC® é a garantia de que a madeira utilizada na fabricação do papel deste livro provém de florestas que foram gerenciadas de maneira ambientalmente correta, socialmente justa e economicamente viável, além de outras fontes de origem controlada.